고요한 이웃

고요한 이웃

초판 1쇄 발행 · 2018년 11월 30일

지은이 · 양혜영
펴낸이 · 황규관

펴낸곳 · 도서출판 삶창
출판등록 · 2010년 11월 30일 제2010-000168호
주소 · 04149 서울시 마포구 대흥로 84-6, 302호
전화 · 02-848-3097
팩스 · 02-848-3094

종이 · 대현지류
인쇄제책 · 스크린그래픽

ⓒ양혜영, 2018
ISBN 978-89-6655-106-4 03810

＊이 책은 문화체육관광부 제주특별자치도 제주문화예술재단의 기금을 지원받아 발간되었습니다.
＊이 책 내용의 전부 또는 일부를 재사용하려면 반드시 지은이와 삶창 양측의 동의를 받아야 합니다.
＊책값은 뒤표지에 표시되어 있습니다.

고요한 이웃

양혜영 소설집

삶창

차례

오버 더 레인보우

오버 더 레인보우

몽근 먹장구름이 지나가면서 반편밖에 남지 않은 해를 마저 가린다. 아파트 단지를 끼고 앉은 조그만 놀이터 모래 위에 기다란 그늘이 진다. 한바탕 비라도 쏟아질 기세다. 베란다 문이 열리고 얼굴들이 튀어나와 아이들의 이름을 부른다. 아이들은 모래가 묻은 손을 바지에 비벼대며 집으로 뛰어간다. 모래가 섞인 아이들의 발자국 소리가 계단을 지나 내 머리 위로 올라간다.

어디선가 고등어 조리는 냄새가 난다. 아마 내가 사는 504호 아래에 있는 304호에서 올라오는 냄새일 것이다. 그 집의 사내는 유난히 생선을 좋아했다. 아파트 앞 마트에서 마주치는 304호 여자의 쇼핑백에는 늘 눈이 퀭한 고등어 대가리나 기다란 갈치 꼬리가 툭 튀어나와 있었다.

마침내 한줄기씩 유리창을 짓치는 빗줄기를 피해 창문을 닫으려다 문득 멈춘다. 아이들이 사라진 놀이터에, 빗줄기가 내리기 시작하는 놀이터에 아직도 한 아이가 웅크리고 앉아 있다. 아이는 두 어깨를 다리 사이에 가두고 앉아 모래에 글을 쓰고 있다. 아니 그림을 그리고 있는지도 모르겠다. 여섯 살쯤이나 되었을까? 가끔씩

비를 쳐다보느라 이곳을 올려다보는 아이의 얼굴이 해말갛다. 처음 보는 얼굴이다.

"아직도야?"

언제 다가왔는지 리의 축축한 손바닥이 내 엉덩이를 쥐었다 논다. 샤워를 한 리의 덜 마른 머리에서 라벤더 향이 풍긴다. 리는 천천히 내 등줄기를 쓰다듬는다.

"또 담배를 피운 거야?"

리가 아직 채 빠져나가지 못한 담배 냄새를 맡았는지 코를 벌렁거린다. 리의 눈썹 사이에 길고 가는 줄이 하나 그어진다.

"아 참, 베란다에서 피우지 말라니까!"

리가 화가 난 몸짓으로 창을 벌컥 연다. 그 바람에 창문 바로 옆에서 하늘거리고 있던 네펜테스의 가느다란 포충엽이 하나 뚝 떨어진다. 며칠 전 새로이 돋아 연둣빛이 선명한 이파리가 떨어지는 것을 지켜보며 리는 다시 한번 얼굴을 찌푸린다.

"가뜩이나 공기도 오염되어 있는데….""

리는 여전히 창에 붙어 서 있는 내게 곱지 않은 시선을 던지며 분무기를 찾는다. 분무기를 흔드는 리의 어깨 근육에 있는 얇은 종이 날처럼 그어진 허연 상흔들이 움틀거린다. 얇은 종이 날에 베인 것 같이 가늘고 길게 이어진 상흔들은 그가 지금 물을 주는 식물의 가는 잎사귀와도 닮아 있다. 리가 기르는 식물의 정식 이름은 네펜테스 미라빌리스다. 처음 리가 푸른 싹이 올라온 화분을 들고

와 매일 아침저녁으로 물을 줄 때는 물론, 푸른 이파리들이 올라와 덩굴을 이루었을 때에도 나는 그 네펜테스가 음흉하고 흉측한 주둥이를 숨기고 있으리라고는 상상조차 못했다. 한 달이 지나 네펜테스가 마침내 그 흉한 포충낭을 드러냈을 때에야 리가 매일처럼 물과 영양제를 주며 웃던 이유를 알 수 있었다.

리가 뿌리는 물줄기 아래에서 네펜테스는 마치 샤워를 즐기는 사람이 콧노래를 부르는 것처럼 흔들거린다. 안개 같은 막이 덮이듯 축축한 기운이 네펜테스 화분 다섯 개가 차례대로 진열된 화분대를 지나 내가 서 있는 이곳까지 엄습해온다. 네펜테스의 빨갛게 달아오른 포충낭이 그 입술을 한껏 벌리고 리가 주는 물을 받아 마신다. 벌컥벌컥, 지금쯤 고인 물줄기를 모아 소화액을 만들어내고 있는 포충낭의 소리가 들려오는 것 같다. 저 소화액에서 조금만 지나면 강한 유혹의 향이 올라오리라. 리는 하루에도 수차례 저렇게 분무기를 들고 네펜테스 화분에 물을 주었고, 그때마다 네펜테스는 유혹적인 향을 내뿜어 그를 반겼다. 지금도 물을 주고 있는 리의 팔목 근처에서 네펜테스의 향을 맡은 날파리 한 마리가 빙빙, 마치 욕정에 빠진 수컷처럼 주위를 맴돌고 있다. 네펜테스는 그런 날파리의 모습을 보고 있는 양 바늘 모양으로 뻗은 빨간색 잎맥에 끈적끈적한 점액을 발라 유혹한다. 리는 손가락을 뻗어 네펜테스의 붉은빛이 도는 점액을 슬쩍 만진다.

"오호, 똑같은 걸. 호호호."

리의 웃음이 무얼 의미하는지 눈치챈 나는 얼굴이 붉어진다. 리와 네펜테스에게서 시선을 돌리는 내 등 뒤에서 리의 웃음소리는 더욱 높아진다. 끝이 호탕하게 올라가는 리의 웃음은 이 아파트 전체에 훈훈하게 퍼진다. 어느새 따뜻해지는 기분. 이런 게 사는 거구나 싶어진다. 웃음이 머무는 곳이야말로 진짜 집일 것이다.

리가 오기 전의 이곳이란 얼마나 삭막하고 외로운 공간이었던가. 말이 독립이지 실상은 쫓겨나다시피 이곳에 들어와 나는 굴속의 곰과도 같은 생활을 해야 했다. 손수 가방을 꾸려주시며 등을 미는 어머니의 손끝에서 나는 다시는 돌아오지 마라는 강한 언질을 받았다. 그 일이 생기고 난 이후의 식구들의 반응은 비단 어머니뿐이 아니라 모두가 고향에 소문이 나지 않을까 전전긍긍이었다. 그래서 내가 언제 어디서 소리 소문 없이 사라져주길 바라는 그런 모습들이었다. 그들은 나를 오물처럼 물로 씻어 내리듯 내몰았다.

모니터의 푸른 발광이 리의 얼굴을 푸르게 물들인다. 컴퓨터 옆에 달린 원통 스피커에서는 미성의 '오버 더 레인보우'가 흘러나온다. 벌써 네 시간째 리는 컴퓨터에 시선을 고정하고 있다. 오른 검지로 마우스를 끌었다 놓았다 하는 단순한 작업만을 하면서도 리의 얼굴은 사뭇 진지하다. 화면 속에서는 붉은 마름모꼴의 커서가 깜빡이며 리의 손이 가리키는 방향으로 천천히 꿈틀대며 지나간다. 커서가 지나는 모눈에는 커서의 붉은색이 채워진다.

리는 날개가 달린 소년 천사를 그리고 있다. 리가 그리려 하는 날개 외에는 그 어떤 것도 걸치지 않은 젖살의 소년은 일곱 빛깔의 무지개 위에서 작은 날개를 파닥이며 이리저리 날아다니게 될 터이다. '오버 더 레인보우'라는 인터넷 카페 이름과 어울리는 플래시 디자인을 찾기 위해 리는 몇 날 밤을 고심했다. 리의 가슴에 품은 소년의 이미지를 재현하는 일이 녹록지 않은지 리는 벌써 몇 명의 소년을 그렸다 지우기를 반복하고 있다. 소년의 형상을 완성하고 날개까지 붙여 끝내는가 싶으면 다시 지워버리고 다시 그리는 일을 반복한다. 때문에 리의 손에서 그려진 십오 센티미터가 채안 되어 보이는 소년들은 벌써 한 자릿수를 웃돌게 삭제되었고 소년들이 삭제될 때마다 리의 이마엔 잔주름이 한 개씩 늘어간다. 저렇게 진지하고 단호하게 입술을 악물고 있는 그의 모습은 무척이나 낯설다. 지난밤 나의 하얀 엉덩이를 끌어당기던 장난기 어린 모습과는 사뭇 다르다. 그만큼 '오버 더 레인보우'를 향한 리의 애정은 각별하다.

'오버 더 레인보우'는 리가 운영하는 인터넷 카페다. 회원 수가 백여 명이 되지 않는 작은 소모임에 불과하지만, 리는 그 어떤 퀴어 사이트보다 우월하다고 자부한다. 그가 꾸민 자료실에는 이 나라에서 퀴어가 느끼는 삶의 무게가 고대로 담겨져 있다고 해도 과언이 아니다. 나는 처음 '오버 더 레인보우'에 가입했을 때, 자료실에 남긴 그의 글들을 보고 많은 눈물을 흘렸다. 세상에 나와 같은 사람이 또 존재하고 있다는 안도감과 친밀감은 내가 가족에게서도 느끼지 못했던 것이다.

무언가에 몰두할 때의 리는 그 어느 때보다도 위험하고 순수하다. 하나를 향한 끝없는 집중 때문에 누군가가 옆에 있는 것을 못 견뎌했다. 그제 소년의 초반 구상을 하고 있는 리에게 무심코 농담을 걸었다가 대뜸 욕설을 듣고 말았다. 좀처럼 내게는 화를 내는 일이 없는 그가 내뱉은 '시발'이란 욕 때문에 난 무척이나 혼란스러웠다. 그러나 멍하게 서 있는 내게 리는 아무런 반응을 보이지 않고 다시 자신의 작업에 몰두했다. 구상을 마치고 나서야 리는 나에게 미안하다며 자신은 일을 하고 있을 때 방해가 된다고 느껴지면 험해진다고 진정으로 사과를 했다. 자신의 성격이 외골수라서 하나밖에 할 수가 없다고 미안하다고 했다.

나는 리에게 방해가 되지 않게끔 거실로 나와 텔레비전을 켠다. 저녁 뉴스에 며칠 앞으로 다가온 명절로 인한 교통대란 예고 기사가 나온다. 지난 명절, 고속도로를 꽉 메우고는 멈춰 있는 차량들과 입석까지 매진이 된 열차들이 화면을 가득 메운다. 저렇게 고생을 할 줄 알면서도 사람들은 명절이면 가족의 품으로 돌아가려 애를 쓴다. 마치 귀향 본능으로 무작정 날아오르는 철새들 마냥. 나는 돌아갈 곳이 없다. 한 시간도 되지 않는 거리에 내 가족들이 분명 살고 있건만 갈 수가 없다. 궁금해진다. 이 세상에서 가족이란 이름을 처음으로 만든 이는 대체 누구일까? 답답한 차 안에서 몇 시간이고 갇혀 대소변마저 참아내며 찾아가는 가족이란 건 대체 누가 어떻게 만들어낸 것일까? 혼인과 혈연으로 맺어진 만남만이 가족이 될 수 있는 건가. 그렇다면 서로 사랑하지만 혼인을 할 수 없고, 혈연을 맺을 수 없는 리와 나는 영영 가족이란 이름을 갖지 못하게 되는 걸까? 나를 드러냄으로써 첫 가족에게서 외면을 당한 나는 다시는 가족이란 울타리를 가질 수 없게 되는 건가?

소금물에 반나절 해감한 홍합을 꺼내 솔로 껍질을 문지른다. 앙다문 홍합의 주둥이 새로 삐져나와 있는 거친 수염을 검지와 엄지로 잡아끈다. 홍합을 다듬을 때마다, 홍합의 껍데기를 벌리고 볼록한 홍색의 속살을 끄집어낼 적마다 나는 그 미끈거림과 자극에 나도 모르게 팔에 소름이 돋는다. 사실 나는 그 세로로 길게 째진 틈이며 그 속에서 삐져나온 거친 수염이며 미끈거리는 속살의 느낌 때문에 홍합을 손질하는 일이 싫었지만, 리는 무척이나 홍합을 좋아했다. 홍합을 입에 넣었을 때 묵직한 속살이 툭 터지는 느낌이 좋다고 했다. 다른 조개와 달리 질기거나 너무 작아 녹아버리는 느낌이 아니라 진짜 뽀얀 속살을 씹는 것과 같은 느낌이 너무 좋다고.

그래서 나는 일부러 마트에서 파는 손질된 홍합이 아닌 재래시장의 큼직큼직한 놈을 사온다. 오늘과 같은 크림스파게티를 할 적에는 반드시 홍합을 넣어야 한다. 리가 크림스파게티와 함께 마실 와인을 사러 마트에 간 동안 나는 홍합을 손질하고 스파게티 면을 삶는다. 우윳빛 생크림을 끼얹은 스파게티와 와인이라, 나는 마냥 설렌다.

스파게티 면에 막 크림소스를 끼얹었을 때쯤, 리가 들어오는 기척이 들린다. 나는 물기가 묻어 있는 손을 허리에 두른 앞치마에 문지르며 현관으로 향한다. 하지만 붉게 상기된 얼굴로 현관을 들어선 리의 손에는 마땅히 있어야 할 쇼핑 봉투대신 눈물범벅이 된 여자아이가 있다. 한 네다섯쯤 되었을까, 아이는 낯선 환경에 두리번거리며 리의 손을 꼭 부여잡는다.

먼 길을 달려오기라도 한 듯 리의 얼굴이 붉게 상기되었다. 아이는 앞치마를 두르고 서 있는 나를 보고는 흠칫 뒤로 물러나 리의 등 뒤로 몸을 숨긴다.

"마트 앞 주차장에서 울고 있잖아. 기다려봐도 부모란 사람은 코빼기도 뵈지 않고…. 혹시 버려진 거나 아닌지 몰라."

후, 리는 거친 숨을 몰아쉰다.

"미아 신고는 한 거야?"

"그… 그럼. 했고말고. 근데 그 미아관리소란 데가 늙다리 노인네 혼자 앉아 인상만 쓰고 있잖아. 분위기도 썰렁하기 그지없고. 그래서 데리고 있는다고 했지. 연락해달라고. 근데 그 노인이 그러는데 그렇게 마트에 버리고 가는 애들도 있다네. 연락이 오지 않을 수도 있다고…. 낼부터 명절인데 명절을 그런 철창 같은 데서 보내게 할 수 있어야지…."

아이는 흘린 눈물 탓에 얼굴에 얼룩이 조금 묻어 있을 뿐, 깨끗
한 칼라의 원피스와 흰 스타킹의 상태를 보아 버려진 것으로는 보
이지는 않는다. 리의 말대로라면 미아관리소에서 곧 연락이 올 것
이다. 그러나, 쓸데없이 반복되고 두서없이 이어지는 리의 설명이
왠지 맘에 걸린다.

"정말 신고한 거지? 연락처도 제대로 남기고?"

"아… 그렇다니까! 했다니까!"

리의 음성이 높아진다. 리가 화를 내는 것으로 알고 아이가 다
시 훌쩍이기 시작한다. 그런 아이의 어깨를 어르며 리가 새치름한
눈으로 나를 바라본다. 힐책하는 리의 차가운 눈초리. 그래, 리의
말대로 명절인데 잠시라도 따뜻한 곳에 두고 싶어 데리고 왔겠지.

그새 퉁퉁 불어버린 스파게티를 전자레인지에 데운다. 빨간 불
이 들어온 전자레인지 안에서 스파게티에 엉겨 있던 치즈들이 먹
음직스럽게 흘러내린다. 아이는 배가 고팠는지 제 접시에 얼굴을
박고 부지런히 먹는다. 리가 그런 아이의 모습을 따뜻한 기운이 흐
르는 시선으로 바라본다.

탁탁딱딱다다닥. 절굿공이가 찧어대는 소리가 벽을 타고 울린
다. 작고 둥근 공이 끝에 짓이겨져 있을 마늘에서 퍼지는 독한 냄
새가 이곳까지 퍼진다. 젓국이 끓는 비릿함, 기름기가 지글거리는

고기의 노린내, 생선 살 타들어가는 비린내까지. 마치 전신이 음식 위에 떠 있는 것 같다. 게다가 계단을 마구 뛰어다니는 아이들의 발자국 소리와 굽이 뾰족한 하이힐 소리의 공명까지. 이 작고 낡은 아파트는 어느 것 하나 걸러내지 못하고 마치 생중계라도 하듯 생생하고 잔인하게 보여준다.

이번 명절도 역시 전화 한 통 없다. 어머니와 누이, 혹은 그 사건들을 모르는 친지 누구한테서라도 한 번쯤 전화가 걸려오지 않을까 전화기 주변을 서성거린다. 반나절을 기다리다 어쩜 내가 먼저 하기를 바라는가 싶어 전화를 걸어보지만, 수화기 너머에서 다른 가족들의 웃음이 시끄럽게 번지는 걸 듣는 순간 나는 입술 한번 떼지 못하고 수화기를 내려놔버린다. 내가 없으면 집안이 화목할 거라는 어머니의 마지막 음성이 아직도 귓가에 쟁쟁하다.

구름이 짙게 깔린 놀이터는 오늘따라 한적하다. 모두 명절을 지내러 어디로 떠나버린 것일까. 이른 아침의 소요가 마치 장난이었던 것처럼 지금은 적요만이 주위를 메우고 있다. 구름이 지나가면서 놀이터의 모래 위에는 그림자가 생겼다 지워진다. 아이 하나가 바람을 일으키며 나타난다. 언젠가 보았던 얼굴이 해맑았던 아이다. 해맑간 얼굴과 달리 아이가 입은 옷은 낡은 체크무늬 바지다. 바짓단이 발목 위로 껑충 올라가 한눈에도 너무 오래된 바지다. 아이는 모래 위에 쪼그리고 앉아 그림을 그린다. 저 아이는 항상 혼자다. 아니 놀이터에 아이들이 없을 때에만 나온다.

며칠 전 아이에게 다른 아이들이 모래를 뿌려대는 모습을 본 적이 있다. 아이는 제 주변을 빙빙 돌면서 뿌려대는 모래에 고개를 숙인 채 가만히 있었다. 나는 창을 열고 아이들에게 모래를 뿌리지 마라고 했지만, 내 목소리가 들리지 않는지 아이들은 여전히 모래를 뿌려 괴롭히고 아이는 가만히 고개를 숙인 채 있었다.

왜 손을 들어 저지하거나 맞대응하지 않는 걸까? 나는 가슴속에서 울컥 솟아오르는 감정을 애써 손으로 눌렀다. 당장 내려가서 아이를 구해내려고 신발을 신는 내게 리가 말했다.

"놔둬. 스스로 해결할 수 있게. 저렇게 약해빠진 놈은 도울 필요 없어!"

구해줄 필요가 없다는 말이었겠지만 내게는 살아갈 필요가 없다, 함께할 필요가 없다는 말처럼 들렸다.

"너는 너무 약한 게 흠이야!"

리에게서 질책이 이어졌다. 그렇다. 그게 리와 나의 차이인 것이다. 리는 그렇게 살아왔다고 했다. 중학교 시절에 이미 커밍아웃을 해 동급생들로부터 집단따돌림과 린치를 당해도 늘 당당했다고. 선생님과 부모님까지 알면서도 쉬쉬하는 통에 리의 몸엔 늘 동급생들이 만들어주는 상처로 뒤덮였지만, 한 번도 도와달라고 부탁을 하거나 매달려본 적이 없다고. 실제로 리의 몸에는 중학교 때 동급생 누군가가 더러운 호모 새끼라며 커터 칼로 그어놓은 칼자국이 팔목과 어깨 곳곳에 흰 서캐처럼 박혀 있다. 그런 그에 비해

나는 늘 숨기 바빴다. 끌리는 마음을 숨기고, 심지어는 내 자신의 감정이나 욕구를 들킬까봐 호모로 찍힌 동급생을 함께 구타한 적까지 있었다. 비록 주먹에서 힘은 뺐지만 나는 지금도 가끔 악몽 속에서 집단으로 구타를 당하며 노려보던 그 동급생의 눈을 만날 때가 있다. 그게 리였을지도 모른다는 생각을 하면 더없이 나 자신이 한심하고 미안해지지만 그때는 그랬다. 학교에서건 집에서건 감추기에 급급했다. 만약 집에서 그 사건이 없었다면 아마 지금도 내 성을 감추고 예전처럼 살고 있을지도 모를 일이다.

네펜테스의 이파리 끝이 노랗게 변했다. 대궁 안을 들여다보니 물기가 없이 메말라 있다. 네펜테스는 물이 없으면 살 수가 없다. 나는 분무기를 찾아 물을 채운다. 아직도 리의 방에선 아무 기척이 없다. 오늘 새벽에도 아이가 잠을 설치는지 칭얼거렸다. 거실에서 자고 있던 나는 그 소리에 여러 번 깼다. 아이는 무슨 일인지 밤중에 갑자기 깨어나 울었다. 새벽까지 이어지는 아이의 긴 울음과 아이를 어르는 리의 낮은 음성은 적요한 어둠을 찢고 공포로 다가왔다. 차라리 함께 깨어 있으면 나을까 싶어 리의 방 앞을 기웃거리다가도 나를 보면 더 크게 우는 아이 때문에 뜬눈으로 천장을 바라볼 수밖에 없었다.
"네 눈이 무섭대."
어쩌다 거실이나 욕실에서 마주칠 적마다 리의 등 뒤로 숨어버리는 아이를 대신해 리가 말했다. 리의 입가에는 잔잔한 웃음이 번졌지만 나는 그 말이 조금도 우습게 들리지 않았다.

아이는 리의 말대로 나를 정말 무서워하는지 좀체 리의 방에서 나오려 들지 않았다. 어쩌다 거실에 나올 적에도 내가 있는지 없는지 방문을 열고 얼굴을 빼죽이 내밀어 확인했다. 그런 때엔 얼마나 밉상인지, 생각 같아선 아이를 처음 발견했다는 쇼핑센터에 다시 버려두고 싶은 생각까지 들었다. 그런 아이 때문에 리까지 자신의 방에서 나오지 않았다. 리가 아이와 떨어져 있을 때는 화장실 갈 때와 하루에 한 번 운동을 나갈 때뿐이었다. 리는 아이 낮잠 시간을 이용해 근처 헬스타운을 다녀왔다.

하지만 이런 나의 심정을 알 길이 없는 리는 불쌍한 아이를 두고 시기를 한다며 내게 핀잔을 준다. 불쌍한 아이라…. 경찰서에서 연락이 오면 어차피 돌려보내야 할 아이를 두고 너무 정을 쏟는 게 아닌지 걱정이 된다. 리가 그렇게 아이를 좋아했었나? 하긴 언젠가 자신에게는 동생이 없어 어린아이를 보면 가슴이 뛴다는 말을 들었던 적이 있다.

'오버 더 레인보우' 카페 자료실에서 어린 시절의 리를 본 적이 있다. 지극히 평범해 그다지 눈에 띄지 않는 모습이었다. 지금의 리는 운동 덕에 적당히 튀어나온 근육을 소유하고 있는 데 반해 어린 리는 갈비뼈가 드러날 정도로 마르고 얼굴이 하얬다. 차렷 자세로 서 있는 리 옆에 남자가 역시 차렷 자세로 서 있다. 누구일까? 남자의 얼굴 부분에 검은 색으로 칠을 해 알아볼 수가 없게 해놓았다. 남자라는 건 입고 있는 옷차림이 둔해 보이는 낡은 작업 바지에 건장한 윗몸이라 그렇게 생각하는 것일 뿐 실은 여자일지도 모른다. 그 사람의 얼굴에 먹칠을 해놓았다는 건 리가 싫어하는 사람이거나 다른 사람에게 알리고 싶지 않은 사람이라는 뜻이겠지.

리는 어린 시절의 이야기를 하지 않는다. 고교 시절에 커밍아웃을 통해 겪은 에피소드들은 이야기하면서도 정작 자신의 가족사나 어린 시절의 이야기는 통 해본 일이 없다. 가족들에게 쫓겨난 나에 대한 배려인 걸까? 내가 술에 취하면 늘 어머니와 누이에 대한 섭섭함을 하소연하며 우는 걸 리는 잘 알고 있다. 하지만, 약한 사람에겐 동정할 필요가 없다는 리의 평소 생각대로 리는 절대 나를 위로하지 않는다. 그저 묵묵히 고개를 저으며 술주정하는 나를 바라볼 뿐이다.

"쉬! 쉬이!"

컴퓨터에 몰두하느라 인기척을 느끼지 못한 나는 문득 옆에 다가와 있는 아이를 보고 깜짝 놀란다. 아이는 바짓가랑이를 두 손으로 움켜쥐고선 발을 동동 구른다. 요의를 참느라 빨갛게 질린 아이를 얼른 욕실로 데려간다. 아직 아이가 혼자 앉기엔 변기가 높다. 아이 바지를 급히 내리고 변기에 앉히자 오줌이 쏟아진다. 옷을 반쯤 내리고 있는 아이를 마주 보고 있기가 멋쩍어 나는 욕실을 빠져나온다. 아이가 급하게 나오느라 열어놓은 리의 방에는 그의 흔적이 보이지 않는다. 운동을 나간 모양이다. 나는 천천히 걸음을 떼어 베란다로 향한다. 창을 열고 담배에 불을 붙인다. 담배 연기는 허공에서 배배 꼬이다가 열린 창문 새로 나가서는 흔적 없이 사라져버린다. 아직 아이들이 귀가하기엔 이른 시각. 발아래 놀이터는 텅 비어 있다.

"이거… 빨간색…."

방 안으로 들어가버렸을 거라 생각했던 아이가 어느새 옆에 와 있다. 아이의 작고 가는 검지가 가리키는 곳에는 네펜테스의 새빨간 포충낭이 바람을 타고 슬금슬금 느리게 흔들리고 있다.

"벌레 이쩌… 벌레…."

아이는 네펜테스의 촉수에 걸려 있는 날파리를 보고 떼어내려 손을 내민다. 벌레가 네펜테스를 갉아먹는다고 여기는 눈치다. 오히려 그 반대인 것을 모르는 아이의 행동에 절로 웃음이 나온다.

"이 꽃은 벌레를 먹고 살아."

아이에게 말을 건네자 아이의 눈이 동그래진다.

"벌레 먹어?"

나는 아이 옆에 무릎을 꿇고 앉아 네펜테스의 포충낭 안을 보여준다. 입술 모양으로 생긴 주둥이의 바늘처럼 돋은 갈고리에 걸린 벌레들이 녹아서 네펜테스의 식량이 되어가는 과정을 설명해

준다. 아이는 내 설명에 반신반의하는 눈치지만 네펜테스 포충낭 아래에 고인 노란 액체에 잠겨 있는 날벌레의 모습과 빨간 포충낭의 자태가 너무 신기한지 시선을 옮기지 못한다. 네펜테스 앞에 쪼그리고 앉아 포충낭에 갇힌 날파리가 죽어가는 모습에 시선을 고정하고 있는 아이를 보며 문득 아이와의 첫 대화라는 사실이 떠오른다. 언제나 리와 함께 다니고 리의 옆에만 달라붙어 있어 말을 건네 본 적도 건네온 적도 없는 아이였다. 그 아이가 지금 내 옆에서 내 눈을 바라보며 소리 내어 웃는다. 물론 네펜테스 때문이지만. 그 모습이 너무 예뻐 나는 분무기에 물을 반 정도 담아 아이에게 건넨다.

"이 꽃은 물을 굉장히 좋아한단다. 자, 네가 한번 물을 줘봐."

아이는 금세 볼이 터져 나갈 듯 환하게 입을 벌리며 분무기를 건네받는다. 한 손으로 손잡이를 꼭 쥐고는 다른 한 손으로 열심히 펌프질을 한다. 쉬익 쉬이익. 시원스레 뻗어 나오는 물줄기 아래에서 네펜테스가 기분 좋은 춤을 춘다.

"이 꽃은 물을 자주 줘야 해. 앞으로 네가 매일 물을 줄래?"

아이는 고개를 크게 끄덕이며 웃는다. 여기에 온 이래 가장 밝은 모습이다. 나는 아이가 돌아갈 때까지 네펜테스에게 물 주는 일을 시켜야지 생각을 하다 아차 싶다. 하루라도 아이를 빨리 보내야 된다고 조금 전까지 생각을 하지 않았나. 정이 들기 전에 아이를 가족의 품으로 돌려보내야 한다. 왜 아직 아이들의 가족에게선 아무런 연락이 없는 걸까? 이렇게 귀여운 아이를 잃어버린 가족들의 심정은 과연 어떨까? 리가 오면 다시 한번 이야기해봐야겠다.

현관문 열리는 소리가 난다. 문턱을 오르는 기척에 이어 바닥을 지치듯 끄는 소리가 이어진다. 리다. 소리를 들은 아이가 슬그머니 일어난다. 어느새 분무기를 바닥에 내려놓고 리를 향해 걸어간다. 마치 뭐에 홀린 듯 걸어가는 뒷모습이 어딘지 불안정해 보이는 건 내 기분 탓일까? 리는 베란다에 쪼그리고 앉아 있는 나와 자신을 향해 걸어오는 아이를 번갈아 바라본다. 아이가 나와 함께 있는 모습이 이상하다는 눈치다. 리는 아이를 번쩍 들어 올린다. 리의 양손이 아이의 겨드랑이를 간지럽힌다. 아이는 어깨를 움츠리며 간지럼을 참느라 울 것처럼 얼굴을 찡그린다.

"잘 있었어?"

마치 며칠 아이를 남겨두고 여행이라도 다녀온 듯한 말투다. 아이는 고개를 끄덕이며 내가 서 있는 베란다 창 아래 놓인 네펜테스 화분을 가리킨다.

"아, 저 꽃을 보고 있었어? 크크크!"

리가 참을 수 없다는 듯 웃는다. 뭐가 그리 우스운 걸까? 리는 그네를 태우듯 아이를 양팔에 가두고 좌우로 흔든다. 아이는 그네를 타듯 리의 가슴에서 미끄러진다. 방금 운동을 마친 리의 몸에서 흐르는 땀 냄새가 이곳까지 퍼지는 기분이다.

"오빠, 목욕할 건데 같이할까?"

리는 아이의 대답은 듣지도 않고 그네를 태운 채로 아이를 욕실로 데려간다. 뒤이어 샤워기에서 흐르는 물소리가 그들의 목소리마저 감춰 그들과 나를 단절시키는 기분이 든다. '뭐야, 난 안중에도 없고.' 숫제 내가 존재하는 것마저 잊어버린 것 같은 리의 일방적인 태도가 맘에 들지 않는다. '아이도 리가 있을 땐 나는 본체만체 관심도 안 보이고.' 잠시라곤 하지만 집주인인 내게 한마디 말도 없이 아이를 데리고 들어온 것부터 시작해서 마치 자신의 소유물인 양 아이를 독점하는 듯한 태도에 괜히 심술이 올라온다.

아이가 두고 간 분무기를 들어 네펜테스 화분에 물을 뿌린다. 수십 개의 작은 바늘구멍을 뚫고 쏟아지는 물줄기가 네펜테스의 붉은 포충낭을 두드린다. 이미 물이 충분히 주어져 더 이상 줄 필요가 없음에도 어쩌면 너무 많은 수분을 감당하지 못해 뿌리가 썩어버릴지도 모르는데 나는 분무를 멈추지 않는다.

낡은 아파트 벽면을 타고 들려오는 라디오 음악에 그나마 들었던 선잠이 확 깨어버린다. 눈을 뜨니 이미 차가운 냉기가 흐르는 침대. 사람의 온기가 사라진 옆자리는 더욱 차가운 기운에 잠겨 있다. 이르긴 하지만 보일러라도 틀 요량으로 자리에서 일어난다. 하지만 더 슬픈 건 어쩌면 이 냉기가 나에게만 국한된 것일지 모른다는 예감. 아이와 리 사이에는 붉은 계열의 온풍이, 내 주변에는 마치 동화 속 거인처럼 차가운 바람이 맴돈다는 유치한 생각을 하면서 거실로 나간다. 방문이 닫혀 있어 못 들었던 걸까? 아이가 울고 있다. 밤에 가끔씩 깨어 우는 일이 흔한 아이였지만, 이렇게 마치 이불을 얼굴로 덮고 우는 것처럼 끅끅 우는 것은 처음 듣는다. 오히려 앙앙 소리 내어 우는 것보다 더 슬프고 기괴하게 들리는 울음에 발이 떨어지지 않는다. 리는 잠이라도 들어버린 걸까?

방문에 귀를 대보지만 끅끅대는 아이의 울음만 들릴 뿐 리의 기척은 들리지 않는다. 나는 조심스레 손잡이를 돌린다. 어둠에 익숙해진 시야에 마침 구름이 비껴간 달빛이 들어온다. 아이는 시트를 움켜쥔 채 울고 있다. 하지만 내게서 등을 돌려 누워 있는 리는 잠이 든 게 아니다. 달빛에 드러난 리의 손이 아이의 허리를 타고 오르내리고 있다. 속옷을 벗고 하는 리의 행위가 무엇을 의미하는지 아는 데엔 그리 오랜 시간이 걸리지 않는다. 흐으음. 깊은 한숨이 누군가에서 흘러나온다. 나였는지 혹은 애무에 빠져 있던 리가 낸 소리였는지는 모르겠다. 그 짧지만 깊고 명료한 한숨이 아이의 울음을 멎게 하고 리를 벌떡 일어서게 한다.

덜덜덜 내 몸이 떨린다. 마치 전기에 감전이라도 된 것처럼 발끝부터 머리끝까지 떨린다. 오히려 태연한 건 리다.

"왜, 노크도 없이⋯."

"⋯."

"그런 눈으로 보지 마, 씨발."

달빛에 내 눈동자의 냉기라도 본 것인가. 나는 여전히 말을 못하고 있는데 리는 시트로 제 몸을 둘둘 감고는 휙휙 화난 걸음으로 다가온다.

"너도 해봤으니까 알 거 아냐. 어린애 속살이 얼마나 달콤한지…. 왜 나 혼자 즐겼다고 그러는 거야? 이제라도 함께하면 될 거 아냐."

"나… 나… 가…."

내 말에 리의 눈동자가 흔들린다.

"나가! 나가라구, 씨발! 경찰에 신고하기 전에 나가! 이 더러운 호모 새끼야!"

내 입에서 욕설이 나온다. 생각할 겨를도 없이 그저 봇물 터지듯 쉴 새 없이 쏟아지는 욕설. 내가 한 욕설은 내가 들었던 말이기도 하다. 금방 목욕을 마친 사촌 동생의 몸을 참지 못하고 더듬었던 어느 밤에, 처음이 아니었다는 사촌 동생의 이야기에 식구들은 모두 경악을 했다.

"나가, 나가라구. 이 더러운 호모 새끼야!"

꼼짝도 않는 리에게서 몸을 돌린 나는 거실로 나가 전화기를 잡는다. 삑삑삑. 다이얼을 누를 때마다 기계음이 쇳소리로 울린다. "안내 34호입니다"라는 안내원의 기계음이 들릴 때쯤 리의 손이 전화기를 거칠게 움켜잡는다. 곧이어 번쩍 얼굴에서 터지는 붉은 불빛. 내 눈가와 이마를 강타한 전화기가 거실 바닥에 떨어진다. 내 얼굴에 바짝 가까이 갖다 댄 리의 입술에서 거친 숨소리가 새어 나온다.

"감히, 감… 히… 나, 한, 테….."

리의 손아귀에 잡힌 목구멍에서 가르르 숨넘어가는 듯한 신음이 흘러나온다. 이대로 쓰러져버렸으면. 머릿속에서 하얀 새 떼가 화르르 날개를 펴며 날아간다. 점점 확대되어 다가오는 새 떼의 부리가 나의 심장을 무섭게 쪼아댄다. 하악 하악, 이대로 끝이 나는 걸까. 아무 소리도 아무 느낌도 전해지지 않는 카오스의 세계.

뒷걸음치며 내뻗는 손길에 차가운 감촉이 느껴진다. 물속에 잠겨 있는 서늘한 한기가 실낱밖에 남지 않은 정신을 깨운다. 무엇인지도 모르고 휘두른 물체에서 후드득 부드럽지만 날카로운 뭔가가 쏟아져 내린다. 아악! 비명을 지르는 리의 얼굴에서 붉은 물이 흘러내린다. 화분 쪼가리에 찢긴 상처에서 샘솟는 핏줄기로 짓이겨진 네펜테스 포충낭이 더욱 선연하게 피어오른다. 한 번, 두 번. 쉬지 않고 내려치는 기세에 포충낭은 폭풍을 만난 듯 처참히 찢겨져나간다.

하악 하악. 의식을 잃은 리의 얼굴 위로 땀방울이 떨어진다. 마치 잠이 든 사람처럼 의식을 잃은 리의 얼굴은 더없이 평온해 보인다. 그때까지도 침대에 웅크려 있는 아이를 일으켜 옷을 입힌다. 불빛에 비친 아이의 몸에 피멍이 길게 나 있다. 주로 젖가슴과 엉덩이 부근에 반점처럼 돋아 있는 멍들을 보자 울컥 눈물이 솟는다. 덜덜덜 전기 충격을 받은 듯 떨리는 손으로 아이에게 옷을 입힌다.

이곳을 나가야만 한다. 손의 떨림이 등을 타고 뒷머리까지 올라간다. 좀체 진정이 되지 않는다. 무작정 밖으로 나온다.

어디로 가야 하는 걸까? 아이의 손이 내 손을 찾아 꼭 쥔다. 나는 아이의 머리를 부드럽게 쓰다듬는다. 눈물과 바람에 엉클어진 머리칼이 손끝에 걸린다. 그 엉겨버린 타래를 손으로 빗어 내린다. 아이를 돌려보내야 한다. 아이가 원래 있었던 자리를 찾아서….

아이를 처음 만났다던 쇼핑센터는 네 블록 너머에 있다. 그곳에 가면 아이를 보낼 수 있을 것이다. 아이 손을 힘주어 잡고 그곳을 향해 걸음을 내딛기 전 뒤를 돌아본다. 파리하게 물든 새벽하늘을 머리에 인 아파트 건물이 보인다. 눈으로 더듬어 층을 오른다. 내가 머물렀던 504호의 창문이 환히 열려 있다. 중간에 이가 빠진 네펜테스 화분들이 보인다. 다시 저곳에 갈 수 있을까? 흐릿해지는 시야 속으로 네펜테스 화분이 환영처럼 하나씩 떨어져 내린다.

랩의 제왕

랩의 제왕

초대를 받았어. 소파에 붙어 지내는 백수 생활을 한 지 육 개월
째 되는 날이었지. 잠에서 깨어나니 정오를 지난 태양이 마루를 비
추고 있었어. 목이 말라 냉장고를 열었는데 마실 물 한 병이 없네.
무르팍 튀어나온 추리닝 주머니를 뒤적이며 편의점으로 향했지.
생수와 컵라면을 사 들고 돌아오는데, 검정색 편지 봉투가 우편함
에 꽂혀 있어. 검은 바탕 위에 새겨진 황금색 버터플라이, 클럽 디
스 페스티벌의 문양이야. 나비 문양이 뭘 의미하는지 잘 알기에 봉
투를 꺼내는 손끝이 떨렸어. 심장이 미친 듯 널뛰었지.

머리에 왁스를 바르는데, 관자놀이 옆으로 삐져나온 흰머리 몇
가닥이 보여. 흑채가 없어 마스카라로 검게 칠하지. 어둔 밤이어서
다행이야. 검정 가죽 재킷에 밑위가 종아리 부근까지 내려오는 배
기바지를 입고 둥근 고리 모양의 체인을 걸어. 오래된 쇠에서 나는
녹내가 지독했지만, 참아야지. 힙합 정신이란 게 원래 그런 거잖아?

페스티벌이 열릴 언더 클럽은 지하 삼층에 있어. 내 상대는 조
디악, 미국의 유명한 연쇄 살인마 이름을 따왔는데. 살인마처럼 죽이
는 랩을 하는 게 꿈이랬지. 고등학교 시절부터 클럽에서 함께 삥이

쳤지. 그러고 보니 녀석과 십 년 가까이 못 봤네. 클럽 앞에 도착하자 흥분을 누르지 못하고 지하 계단을 뛰어 내려갔어. 시큰한 지린내, 오물과 섞인 맥주 냄새 여전한 그곳이 양팔을 벌려 날 반겼어.

계단 옆으로 유명 가수들의 얼굴이 붙어 있어. 전성기 때의 투팍, 비기, 자이지와 에미넴. 모두 내 심장을 쫄깃하게 했던 이들이지. 나는 그들의 얼굴을 손바닥으로 쓸어. 정기를 빨아들이는 나만의 의식이지. 오늘은 특별한 밤이니까.

클럽 안은 부산했어. 디제이는 오디오를 점검하고, 일찍 도착한 다른 팀은 무대에 모여 잡담을 나누고 있어. 그쪽으로 가는데, 한 명이 나를 쳐다봤어. 둥근 이마에 튀어나온 눈, 두툼한 입술, 낯설지 않은 인상인데, 아스라한 기억 너머로 이름이 생각났어.

훈? 한때, 잠깐 팀에서 같이 활동한 적이 있어. 팀을 나간 뒤론 만난 적이 없는데. 나를 바라보며 녀석이 한쪽 입술을 찌그리며 웃네. 기분 나쁜 웃음이야. 재수 없긴. 문득 그때도 기분 좋은 녀석이 아니었던 기억이 떠올라.

"어이, 지니! 오랜만이야."

클럽 사장이 손을 내밀며 다가와. 나는 한달음에 달려가 양손으로 그의 손을 꼭 잡고 발끝이 보일 정도로 허리를 굽혔어. 사장은 한때 잘나가는 가수 매니저를 한 덕에 이런 언더 클럽을 여섯 곳이나 갖고 있댔어. 잘 보여서 나쁠 것은 하나도 없었지.

"오늘 조디악과 파트너지? 서로 잘 알지?"

사장이 내 뒤편으로 눈짓을 보냈어.

"오랜만이야, 지니! 여전히 크기에 자신이 있나?"

바닥에 가라앉을 듯 음산하게 깔리는 목소리, 등줄기에 소름이 돋았어. 내가 알고 있는 조디악의 음성이 아니야. 돌아보니 손을 내밀고 있는 것은 훈이었어. 날 위아래로 훑어보는 훈의 눈빛이 수상쩍어.

"뭐야, 벌써 얼었나? 이거 싱거워서."

"무슨, 조디악이라고 하니까 이상한 거뿐이야."

"아, 조디악? 내가 해치우고 뺏었지. 이름이 탐나더라고. 너만 뺏을 수 있는 거 아니잖아."

"내가 뺏어?"

녀석 무슨 말을 하는 거지? 나는 공격적으로 가슴을 내밀었어.

"지니, 기대하라고. 내가 일부러 그대를 지명했으니까!"

악수를 하고 돌아서는 훈의 등 뒤로 웃음소리가 번져. 괴기스럽기 짝이 없는 웃음이야.

찜찜해. 훈의 웃음이 가래처럼 귀에 달라붙어 끈적거려. 뭔가 감춘 게 있는 것 같아. 진짜 조디악을 찾아야겠어. 안쪽 바에서 술잔을 닦고 있는 안에게 다가가. 안은 언더에서 20년 이상을 일한 베테랑 매니저야. 이 바닥에서 소문난 소식통이지.

"형, 조디악 어떻게 된 거예요?"

안이 고개를 들어 쳐다봐. 그가 양미간을 찌푸리자 깊은 주름이 두 줄 움푹 파여.

"누구? 철이?"

나는 본명을 몰랐지만, 고개를 끄덕여.

"글쎄, 그때 사고로 입원한 후에 사라져서. 어디 여행업에 있다는 소문이 잠시 돌긴 했는데…."

"사고요?"

사고란 말에 나는 깜짝 놀라. 내 반응을 보고 안이 혀로 끝탕을 쳤어. 그러곤 천천히 오른쪽 검지로 목울대를 그어보였지.

"꽤 시끄러웠지. 만취해서 가다가 시비가 붙었는데 어떤 놈이 면도날로 목을 그어버렸어. 다시 노래하기 힘들다지. 같이 있던 훈이 재빨리 병원으로 옮겨서 그나마 목숨을 부지했다고 하니까."

몸에서 힘이 빠진 나는 테이블 모서리를 움켜잡았어.

"범인은요? 경찰은 뭐하고?"

괜히 목소리가 커졌어. 안은 별일 아닌 듯 어깨만 슬쩍 올리다 말지.

"당연히 신고했지. 그런데, 하필 약을 빨았어. 오히려 벌금 맞았어."

나는 안에게 조디악의 연락처를 물었어. 안이 머리를 긁적이며 자기 휴대폰을 한참 뒤적거려. 간신히 찾아낸 번호를 내 전화기에 저장하는데, 갑자기 뒷덜미가 싸해. 어디선가 누가 날 지켜보는 느낌이 들어 천천히 돌아섰지.

하지만, 뒤쪽엔 아무도 없어. 무대 중앙에서 참가 팀이 랩을 흥얼거리고, 밴드가 반주를 연습하고 있을 뿐이야. 시계를 보니 오후 7시 15분. 공연까지 3시간 45분이 남았어. 오늘은 리허설이 없어. 서로를 무너뜨려야 하는 디스 전은 가사를 꽁꽁 숨겨야 해. 음습하고 어둡기 짝이 없는 비밀을 까발릴 가사를.

조디악 아니 철이에게 전화를 하려고 화장실로 향했어. 음악 소리에 방해받지 않을 곳은 거기뿐이야. 담뱃진에 절어 진득대는 벽 모퉁이를 돌아 화장실에 막 들어가는데, 안에서 거친 욕설이 들려왔어. 본능적으로 몸을 도둑게처럼 벽에 바짝 붙이고 동정을 살폈지.

"이 새끼, 죽을라고···."

고함 소리가 들리고, 뭔가가 연달아 넘어졌어. 상황이 짐작되고도 남아. 우당탕 부서지는 소리가 몇 분이나 이어져. 겨우 소란이 진정되고 누군가 문을 열고 나와. 나는 얼른 화장실 반대편 비상구로 몸을 숨기지. 나오는 이를 몰래 지켜보네. 아, 불길한 예감은 왜 비껴가지 않는지.

훈이 녀석이 목을 돌리며 어슬렁 나타나. 양손으로 허리춤을 추스르며 주변을 돌아보는 모습이 꼭 다음 먹잇감을 고르는 맹수 같아. 저럴 때 레이더에 걸리면 큰일이지. 아직 준비할 시간이 필요해. 나는 으슥한 어둠 속에 더욱 몸을 바짝 붙였어.

훈이 완전히 사라지고, 나는 화장실로 들어갔어. 후배 녀석 둘이 화장실 바닥을 대걸레로 닦고 있어. 열린 창으로 찬 바람이 쌩쌩 부는데 녀석들의 얼굴이 벌겋게 달아올라 있었어. 시선이 마주치자 마뜩잖은 표정으로 고개를 까딱대다 말아.

나는 무슨 일이냐고 물었지. 후배들은 고개만 흔들 뿐, 입을 열지 않아. 하지만, 화장실 바닥에 떨어진 떨*을 보고 나는 짐작할 수 있어. 몰래 피우려다 걸려 된통 혼이 난 게 분명하지. 난 녀석들의 어깨를 툭툭 치며, 달래듯 말했어.

"공연 전엔 안 되는 거 알면서, 조심했어야지."

그러곤 슬며시 화장실 안으로 들어갔지. 눈에서 사라지면 뭔가 털어놓겠지 싶었어. 화장실 안에 쪼그려 앉아 대걸레가 바닥을 훑고 지나가는 소리를 들었어. 얼마나 기다렸나? 예상대로 한 녀석이 불평을 털어놓기 시작해. 딴엔 작게 속삭였지만, 내가 알아듣기에 충분했지.

"씨발, 인사 좀 안 했다고…. 퇴물 주제에."

"야, 조용해! 아까 조디악의 잠바 속에서 번쩍이는 거 못 봤어? 내가 그냥 참은 줄 알아. 그 새끼 완전 또라이야, 개또라이!"

후배들은 물까지 뿌려가며 화장실 바닥을 청소했어. 걔들이 본

---

* 떨: 대마초의 은어

훈의 잠바 속 물건이 뭔지 궁금해. 훈이 녀석, 대체 무슨 일을 꾸미고 있는 걸까? 나는 쥐고 있는 핸드폰을 내려다봤어. 그 사이 핸드폰은 손의 온기로 뜨거워졌지. 그래, 철이라면 알지도. 그에게 묻는 게 빠를 것 같아. 시발, 호흡이 점점 가빠졌어.

연결음이 느리게 이어져. 번호가 틀렸으면 어쩌지, 받지 않으면 어쩌나 괜히 초조해졌어. 몇 년 동안 떠올려본 적도 없는 이의 소식이 간절해지긴 또 처음이야. 그러나 간절한 바람과 달리 신호는 무심히 툭, 끊겨. 통화할 수 없다는 기계음이 나오자 괜히 욕설이 나와. 다시 재발신을 눌렀어. 받을 때까지 해야지. 아쉬운 건 나니까. 다시 지루한 신호음이 반복돼.

그렇게 한참 울리더니, 드디어 여보세요, 하는 음성이 들렸어. 목이 잠겨 소리가 바로 안 나왔지. 헛기침을 두 번 하고 이름을 부르는 데, 괜히 목울대가 뜨거워져.

"조디악?"

"…"

아무 반응이 없어 잘못 걸었나 싶어 당황했어.

"철이 씨 핸드폰 아닌가요?" 다시 한번 묻자, 그제야 큭큭대는 웃음이 돌아와.

"지이이니?"

그가 오래된 테이프처럼 늘어지게 내 이름을 불렀어. 예전 조디악의 말투가 분명했지.

"오늘인가?"

맙소사, 그는 설명하기도 전에 내가 전화할 걸 알고 있었어. 선견지명이라도 있나? 의아했지만, 한편으론 말을 꺼내기가 편했지. 나는 조디악에 대해 물었어.

"어떻게 된 거야? 훈이 녀석 지가 조디악이라고 하던데?"

"그렇게 됐어. 듣다시피 내 목소리가 이 꼴이라서 말이야. 끌끌 끌."

그는 마치 남의 이야기처럼 말하며 혀끝으로 웃었어.

"사고 소식은 들었어. 범인이 누군지 모른다며?"

"알면 내가 가만두겠어? 당한 만큼 돌려주지!"

철이는 감정을 누르듯 천천히 말을 뱉었어. 그의 목소리 끝이 쇠끌로 긁듯 거칠게 갈라졌어. 원래 철의 목소리는 미성이었는데. 래퍼치곤 드물게 고음을 냈었지. 사고의 후유증인 것 같아 마음이 싸했어.

훈이에 대해서는 그도 아는 게 없대. 나도 모르게 새어 나온 한숨을 듣고 그가 다시 웃었어.

"그래, 너는 어떻게 지내?"

기분 나빠진 나는 통화를 끝낼 요량으로 근황을 물었어.

"그냥 살아. 꼴에 가수였다고 아빠가 운전하는 관광차에서 아줌씨들 마이크 잡아주면서, 용돈 구걸하는 거지 모양새로. 끌끌끌…."

그는 또 웃었어. 들을수록 기분이 우울해지는 웃음이야. 대충 인사말을 얼버무리고 전화를 끊었어. 화장실을 나가는데, 휴대폰이 부르르 몸을 떨어대. 철이의 음성메시지가 들어왔어.

"지니, 내가 아빠 차에서 누굴 봤는지 알아? 알면 재미있을 건데, 나중에 전화해라. 끌끌끌 끌끌끌."

바로 통화 버튼을 눌렀지만, 철이는 전화를 받지 않아. 그가 말하는 나중이 언제일까? 화장실을 나오는 내내 끌끌거리는 그의 웃음이 귓가에서 맴돌았어.

9시가 됐어. 배틀까지 두 시간이 남았네. 나는 본격적인 준비를 하러 클럽 안으로 돌아갔어. 조명이 꺼진 무대는 마치 무덤 속처럼 괴괴하고 적요해. 빈 객석을 보니 일거리 하나 없는 스케줄 표를 보는 것 마냥 마음이 휑해져.

오늘 출전한 여덟 팀 중 이긴 네 팀만이 내일 배틀에 참가하고, 도전 팀을 계속 이겨야 일주일 뒤 결승에 오를 수 있어. 우승자는 랩의 제왕 자리 거머쥐게 되지. 랩의 제왕만이 방송에 출연하게 된다고 했어. 방송에 나간다니 얼마나 멋진 일이야. 방송은 우리에게 꿈이고 희망이지. 방송에 한번 나가 이빨 털어주면 몇 달 아니 몇 년은 편히 먹고 살 수가 있어. 우리 같은 무명도 방송에 얼굴 비치면 하루아침에 세상이 달라지지.

나는 출근할 때마다 소파에 누워 있는 날 향해 물건을 집어 던지는 아내를 생각해. 무슨 일이 있어도 꼭 왕좌에 올라야 해. 클럽 구석 벽 아래 희미한 불빛에 의지한 채 가사를 쓰고 있는 래퍼들을 둘러봤어. 누가 훔쳐보지 않을까 모두들 잔뜩 등을 웅크리고 있어. 마치 독이 오른 코브라마냥 눈빛을 반짝이며 물어뜯을 준비를 하고 있어.

배틀은 프리스타일로 이뤄져. 라이벌로 지목된 상대 둘이 마주 서서 동전 던지기로 순서를 정하고, 공격을 번갈아 가며 하게 되지. 상대의 말문을 막으면 이기는 단순한 룰이야. 열 번의 공수가 오간 뒤엔 관객의 판정으로 승패를 가누게 되지.

쉽게 흥분하는 관객들의 판정은 믿을 수 없어. 중간에 배틀을 끝내는 게 유리하지. 그래서 지금 모두 등 돌린 채 가사를 짓느라 정신이 없어. 한가한 건 훈이뿐이야. 혼자 히죽거리며 만화책을 보고 있어.

옆을 지나면서 훑어보니 '배틀로얄'이란 일본 만화였어. 섬에 갇혀 서로가 서로를 죽이는 한심한 스토리지. 나는 괜히 짜증이 나. 만화 내용처럼 다 쓸어버리기라도 하겠단 건가? 아님 출정 준비를 이미 다 마쳤다는 건가? 난 어이가 없어. 나에 대해서 그렇게 많이 알아? 거만한 새끼. 정말 속을 알 수 없는 양아치 새끼야. 녀석을 볼 때마다 속에서 열불이 올라와.

"쪼리! 쪼리!"

갑자기 낯선 여자의 목소리가 클럽 안에 울렸어. 모두의 시선이 소리 나는 곳을 향해. 짧은 금박 치마를 입은 여자가 비틀거리며 계단을 내려와. 화장기 진한 눈가의 주름이 마흔 중반은 넘어 보여. 여자는 혀 꼬인 목소리로 클럽을 둘러보며 조리를 찾았어. 마치 똥 마려운 강아지처럼 클럽 안을 뱅글뱅글 돌았지. 그러다 훈이와 마주치자 그를 향해 달려갔어.

"오우, 우리 쪼리!"

여자는 훈이의 목을 꼭 끌어안고 양 볼을 비벼대. 훈이의 표정이 돌처럼 딱딱해져.

"야, 죠디악 보고 쪼리래!"

뒤에서 누군가 큭큭 웃었어. 내가 듣기에도 여자는 혀를 너무 심하게 굴려댔지. 순간, 뭔가 휘익 바람을 가르며 허공을 날았어. 클럽 벽에 부딪친 유리컵이 요란한 소릴 내며 깨져 바닥에 흩어졌어. 컵에 담겨 있던 끈적끈적한 액체가 벽을 타고 흘러내렸지. 피가 흘러내리는 것 같이 섬뜩해. 클럽 안이 얼음 동굴처럼 얼어붙고, 훈은 여자의 손을 잡아채서 질질 끌고 나갔어.

"잠깐만, 잠깐만, 쪼리야!"

여자는 끌려가면서도 계속 쪼리를 불러대. 훈이는 입을 굳게 다문 채 아무 대답도 하지 않아.

무슨 사이지? 나는 슬쩍 주위를 둘러봤지만, 다들 머리만 긁적일 뿐 아무 말도 하지 않아. 막내가 쭈뼛대며 일어나 깨진 유리 조각을 쓸어 담았어. 유리 조각이 플라스틱 쓰레받기 위를 스치며 찍찍 날카로운 소리를 냈지. 낡은 디스크를 손톱으로 긁는 것 같은 그 소리에 맞춰 비트가 시작됐어.

음악이 꺼진 클럽 안에 소리들이 떠돌아다녀. 쿵쿵, 계단을 밟고 내려오는 사람들의 발소리. 시선을 피해 모자를 눌러쓰고 대기실로 들어가는 래퍼들. 조도 낮은 조명 아래 홀로 들어서는 관객들의 손목에서 번쩍대는 야광 나비들이 훨훨 눈 속으로 날아들고. 머릿속에서 현기증이 일어. 벽에 걸린 시곗바늘을 좇아 호흡이 한 박자씩 빨라져 숨이 할근거려.

붉은 사이키 등이 깜빡이고, 술잔 나르는 발자국을 흡수하지 못한 낡은 카펫 위로 먼지들이 부유하고, 디제이가 틀어놓은 시디가 플레이어에서 거칠게 공회전을 반복하지.

나는 주방 옆에 자리한 대기실로 들어가. 탁한 붉은색 조명이 켜진 공간은 땀 냄새로 가득했어. 모두들 밑이 푹 꺼진 소파 위에 젖은 빨래처럼 앉아 있어. 가래 끓는 노인처럼 쉭쉭거리는 환풍기 소리만이 들릴 뿐이야. 우리는 서로의 눈을 피하고 머리를 굴리면서 오로지 나무 문 너머로 희미하게 들리는 무대 음향에 집중해.

첫 무대를 앞둔 M과 K가 눈을 감고 얼굴을 외면해. 나는 세 번째야. 아직 훈은 들어오지 않았어. 긴장으로 떨리는 입술을 털어. 푸륵거리는 바람 소리를 들은 M과 K가 쳐다봐. 내 머리 위에서 만난 둘의 시선이 다시 엇갈리면서 바닥으로 떨어져. 순간, M의 입가에 미소가 번져. 이번 판은 왠지 M이 이길 것 같아.

바깥에서 2분 전을 알리는 엠시의 목소리가 들려. 갑자기, 대기실이 소란스러워지고. M과 K가 벌떡 일어나 무대로 향해. 둘의 시선이 다시 한번 허공에서 부딪쳐. 면도날 같은 눈빛이 얼굴 위를 아른거려.

우리는 입술을 비틀며 응원의 비트를 뿜어내. 부우북, 푸륵, 치이지익, 프읍품, 븝븝븝, 치픔치프읍⋯ 대기실 안이 비트박스 소리로 가득 차. 노래가 되지 못한 비트는 사람들의 입술을 잡아먹으며 점점 부풀어 올라.

덜커덩, 문이 열리면서 뻘겋게 상기된 훈이 들어와. 갑자기 공중제비를 돌았어. 왼쪽에서 느껴지는 서늘한 바람. 그의 날카로운 킥이 내 옆에 있던 막내 얼굴을 강타했어. 막내 코에서 붉은 피가 흘러내려. 모두 숨을 멈췄고. 아무도 움직일 수 없었어.

막내가 얼굴을 양손으로 감싸며 쓰러져. 그 뒤통수를 향해 훈이가 수건을 집어 던져.

"좆만 한 새끼들, 내 여자한테 함부로 깝치지 마!"

그의 시선이 나를 향해. 나는 주먹을 꽉 움켜쥐어. 마주 선 훈의 왼쪽 입술 끝이 천천히 올라가. 꽉 깨문 어금니 때문에 바르르 떨리는 내 턱을 깨부술 듯 노려봐. 뒤에서 후배가 잡아당기지 않았다면 당장 한판 붙었을 거야.

사람들이 많아서인지 잡아먹을 듯 노려보다 훈이 문짝을 발로 차고 나갔어. 우리는 막내 주변으로 모여. 막내 얼굴을 감싼 수건은 완전히 피범벅이야. 나는 새 수건을 던져주고, 후배에게 그년이 누군지 알아보라고 소리쳐. 그런데, 후배가 대답 않고 슬금슬금 내 눈치만 살펴. 망설이는 건 후배만이 아니야. 나는 이상한 느낌이 들어 주변을 둘러봤지. 모두 내 시선을 피해 딴청을 부렸어.

"뭐야!"

나는 의자를 걷어차며 소리를 버럭 질렀어.

"조디악이 선배랑 안 트는 게 신상에 좋을 거라고⋯."

어색한 침묵이 흘렀어. 그제야 클럽에서 아무도 말을 걸지 않던 게 이해됐어.

"오, 그래?"

나는 자리에서 일어나 벽을 걷어찼어. 퍽 소리와 함께 신발 자국이 흰 벽에 찍혔어. 다들 슬금슬금 구석으로 피해. 쓸모없는 것들. 퇴물이라고 무시할 땐 언제고. 거울을 보며 난 소리 내 웃었어. 훈이 놈, 감히 나를 내몰겠다 이거지? 전투 의욕이 불끈 솟아나. 훈일 이기기 위해 난 뭐든지 할 거야. 우선 그 전에, 우선 그년이 누군지 꼭 알아내야겠어.

나는 후배의 멱살을 잡아채 강제로 내몰았어. 당장 알아내지 않으면 신고한다고 협박했지. 내 손에 있는 떨을 보고, 후배의 얼굴이 허옇게 질렸어. 고개 숙이고 나가는 후배를 보며 나는 가사를 적기 시작해.

'훈이 새끼, 절대 다시는 깐죽대지 못하게 지근지근 밟아놓고 말 거야. 오늘, 기필코.'

우와아아, 바깥에서 요란한 함성이 들려. 첫 배틀이 끝났어. 이 제 승자가 문을 열고 들어올 거야. 우리의 시선은 입구로 몰렸어. K가 양손으로 문을 밀고 들어와.

그는 흠뻑 젖은 목수건을 바닥에 집어 던져.

"왓썹, 내가 이겼어. M 얼굴은 완전히 썩었어!"

K가 양손을 허리춤에 올리고 크게 웃어.

"궁금하지? 어떻게 이겼는지?"

아무도 묻지 않는데, K는 주변을 둘러보며 혼잣말을 지껄여. 쳇, 원래 이긴 놈은 말이 많아지지. 까인 새끼는 돌아오지 못하고. 지 금쯤 축 늘어진 모습으로 거리를 헤매고 있을 M이 떠올라. 나는 M의 얼굴을 훈으로 바꿨어. 갑자기 기분이 좋아져 실실 웃음이 삐 져나와.

"초반엔 그 새끼가 쪼아댔어. 학력을 속였다고 일러바치데. 웃 긴 건, 난 이미 그걸 예상했단 거지. 하핫, 둔한 새끼. 내가 아는 거 에 비하면 그건 장난이지, 장난! 나는 그 새끼가 어떤 쥐새끼랑 붙 는 걸 본 적이 있거든."

K는 여전히 이목을 갈구하며 혼잣말을 계속했어.

"그 새끼 게이였다고. 게이! 내가 대학 속인 거랑은 차원이 다르다고. 큭큭, 니들도 몰랐지? 그 새끼, 게인 거. 주말이면 바에서 눈이 벌게서 남자 사냥 다니는 더러운 새끼였다고."

갑자기 주변이 조용해졌어. 뒤에서 가방 떨어지는 소리가 크게 울렸어.

"그래도 나는 그 새끼 애인이 누군지 말하지 않았어."

하지만, 그가 말하지 않아도 우리는 알아챘어. 가방을 꾸린 L이 슬그머니 나갔거든. K가 그걸 보며 배를 잡고 웃어. 우리는 차마 따라 웃지 못해.

두 번째 배틀이 시작됐어. 그 다음이 나와 훈이지. 아, 심장이 터질 거 같아. 훈이는 여전히 보이지 않아. 어떻게 놈을 밟지? 몇 시간째 가사를 궁리해도 맘에 들지 않아. 그럴 수밖에. 나는 놈에 대해 아는 게 별로 없어. 한때 같은 그룹이었다 해도 함께한 시간은 고작 육 개월이 전부였으니.

놈이 사라졌던 일이 기억나. 느닷없이 잠수 타는 바람에 리더가 만나면 죽인다고 길길이 날뛰었지. 그런 놈이 나한테 품을 앙심이 대체 뭘까? 아무리 생각해도 모르겠어. 예감이 좋지 않아. 반드시 놈을 이겨야 해. 뭘 어떻게 해야 그 새끼가 다시는 깝치지 못할까?

머리를 굴릴수록 멍해져. 그래, 아는 게 없으면 어때. 만들면 되지. 애초 조디악에게 써먹으려던 걸 부풀려서 털어야겠어. 훈이 녀석, 조디악처럼 다신 무대에 얼씬 못 하게 까부숴 버리겠어.

놈의 여자를 알아보러 간 후배는 왜 소식이 없지? 주위에 물어봐도 고개를 저어. 돌아오지 않았다는 대답이 돌아와. 새끼, 느려터지긴. 뭐, 괜찮아. 아직은 시간이 있으니.

거울을 보며 화장을 고쳤어. 눈썹을 진하게 덧칠하고 비비크림을 덧발랐지. 오늘밤은 빛나 보여야 해. 화려하게 부활해야 하니까. 마무리로 입술에 립글로스를 꼼꼼히 발라. 글로시한 윤기가 더해진 입술은 두툼하고 섹시해. 흠, 나의 노래를 빛나게 해줄 매직 에센스.

바깥에서 함성과 박수가 들려와. 두 번째 배틀이 끝났어. 내가 나갈 차례야. 크게 심호흡을 하고 허리춤을 바짝 올려. 양손으로 문을 세게 밀어젖히지.

와아와, 관객들의 함성으로 고막이 떨어져 나갈 것 같아. 왓썹, 드디어 시작이야. 맞은편에서 훈이가 천천히 걸어와. 자, 이제부터 나와 훈의 배틀이 시작되는 거야.

원 투 스리. 심장박동을 세. 하나 둘 셋 보폭을 세며 걸어. 무대까지는 단 여섯 걸음. 무대 중앙에 커다란 조명등이 켜지고 관객들은 함성을 질러대. 엠시가 빨리 오라고 손짓을 하지. 흥분으로 이탈하려는 정신을 가다듬고 무대 중앙에 도착해. 훈과 눈이 마주쳤어. 녀석의 눈이 독기가 잔뜩 올라 빨개졌어. 그가 혀를 날름거릴 때마다 끝에 매달린 은색 피어싱이 나를 노려봐.

엠시가 우리 어깨를 맞잡고 동전을 던지게 했어. 나는 앞면을, 훈은 뒷면을 선택해. 바닥에 떨어진 건 앞면. 역시 행운은 내 편이야. 엠시의 손이 올라가고 드럼 비트가 빨라져. 아, 심장의 피가 거꾸로 솟구쳐. 뭣부터 말하지? 혀로 입술을 축이며 주위를 둘러봐. 숨죽인 관중들의 눈이 괴수의 그것처럼 번뜩여. 입술의 침이 바짝 말라. 사우나에 들어온 듯 머리가 멍해지고, 땀이 흘러내려.

가사가 기억나지 않아. 무대 직전까지 외웠던 것들이 삽시간에 사라져버렸어. 무슨 말이든 해야 하는데. 관중의 박수가 더해진 비트는 점점 빨라지며 나의 목을 죄어오고, 훈은 비웃듯 입술 꼬리를 실룩거려. 얄미운 사이코 새끼, 절대 질 수 없어.

나는 마이크를 움켜쥐고 비트를 타며 노래를 시작해.

내 이름은 지니. 너보다 세 살이 많지

나의 랩은 클럽을 정복한 칭기즈칸

너의 랩은 아장아장 세 살 걸음마

너는 나만 졸졸 따라다녀 네 롤 모델이 바로 나,

나는 너의 랩 스승. 힙합의 신세계를 주었지

너의 보답은 거만 오만 그리고 배신

너의 손엔 마이크 대신 뻐금대는 대마뿐

약쟁이 랩은 정신병자의 망상과 허상

너는 대마나 빠는 인간쓰레기

힙합 망치는 양아치 Shake it down.

관중들의 함성이 터져. 흠, 1차 공격이 나쁘진 않았어. 가슴 가득 녀석을 이길 거란 자신감이 들어. 관중들의 함성에 맞춰 나는 양손을 좌우로 흔들어. 관중들도 양팔을 휘저으며 휘파람을 불어. 탔어, 완전히 분위기를 탔어. 나는 팔짱을 끼고 가슴을 내밀어 훈을 쳐다봤어. 자, 덤벼보라고. 넌 무슨 말을 할 거니? 나는 이전보다 더 당당하게 그를 노려봤어.

훈은 아무 반응이 없어. 두꺼운 팩을 얼굴에 쓴 듯 무표정해. 뭐야? 이 새끼, 완전히 기죽었나? 나는 자꾸 웃음이 새어 나오려는 걸 간신히 참아. 벌써 얼어서 기권하면 곤란한데. 이제 막 재미있으려던 참인데. 나는 훈이 앞으로 다가가. 그의 코앞에서 중지를 세웠어. 훈의 얼굴이 뜨거운 물에 들어간 비닐처럼 구겨져. 그래, 해보라고, 그렇게 가만히 있지 말고, 이 떨떨아. 나는 세웠던 중지를 내려 바지춤에 갖다 댔어. 그리곤 음악에 맞춰 허리를 돌렸지. 그게 무슨 의미란 걸 녀석이 알길 바라면서.

나는 조디악. 사십 개 목을 딴 킬러
아이, 여자, 커플, 택시 기사 모두 못 피했지
내가 지금 죽이고 싶은 건 더러운 악당 새끼
세상엔 온갖 도둑 강도 사기꾼이 날뛰지

그중에서 가장 나쁜 새낀 남의 애인 강간한 새끼

오~ 우 누구냐고? 지니라고 들어봤나?

달린 거 크다고 여기저기 쑤셔대는

후배 애인 덮쳐 죽인 더러운 개새끼

조디악은 오늘 그놈 죽일 거야

인간 말종 처리는 언제나 조디악

갑자기 주변이 조용해져. 강간이란 말은 관중을 얼음으로 만들기에 충분했어. 오, 대마초완 비교도 안 돼. 나는 양손을 저어 아니라고 변명했어. 날더러 강간범이라니? 오우, 아니야. 절대 강간은 아니었다고.

하지만, 사람들은 나를 향해 야유를 던지기 시작했어.

아니라고? 그날도 아니라며 도망갔지

이천칠 년 네놈이 깔아뭉갠 그 여잔

창녀 색녀 걸레에 시달리다 한 달 만에 약 먹었어

변태 색마 오입쟁인 지니 오우~ 말짱하고 아우~

훈이 나를 보며 주먹을 내밀었어. 턱 앞에서 멈춘 주먹에서 살의가 느껴졌지. 사람들이 야유와 함께 엄지를 거꾸로 내려. 네로 황제의 재판처럼 엄지를 거꾸로 흔들어대. 나는 황급히 관중을 향해 아니라고 말했어.

그때, 뭔가가 내 얼굴을 향해 날아와. 픽, 하는 이물감이 느껴지더니 곧 이마에서 주르륵 액체가 흘러내려. 앞쪽에서 비명이 터지고, 놀란 엠시가 황급히 달려와 나를 감싸.

랩을 마친 훈은 의기양양한 자세로 날 내려다봤지. 나는 고개를 저어. 이대로 질 수는 없어. 엠시는 피가 흐르는 내 이마를 수건으로 누르며 포기하라고 해. 나는 고개를 흔들어. 절대 기권할 수 없다고. 절대로.

코에서 흐른 피가 멈추지 않아. 결국 보다 못한 엠시가 닦고 오라고 말하지. 나는 황급히 화장실로 가. 이 시간을 잘 써먹어야 해. 나는 주먹으로 머리를 때렸어. 관중의 야유가 계속 들려. 화장실 입구에서 누군가와 부딪쳤어. 아까 봤던 훈의 여자야. 아직 술이 덜 깼는지 여전히 비틀거리며 훈을 향해 손을 흔들어대.

미친년, 지랄하고 있네. 나는 여자를 일부러 세게 밀치며 무대를 올려다봤지. 무대 한편에 있던 훈이 벌떡 일어서는 게 보여. 미친놈, 이런 늙은 년이 뭐 좋다고. 개또라이들.

화장실 문을 열고 들어가다 깜짝 놀라. 후배가 정신을 잃고 화장실 바닥에 쓰러져 있어. 훈의 여자에 대해 알아보러 간 녀석이 왜 쓰러진 건지. 나는 가까이 다가가 약을 했는지 냄새를 맡았어. 아니, 대마 냄새는 나지 않았어. 손가락을 후배 코에 갖다 댔어. 숨결이 느껴졌어. 새끼, 제대로 녹다운 됐군. 후배의 이마와 코에서 흐른 피가 벌써 말라가고 있어. 후배의 어깨를 흔들었지만, 녀석은 깨어나지 않아. 누가 녀석을 이렇게 만들었을까?

흠, 짐작 가는 놈이 한 명 있었지. 그럴 만한 놈은 그놈뿐이야. 내가 여자에 대해 알아오라고 한 걸 눈치챈 게 분명해. 나는 더욱더 녀석의 여자가 궁금해졌어. 대체 어떤 관계이기에 이렇게 훈이 녀석이 여자를 싸고돌지?

피를 닦으며 녀석을 쓰러뜨릴 묘안을 궁리했어. 강간보다 센 게 뭘까? 증거 없는 강간 혐의보다 강한 걸 찾아내야 해. 그때, 전화벨이 울려. 철이야. 마치 지켜보고 있기라도 했던 것처럼 걸려온 전화가 나는 너무 반가워 얼른 받았지. 끌끌끌, 예의 그 재수 없는 웃음이 인사 대신 들려왔어.

"끌끌끌, 이제 때가 됐나? 어때 한 방이 필요하지?"

나는 주위를 둘러봤어. 혹시 그가 어디서 지켜보고 있는 것은 아닌가. 하지만, 그곳엔 쥐 새끼 한 마리 없었지. 나는 침을 꼴깍 삼키고, 그에게 훈이를 쓰러뜨릴 한 방을 물었어.

"끌끌끌, 훈의 약점은 여자야. 내가 관광버스에서 만난 여자가 누구였는지를 말하면 넌 이길 수 있어."

조디악은 뜸을 들였어. 빨리 입을 열라고 다그치고 싶었지만, 꾹 참아. 그의 조언이 절실히 필요한 시점에 화나게 하면 안 되니까.

내가 아무 말이 없자 철이는 바짝 쉰 음성으로 재수 없는 웃음을 반복하더니 갑자기 목소리를 낮췄어.

"그 여자가, 그년이 누구냐면, 훈이 엄마야!"

훈이 엄마를 버스에서 만난 게 무슨 대수라고. 그럼 그렇지. 퇴출당한 래퍼의 말 따위를 믿는 게 아니었어. 전화기를 냅다 끊으려는 순간, 철의 다음 말이 나를 붙들었어.

"훈이랑 엄마랑 그렇고 그런 사이라고. 그 여자가 술에 취해서 털어놨어. 훈의 동정은 자기랑 했다고. 끌끌끌. 그런데도 여전히 둘이 붙어 다니나봐…."

그의 말을 더 들을 필요가 없었어. 나는 훈이 엄마가 누군지 알 것 같았지. 조디악의 말이 사실이라면 여태 내가 본 게 다 이해됐어. 나는 입가에 묻은 피를 닦으며 웃었어. 거울에 커다랗게 입을 벌린 내 얼굴이 비췄어. 쩍 벌린 채 피 섞인 침을 흘리는 내 입이 마치 황소한테 얻어터진 개구리 입같이 우스웠지. 감히 날 이꼴로 만들어. 훈이 새끼, 이젠 니 차례야. 아주 일어나지 못하게 밟아주마.

화장실을 나가자 관중들이 다시 야유를 보내. 페스티벌이 중단된 것에 대한 화풀이까지 섞인 것 같아. 나는 별거 아니란 표정으로 어깨를 삐딱하게 세우고 검지를 흔들었어. 훈이 녀석, 나를 말없이 쏘아봐.

무대에 오르기 전, 잠시 주위를 둘러봤어. 헉, 예상대로 훈의 여자가 무대 앞자리에서 나를 노려보고 있어. 나는 그녀에게 윙크를 날렸어. 순간적으로, 훈의 몸이 움찔하는 게 느껴져. 짜식, 벌써 흥분하긴. 이제 넌 아웃이야.

나는 실실 웃으며 무대 중앙에 올라섰어. 엠시가 걱정스런 표정으로 내게 주의를 줘. 진짜 할 수 있어? 나는 대답 대신 엠시의 어깨를 밀어버려. 신경 끄라는 거지. 다시 무대조명이 켜지고, 밴드가 연주를 시작해. 음뜨춰음뚜춰, 비트가 흘러나와. 관중들이 야유를 멈추고 귀를 쫑긋 세워. 모두의 눈이 나를 쳐다봐. 나는 비트에 맞춰 몸을 흔들기 시작해. 모자를 사선으로 꺾고 어깨를 흔들며 무대를 빙글빙글 돌았어.

오, 마이 지저스. 오 마이 왓츠 업
오, 뷰티폴 투나잇 제발 이게 꿈이길.
개미 허리 시팔 젖소 가슴 이 시팔
졸라 잘빠진 조디악 여친이 날 보고 윙크해

나는 무대 앞에 앉은 여자의 손을 잡아채. 여자는 화들짝 놀라며 뿌리쳤지만, 내 힘을 당해낼 수는 없지. 여자를 무대 위로 끌어올렸어. 여자는 당황해서 어쩔 줄을 몰라. 그걸 본 훈이 몸을 일으키지만 엠시가 막았어. 관중석에서 다시 야유가 시작되었어. 허튼짓 집어치우라는 고함이 들려왔어. 나는 그곳을 향해 미소를 날렸지.

56

자, 지금부터 조디악 여친 소개할게

이삭은 야곱을 낳고 야곱은 유다를 낳고

조디악의 여친은 조디악을 낳았지.

침대선 애인, 밖에선 엄마

왓츠 업, 그건 무슨 사이?

훈이 증기기관차처럼 엠시를 밀치고 달려들었어. 나는 무대 뒤
편으로 달아나며 더욱 크게 노래를 불렀어.

쪼리 쪼리 뭐해 너는 패륜아

네 엄마는 널 따먹고

너는 조디악의 목을 땄어.

넌 가짜 가수, 가짜 랩, 가짜 애인, 가짜 인생

네가 하는 건 모두 구라 사기 뻥,

밤마다 엄마 젖 빠는 정신병자

랩을 들은 관중들이 흥분해 소리를 질러. 무대에 서 있던 여자
는 황급히 관중들 틈을 헤치고 도망가. 여자 뒤를 쫓던 훈의 시선
이 나를 향해. 훈의 얼굴이 동그랗게 부풀어 올라 있어. 그의 동공
이 이 세상이 아닌 다른 곳을 보듯 텅 비었어.

병신, 이제 끝인가? 나는 마이크를 내려. 돌아서 가려는데, 훈이

갑자기 나를 향해 날아와. 아무도 막지 못할 정도로 빠른 속도야. 나는 그 힘에 밀려 그대로 무대 바닥에 꼬꾸라져. 아, 그런데 옆구리가 이상해. 찬 바람이 훅하고 들어오더니 갑자기 화산처럼 뜨거운 통증이 온몸을 감싸. 난생 처음 느끼는 무시무시한 고통이 전신에 퍼져. 나는 비명조차 내지 못하고, 위를 올려다보지. 훈의 손에 들린 뭔가가 번쩍거려.

여기저기서 터져 나오는 비명이 클럽에 메아리치고 사람들이 계단을 뛰어올라가. 대기실에서 뛰어나온 래퍼들이 여전히 흥분해 칼을 휘두르는 훈이를 붙들어. 누군가 응급차를 부르고, 경찰에 전화해. 모든 목소리가 꿈결처럼 아득하게 들려.

피가 흘러 등 아래 고이는 게 느껴져. 배 전체가 뚫린 듯 피가 계속 솟구쳐. 누군가 내 배 위에 수건을 덮고 눌러. 고통이 너무 심해 정신을 놓을 것 같아. 눈이 타들어 가는 것 같아 뜨고 있기가 너무 힘들어.

"끌끌끌, 훈이 녀석 여전하군. 엄마 얘기만 꺼내면 미쳐 날뛰지."

낯익은 음성이 들려와 난 억지로 눈을 떠. 조금 전에 통화한 철이 내 앞에 있어. 나와 눈이 마주치자 그가 수줍게 웃어.

"조… 디… 악?"

난 마지막 힘을 짜내 그를 불러. 내 신음을 들은 그가 내 귀에 대고 속삭였어.

"그럼, 조디악이고 말고. 누가 진짜 랩의 왕이지? 가질 수 없는 왕좌는 없애야지. 이 세상에서 랩은 모두 사라져야 해. 자, 내가 제왕이다! 조디악이 제왕이야. *끌끌끌.*"

그가 괴성을 지르며 무대를 뛰어다녀. 쉬어서 갈라지는 목소리로 자신이 왕이라고 고래고래 소리 질러. 하지만, 아무도 그를 보지 않아. 훈이는 맞은편에서 무릎을 꿇은 채 울고 있어. *그가* 울먹거리는 소리가 환청처럼 들려. 엄마, 미안해,라고 하고 있는 게 맞나?

맞아, 그때도 그는 울었어. 내 방에서 나가는 여자를 끌어안고 저렇게 울었지. 그런데, 확실하지 않아. 기억이 가물가물해. 그가 뭐라 해도 분명 강간은 아니었어. 그 애가 먼저 유혹한 거였다고. 변명하고 싶은데, 잠이 쏟아져. 눈을 뜨고 싶은데 자꾸 감겨. 아직 할 말이 남았는데, 내 랩은 끝나지 않았는데, 꼭 우승해야 하는데. 멀리서 울리는 경찰차 사이렌 소리가 비트처럼 들려와. 잠들면 안 돼. 일어나 노래해야 해…흠…취…흠…파…음…치…으…ㅍ….

틈

고양이가 마당에 들어선다.

주위를 둘러보는 비열한 눈빛. 고양이가 노려보는 평상에는 생선이 시체처럼 널브러져 있다. 안개 속에서 덜 마른 생선은 평소보다 진한 비린내로 고양이를 유혹한다. 고양이는 혀를 날름거리며 내가 앉아 있는 평상으로 다가온다.

고양이가 더욱 바짝 다가온다. 누런 동공이 들여다보인다. 나는 손을 크게 휘저으며 가,라고 한다. 고양이는 잠시 멈칫하다 다시 가까이 다가온다. 나는 몸을 일으켜 고양이를 향해 그리 강하지 않은 발길질을 해 보인다. 그제야 고양이는 바람 소리를 내며 몸을 돌린다. 그러나 멀리 가지 않고 담 옆에 기대어 내가 사라지기를 기다린다.

나는 저 고양이를 알고 있다. 젖이 빨갛게 부어오른 고양이는 엇비슷한 무리 중에서도 유독 눈에 띄었다. 자정이 지난 시간 화장실 담 사이에서, 대문 앞에 놓여 있는 쓰레기통 안에서, 고양이는 예고 없이 숨어 있다 푸드득 튀어나오곤 했다.

나는 생선을 원하는 고양이의 눈빛을 무시하고 고양이를 대문 바깥으로 내몬다. 고양이는 미련이 남는지 연신 뒤를 돌아보며 느릿느릿 움직인다. 포구에는 짙은 안개가 깔려 있다. 포구 옆으로 길게 뻗어나간 방파제에는 안개 탓인지 사람이 보이지 않는다. 앞장서 걷고 있던 고양이가 갑자기 멈추고 돌아보더니 훌쩍 몸을 날려 방파제 아래 돌 사이로 사라진다.

대충 쌓아 올린 돌 틈새. 고양이는 방파제 아래를 메운 돌 사이에 은거하고 있다. 돌 사이로 들어가는 고양이를 처음 보았을 때, 나는 하이에나를 떠올렸다. 킬리만자로의 기슭을 누비며 동물의 시체를 먹는 하이에나와 방파제 아래에서 낚시꾼이 버린 썩은 생선을 먹는 고양이는 어딘가 닮아 있다. 작은 하이에나. 포구에서 사는 그들은 절벽 사이를 누비는 하이에나처럼 바닷가 바위 사이를 누빈다.

한번 들어간 고양이는 나올 줄을 모른다. 아마 돌 틈새로 위에 버티고 앉아 있는 나를 노려보고 있는지도 모르겠다. 시선을 올려 방파제 앞으로 펼쳐진 바다를 바라본다. 안개를 잔뜩 짊어진 파도가 곤히 잠든 아기처럼 숨을 뱉고 있다. 바다를 보면 나는 떠나고 싶어진다. 늘 그랬지만, 지금 나는 그 어느 때보다 떠나고 싶은 욕망을 느낀다.

갑자기 시야가 어두워진다. 고개를 들지 않아도 익숙한 냄새가 누군지 알게 한다. 슬그머니 옆에 멈춘 검은 장화 코에 고기비늘이 잔뜩 묻어 있다. 박하 향이 연기와 함께 그의 몸에서 흘러나온다.

한쪽 어깨가 무거워진다. 뺨을 어루만지는 규태의 손에서 생선 비린내가 난다. 나는 주위를 둘러본다. 다행히 인기척이 없다.

나는 바다 위를 부유하는 안개가 더 짙어져 나를 감추고, 규태의 모습마저 가려주길 바란다. 그러나 그런 나의 바람을 비웃듯 그가 말없이 두 번째 담배를 반쯤 피웠을 때, 마을 쪽에서 새된 목소리가 들려온다.

"규태야! 규, 태, 야!"

그의 이름이 점점 높이 울려 퍼진다. 덕천네의 독기 서린 눈이 보이는 것 같아 나는 몸이 오그라진다. 규태는 작은 한숨을 쉬고, 어깨를 안은 손에 잠시 힘을 주었다 조용히 일어나 덕천네 음성이 들리는 곳으로 돌아간다. 규태가 가고 나자, 한쪽 어깨가 허전하다. 나는 규태가 만졌던 뺨을 살며시 어루만진다. 안개 때문에 뺨이 촉촉하다.

'한바탕 경을 치겠군.' 덕천네에게 혼날 규태가 걱정된다. 동네에서 자식 자랑이라면 우리 어머니 다음으로 목청이 높은 덕천네다. 덕천네와 어머니는 동네에서 사이가 좋지 않기로 유명하다. 동네에서 마주쳐 인사를 할 때마다 흘겨보던 덕천네의 눈초리가 떠올라 등에 소름이 돋는다.

자리에서 일어서는데 오른발이 저리다. 전기가 지나는 것처럼 아리는 발을 끌며 걷는다. 방파제를 돌아 현무암으로 쌓은 담을 지나면 어머니 가게가 나온다. 하늘색 기와집 한편에 나무 탁자 세

개와 의자 몇 개를 갖다 놓은 작은 가게다. 가게 앞에는 널평상이 있고, 어머니는 늘 거기 앉아 마실 나온 여자들과 화투를 쳤다. 그러나 요즘은 어머니 혼자다. 내가 내려온 다음부터 어머니는 마실을 나가지 않고, 여자들이 찾아오는 것도 반기지 않았다.

어머니는 바다 쪽에서 걸어오는 나를 일별하고는 무르팍에 올려놓은 바구니에서 고사리를 꺼내 다듬는다. 나를 피하는 어머니의 마음을 모른 척 그 옆에 엉덩이를 갖다 댄다.

"규태하고 어울리지 말어. 동네 사람들 입에 오르내릴 짓 허지 말고. 네가 그럴 리는 없고, 규태가 앵겨도 매몰차게 굴어."

규태와 앉아 있던 모습을 어머니도 본 모양이다. 안개에 가려 누구의 눈에도 띄지 않기를 바랐는데. 휴우. 어머니의 한숨이 길게 이어진다. 나는 바구니를 뺏어 고사리를 다듬기 시작한다. 며칠 전 새벽이슬 털기 전에 따온 고사리는 봄 햇살에 푸름을 상실하고 꺼멓게 말라 있다. 싱싱함을 잃은 어머니 가슴 같고, 살이 달아난 어머니 몸피 같다. 어머니는 잠시 고사리를 다듬는 내 손을 가만히 들여다보다 고사리를 뺏는다.

"그만하고 들어가 밥 먹고 약 챙겨 먹어. 지용이 에미 나올 시간 됐으니께 괜히 얼굴 부딪치지 말고…. 병원에는 세 밤 자고 갈 거제?"

나는 고개만 끄덕인다. 내가 얼른 일어서지 않고 어기적거리자 어머니는 아예 일으켜 세운다. 어여. 올케와 마주치기 싫은 것은 나도 마찬가지다. 나는 할 수 없이 집 안으로 들어간다.

창살이 세로로 이어진 철제 대문 바로 옆에 있는 골방. 안채에서 떨어져 있는 내 방은 햇빛이 잘 들지 않아 눅눅하다. 방문을 여니 기다렸다는 듯이 벽지에서 습한 냄새가 올라온다. 방 안에는 올케가 들여놓은 밥상이 보자기에 덮여 있다. 아마 어머니 극성에 챙겨 넣었을 것이다. 밥상에는 구운 조기 한 마리와 밥이 미역국과 있다. 두툼한 미역 사이로 알이 꽉 찬 조갯살이 보인다. 병원을 나오는 날부터 어머니는 매일 미역국을 끓였다.

"여자 몸에는 미역이 최고인 겨. 피를 많이 흘린 데 이만한 게 없어."

나는 어머니의 말대로 미역을 매일 먹어야 할 만큼 피를 많이 흘렸다. 혼수상태에서 깨어났을 때 내 옆에는 어머니뿐이었다. 새까맣게 탄 얼굴이 온통 눈물범벅이었다. 침대 옆에 있어야 할 남편의 모습은 보이지 않았다.

남편은 대학 선배였다. 그가 대학을 졸업하고 중소기업의 후계자가 되어 나에게 청혼을 했을 때 나는 그러라고 했다. 그러자가 아닌 그러라. 술자리 끝에 임신한 여자가 할 대답으론 너무 미흡했을까? 훗날 쉽게 허락한 그 대답까지도 내 과거의 꼬투리가 될 줄은 그때는 몰랐다.

두어 번 연극을 보고, 몇 번의 식사를 더 하고 그가 집으로 찾아왔다. 그를 보자 어머니의 까만 얼굴에 화색이 돌았다. 남자도 가기 힘든 대학을 나온 딸년이니 사위도 여느 남자여서는 안 된다는 어머니 생각에 맞아떨어지는 남편이었다. 동네에 금세 부잣집으로 시집간다는 소문이 퍼지고, 오빠 몫의 밭을 팔아 마련한 혼수 비용으로 나는 결혼했다.

신접살림을 청담동에 있는 시집에 차렸다. 높은 담에 둘러싸인 2층 집 안으로 처음 들어가던 날, 거대한 피라미드 안에 들어가는 듯한 중압감을 느꼈다. 거실에서 나를 맞이하는 시어머니는 미라보다 섬뜩한 눈을 하고 있었다. 좀처럼 입 벌려 웃는 법이 없는 시어머니는 나를 볼 때마다 미간에 잔뜩 주름을 잡았다.

신혼여행 짐을 풀고 부엌에 들어가니 혼수로 보낸 목걸이가 파출부의 목에 걸려 있었다.

"나하고 어울리지 않아서."

중얼거리듯 입술 사이로 뱉는 시어머니의 말은 나를 가리키는 것 같았다. 시어머니의 그런 싸늘한 기운이 남편에게도 전염되어 어느 날부터인가 남편은 서재에 틀어박혀 컴퓨터만 몇 시간씩 들여다보고, 출장 가는 횟수가 늘었다. 그리고 이유 없이 배 속에서 아기가 사라졌다. 물도 아닌데 흘러버렸다는 의사 말처럼 아기는 스스로 소멸했다. 까만 화면 속에 비친 자궁은 텅 비어 그곳에 아기가 있었다는 걸 완전히 지우고 있었다.

"약 먹었지?"

미닫이문이 열리며 물컵을 든 어머니가 들어온다. 밥상을 밀어 둔 채 손 놓고 앉아 있는 나를 보고 어머니가 인상을 찌푸린다. 어머니의 음성이 한 톤 높아진다.

"빨리 나아야지. 언제까지 방구석을 지키고 있을 거여. 약 챙겨 먹고 기운 차려서 다시 아 가져야지. 김 서방이 소원한 거 다 아가 그리되어서여. 니 오라비도 마누라보다 아가 좋다고 얘기 안 하냐."

어머니는 밥상을 턱 앞까지 끌어다 놓아주고 컵을 상 위에 올려놓는다. 개소주다. 비린 침이 입안에 가득 고인다. 어머니가 나가고, 억지로 밥을 입속으로 밀어 넣는다. 쌀이 모래 같다. 제대로 씹지 못한 쌀이 모래성처럼 위와 식도에 꾹꾹 쌓인다.

어머니 말대로 아기가 있으면 달라졌을까?

"아들만 하나 떡 낳아. 그럼 사돈도 살가워질 거여."

졸지에 밭을 뺏긴 올케의 시샘 속에도 어머니는 꾸준히 보약을 보냈다. 올케 모르게 보낸 보약 덕에 결혼 3년 만에 다시 아기를 가졌다. 이제 낳기만 하면 모든 게 풀리려나. 남편의 늦은 귀가, 시어머니의 흘긴 눈과 잔소리, 진종일 닦아도 티가 나지 않던 집안일이 아이를 낳으면 모두 사라지려나, 그런 꿈을 꾸었는데. 그 꿈이 육 개월이 되지 않아 사라져버렸다.

아무 이상 없이 잘 크고 있던 병원에서 갑자기 아기의 뇌에 이상이 보인다며 장애아 판정을 내렸다. 집안은 순식간에 들쑤셔졌다. 우리 집안에 이런 경우는 없었다는 시어머니의 의심스런 눈초리에 이어 남편마저 나의 과거를 캐묻기 시작했다. 왜 너만? 줄기차게 질타가 이어지고, 시어머니와 남편은 대놓고 수술을 강요했다.

수술대에 누워 나는 수술이 끝나면 남편과 여행이라도 다녀와야지 하는 생각을 했다. 신혼여행을 다녀왔던 호주의 산호해는 못 가더라도 제주도의 푸른 바다에라도 가면, 남편이 예전처럼 나를 두 팔에 안고 바다로 뛰어들지 모른다는 상상을 했다.

간호사가 링거를 통해 마취제를 넣자 천장에서 반짝이는 불빛이 빙글빙글 돌았다.

"숫자를 세어보세요."

"일, 이, 삼….."

열을 세기도 전에 백열등의 하얀빛이 온 세상을 완전히 덮고 고요해졌다. 그 후는 기억이 나지 않는 깊은 어둠에 잠겼다.

깨어나니 3일이 훌쩍 지나 있었다. 나는 중환자실로 옮겨져 있었고, 침대 옆에 어머니가 올라와 있었다. 자궁에서 죽어간 아기처럼 나의 왼쪽이 죽어 있었다. 원인이 불분명한 뇌 손상으로 왼쪽 팔다리가 마비되고, 말을 잃어버렸다. 의료사고라고 호들갑 떨던 시어머니와 남편은 원장실로 들어가 며칠을 항의하더니 병원에서 자취를 감추었다. 병원에서는 내 유전자에 문제가 있거나 만 명 중 한 명꼴로 생기는 특이한 경우라는 애매한 진단으로 병원의 책임을 면하려 했다. 결국 아기의 장애와 수술 사고 모두가 내 잘못이라는 것이었다.

　병원 생활이 일 년이 넘도록 이어지자 남편은 병원에 들르지 않고 집에서 자는 날이 많아졌다. 어쩌다 병원에서 자고 가는 날에도 병실보다는 휴게실에 앉아 전화 통화를 하는 일이 잦았다. 밤중에 잠이 깨면 남편이 휴대폰에 입을 갖다 대고 속삭이고 있는 모습이 보였다.

　퇴원하는 날, 남편은 병원에 나타나지 않았다. 어머니는 화가 나서 목발에 의지해 간신히 걷는 나를 친정으로 데리고 내려왔다. 나는 친정에서 강장동물처럼 먹고 자며 병원에서 시키는 대로 물리치료와 약물치료를 받았다.

　퇴원을 하고 친정에 내려온 지 넉 달이 지나서야 남편에게서 전화가 왔다. 남편은 집으로 들어오지 않고 나를 읍내 다방으로 불러냈다. 담배 구멍이 나 있는 테이블을 사이에 두고 만난 남편은 조금 살이 붙어 있었다. 남편이 웃옷을 벗자 향수 냄새가 확 풍겼다. 남편은 향수를 싫어했었는데.

　남편은 내가 목발을 뗀 것을 알아차리지도 못하고, 주문한 커피가 나오기도 전에 서류 봉투를 내밀었다. 봉투 안에는 이혼합의서가 들어 있었다. 서류 하단에 남편의 이름과 붉은 도장이 찍혀 있었다. 나는 남편이 가리키는 자리에 이름을 쓰고, 도장을 찍었다. 도장을 가지고 나오라고 할 때부터 예상을 한 일이었다. 아니 수술실에 들어갈 때부터, 어쩌면 더 이전, 남편의 귀가가 늦어지면서부터 예상을 했는지 몰랐다. 남편은 내가 찍은 도장을 살피고 서류를 한 번 쭉 훑더니 통장 하나를 쓱 내밀었다. 그러고는 누가 기다리기라도 하는 듯이 연신 시계를 들여다보더니 반도 안 마신 커피를 두고 다방 문을 나갔다.

그가 나가고 한참이 지나도록 나는 자리에서 일어나지 못했다. 생각할 시간이 필요했다. 우리가 이혼할 이유가 있던가? 남편의 말처럼 나의 과거가 너저분했던가? 나에게 유전자 결함이 있는 걸까?

터미널로 가서 버스에 오르고 나서도 나의 생각은 앞뒤 없이, 해답 없이 이어졌다. 우리의 이혼? 그와 내가 결혼을 했던가? 지금의 상황에서 그와의 결혼을 증명하는 것이 없다는 생각을 하다 아래를 보고 놀랐다. 나의 절룩이는 다리를 잊고 있었던 것이다. 그와의 결혼 생활의 유일한 증명이 절룩이는 다리가 된 셈이다. 또 하나 그가 내밀고 간 통장. 이천만 원이 들어 있었다. 나의 결혼 생활이 시가로 이천만 원이 되는 모양이다. 그리고 지금은 텅 비어 버린 나의 자궁도 나의 결혼을 기억하고 있을지 모르겠다. 몇 달간을 살다간 아기의 흔적과 함께. 전생에서 일만 번의 연이 닿아야 부부의 연이 된다던 나의 결혼은 그렇게 끝났다. 배신감, 후련함, 아무 느낌이 없었다.

읍내로 나가는 버스는 한 시간에 한 대 정도이다. 그나마 시간보다 일찍 지나가버리기 때문에 늘 십여 분 일찍 집을 나서야 한다. 나는 사람들의 왕래가 드문 오후 시간대를 택한다. 이른 오전과 초저녁의 정류장은 읍내를 왕래하는 사람들로 제법 붐빈다. 하지만, 점심시간대를 훌쩍 뛰어넘은 오후 두세 시경의 정류장은 인적이 드물기 마련이었다.

버스 시간표 안내판 옆에 광고 전단이 붙어 있다. '양어장 관리인 부부 급구. 숙식 제공'이라고 큼직하게 적힌 글자가 눈에 들어온다. 양어장 관리에는 밤낮의 구분이 없기 때문에 남자 혼자서는 오래 버티지 못한다고 한다. 그런 때만큼 아내의 살냄새가 그리울 때가 또 있을까. 그러고 보니 옆 이부자리에서 올라오는 사람 냄새를 맡아 본 지가 꽤 지났다.

광고지에서 시선을 옮겨 한갓진 도로 위를 지나는 흙바람을 바라본다. 얼굴 위로 내리쬐는 햇살이 제법 따갑다. 도로 양편의 작은 땅에 심은 옥수수가 잘 자라고 있다. 옥수수는 잘도 익는다. 옥수수를 볼 적마다 나는 고등학교 때 배운 흑인영가가 떠오른다.

머릿속으로 노래를 부르느라 처음엔 무슨 소린지 알아듣지 못했다.

"연이야."

조심스러운 음성이 들리고서야 나는 옆에 다가온 차를 보았다. 차 안에는 엷은 웃음을 던지며 규태가 앉아 있다. 내가 가만히 있자 규태는 차문을 열고 나와 나를 부축해 차에 앉힌다.

"병원 가는 거지?"

아무 말이 없는 나에게 규태는 우연히 만난 것처럼 말을 건넨다. 수요일마다 병원에 가는 것을 아는 규태는 진작부터 내가 집을 나서는 것을 지켜보다가 내 뒷모습을 따라왔을 거다.

규태는 그런 아이다. 지나치게 남을 배려하다 불이익을 당하는. 나는 그런 규태의 마음을 알면서도 나 역시 그에게 상처를 주었다. 내가 자취하는 서울에 올라와서 밥을 사주고 영화를 보여주고 새벽 기차로 내려가는 규태의 마음을 모른 체하고 나는 선배와 결혼했다. 중졸에 어부인 그를 어머니에게 설득시킬 자신도 없었지만, 규태가 나에게 부족하다는 생각을 나도 하고 있었다. 그리고, 지금은 내가 규태에게 부족하다는 생각을 한다.

병원 입구에 내려주고 규태의 차는 저만큼 멀어진다. 언어치료실 문을 열고 들어선다. 병상 기록을 들여다보는 치료사의 표정이 어둡다. 안경을 검지로 끌어 올리며 이마를 살짝 찡그린다.

"자, 조금만 더 노력해봅시다."

치료사는 일부러 쾌활한 목소리를 낸다. 치료사가 그림 카드들을 꺼낸다. 치료사가 들어 보이는 카드에는 두 여자가 마주 앉아 찻잔을 들고 있다. 지난주에 보았던 카드이다. 뇌세포가 단어를 찾기 위해 바삐 움직인다. 떠오르는 단어는 커피. 커피를 말하라고 명령을 내린다. 입술 끝이 바르르 경련을 일으킨다. '커' 자를 만들기 위한 나의 입술. 그러나, 내 귀에는 부족한 소리가 들린다.

거… 기… 거… 기….

들릴 듯 말 듯한 나의 목소리를 듣고 치료사는 입술을 동그랗게 오므리며 '커피'를 발음한다. 나는 치료사의 입 모양을 흉내 내려 한다.

거거. 거… 커… 피… 커… 피!

치료사가 카드를 뒤집어 보인다. 흑색으로 커피가 석혀져 있다. 카드의 사람들은 커피를 마시고 있는 것이다. 그들이 마시는 건 내가 자주 마시던 그 커피와 같다. 나는 하루에도 얼마의 커피를 마시고, 또 얼마나 자주 커피를 끓여 권했던가. 드나드는 접객이 많던 시집에서 나는 며느리로서, 아내로서 커피를 끓여야 했다. 그 친숙한 커피를 말하지 못하다니. 나의 입술이 비틀어진다.

45분의 치료 시간이 끝나자 치료사는 고생했다며 내 어깨를 두드려준다. 내 이마는 땀으로 젖어 있다.

"집에서 자꾸 소리를 내 말하세요. 모든 병은 마음에서 오는 거예요. 연이 씨처럼 마음을 굳게 닫아버리면 치료가 더딜 수밖에 없어요. 좋아질 거다 좋아질 거다, 하고 항시 마음을 긍정적으로 먹어요. 연습 많이 하시고요."

의사라면 나 같은 상황에서 웃을 수 있을까. 나는 여전히 웃고 있는 의사에게 목례를 가볍게 하고 치료실을 나온다.

바깥은 햇살이 환하다. 화사함이 떠나자고 유혹한다. 먼저 가버렸기를 바라는 나의 맘과는 달리 규태의 차가 병원 주차장에 서 있다. 나를 본 규태는 피우던 담배를 던지고, 나를 반긴다. 규태의 주변에 담배꽁초가 여러 개 떨어져 있다. 차에 타자 규태는 아무 말이 없이 마을과 반대 방향으로 차를 몬다.

규태는 커다란 닭이 그려진 식당 앞에서 차를 세운다. 인삼을 폭 고아 만든 토종 삼계탕. 규태는 닭 뼈를 발라주며 내가 먹는 것을 지켜본다. 삼계탕은 맛이 없다. 그러나 나는 정말 맛이 있는 듯 꾸역꾸역 입속으로 집어넣는다. 규태가 웃는다. 모처럼 만에 왕성하게 먹는 내 모습이 보기에 즐거운 모양이다. 규태의 웃는 얼굴 때문에 나는 뚝배기 밑에 가라앉아 있는 국물까지 다 마신다. 식당을 나와 차에 타면서 규태는 삼계탕이 맛있다며 다음에 또 오자고 한다. 나는 어두워지기 시작하는 하늘을 올려다보며 긍정도 부정도 아닌 고개를 끄덕인다.

마을 입구에서 차는 다시 멈춘다. 안전벨트를 푸는 내 손을 규태가 가만히 잡는다. 규태의 가슴으로 끌려간 손등 위로 마른 규태의 입술이 느껴진다. 이어 규태의 손은 내 볼을 가만히 쓰다듬고, 내 어깨를 끌어안는다. 다가오는 규태의 얼굴을 보며 눈을 감는다. 규태의 입술에서 삼계탕을 먹은 후에 마신 수정과의 계피 향이 난다.

차에서 내리자 차가운 밤공기가 상기된 볼을 식힌다. 나는 집까지 천천히 걷는다. 마을은 벌써 어둠에 잠겨 있다. 텔레비전 소리가 넘어오는 울담 옆 쓰레기장 주변에 고양이들이 모여 있다. 밤에 집회를 갖는다는 게 고양이들의 특성이다. 내가 다가가도 달아나지 않는 고양이의 눈이 가로등 불빛을 받아 매섭게 번득인다. 나는 며칠 전 보았던 어미 고양이가 있나 둘러본다. 비슷해 보이는 고양이는 있지만, 왠지 그 어미 고양이는 아닌 것 같다.

내 방 앞 댓돌 위에 어머니의 신발이 놓여 있다. 불안감이 등을 훑고 지나간다. 조용히 문을 연다. 어머니가 무릎에 고개를 묻고 있다가 벌떡 든다. 어머니의 눈이 빨갛다. 안으로 들여 넣던 내 한 쪽 발이 움찔 멈춘다. 어머니 앞에 우편물이 하나 놓여 있다. 나는 그제야 사태가 짐작이 된다.

어머니는 내 어깨를 잡아 주먹으로 두드린다.

"이게 뭐여, 이게?"

어머니가 휙 던진 우편물에는 가정법원의 로고가 찍혀 있다. 들여다보지 않아도 이혼 확인에 대한 통지란 걸 안다.

"이제 어떻게 하려고 도장을 찍어준 겨. 김 서방 맘 풀릴 때까지 죽은 듯이 기다리고 있으라니까. 어떻게 하려고. 너 혹시 규태 때문이여? 규태가 너 이혼하고 오면 살림 채린다고 하디?"

내가 아무 말을 못 하자 어머니의 음성이 높아진다.

"아서, 이것아! 규태 에미가 어떤 여편넨디. 네 머리채가 남아나지 않을 거여. 정신 차려! 이 속없는 것아! 앞으론 규태도 얼쩡대지 않을 거여. 내가 단단히 못 박고 왔으니께."

어머니는 남편과 내가 잘될 수 있을 거라고 생각했나 보다. 남편의 맘이 풀릴 때까지 참았어야지 하는 어머니의 말이 가슴을 파고든다. 내가 또 잘못을 했던 것일까.

"내일 나하고 서울 가자. 김 서방 만나서 손이 발이 되도록 빌자, 빌어!"

어머니는 한참을 울며 소리치다 그렇게 혼자 결론을 맺고 방을 나간다. 어머니가 나가면서 내 방의 불을 끈다. 식구들이 내게 뭐라고 할까봐서일 것이다. 나는 자리도 펴지 않은 채 바닥에 퍼진다. 몸에서 힘이 빠진다. 심장에서 미열이 오른다. 이럴 때의 나는 줄에 묶인 인형 같다. 누군가의 조작에 의해서만 숨을 쉴 수 있는 존재. 안채에서 오빠가 술을 마시고 왔는지 올케에게 언성을 높인다. 나는 귀를 막는다. 차라리 귀까지 먹어버렸으면. 집안의 소란은 조카의 울음을 끝으로 멈춘다. 두 살 박이 조카에게 더없이 미안해진다.

소란이 끝난 집은 어둠에 잠긴 무덤 같다. 나는 맨바닥에 드러누워 생각하고 또 생각한다. 그러나, 머릿속에 또렷이 떠오르는 것은 없고 마치 물에 빠진 것처럼 어지럽고 앞이 보이지 않는다. 내일 어머니와 서울에 가야 하는 걸까. 가서 남편을 만나면 뭐라고 해야 할까. 어머니 말대로 빌면 돌아선 그의 마음이 내게로 돌아올까. 이대로 내일이 오지 않는다면, 아니 내가 이대로 사라져버린다면. 머릿속은 나선의 모양으로 끝도 없이 돌아간다.

달아나고 싶다. 오후에 버스 정류장에서 본 광고지가 떠오른다. '양어장 부부 관리인 구함.' 규태에게 함께 떠나자고 하면 규태는 뭐라고 할까. 예전에 규태가 도망가자고 했을 때에는 어머니의 얼굴이 밟혀 아무 대답을 할 수가 없었다. 규태는 자기 어머니를 등지고 나를 택할 수 있을까. 만약 규태가 그때의 나처럼 아무 대답을 못 한다면… 규태마저 외면하면 나는 어디로 가야 하는 걸까. 아무 데도 갈 곳이 없다.

창밖에서 고양이 울음소리가 들린다. 발정기에 들어간 고양이는 처절하게 운다. 고양이의 울음소리가 두 개로 갈라져 들린다. 몸이 감전된 것처럼 떨린다. 나는 자리에서 일어나 문을 살그머니 연다. 잘 펴지지 않는 발에 억지로 신발을 끼우고 대문을 나선다. 고양이가 대문가에 앉아 나를 바라본다. 어둠 속에서 커진 동공이 나를 잡아끈다. 고양이는 기다리고 있었다는 듯 망설임 없이 골목길로 들어간다. 나는 고양이를 쫓는다. 조금만 천천히. 고양이를 따라잡기 위해 양팔을 힘껏 저으며 속도를 내보지만 역부족이다. 숨이 턱에 걸린다. 혹시나 거칠어진 숨소리가 밤공기를 타고 동네에 퍼질까봐 입술을 꽉 깨문다. 혀끝에 피 맛이 느껴진다.

고양이는 골목길 맨 안쪽 집 앞에 멈춘다. 규태 집이다. 처음부터 알고 온 것일까. 고양이는 힐끗 뒤를 돌아 내가 따라온 것을 확인하고는 몸을 날려 규태네 집 담 위로 올라간다. 담과 맞붙은 규태 방 유리창에 고양이 발이 부딪쳐 둔탁한 소리를 낸다. 불 꺼진 방에서 아무 소리가 없자 고양이는 긴 울음을 뱉는다. 나아옹. 고양이 울음이 내 가슴에도 툭툭 울린다.

소리를 들었는지 창이 조금씩 열린다. 규태가 얼굴을 내민다. 나를 보고 깜짝 놀라는 눈치이다. 여태 내가 먼저 규태를 불러내본 적이 없었다. 어쩌면 처음이자 마지막일지 모른다는 생각에 나는 멀쩡한 손을 힘껏 흔든다. 규태가 어리둥절한 표정으로 나를 보더니 고개를 끄덕이며 골목 밖에 나가 있으라고 눈짓을 보낸다. 고양이가 훌쩍 담을 뛰어내리고 나는 그 뒤를 따르고, 규태가 러닝에 반바지 차림으로 따라나오는 게 보였다. 아픈 다리 때문에 나는 고양이보다 조금씩 처지고, 규태는 그런 나보다도 더 처져 따라온다. 고양이는 방파제 끝에 있는 등대로 향한다. 나는 양팔을 저으며 발을 질질 끌고 그 뒤를 따른다.

어린 시절 등대 뒤에 숨은 적이 많았다. 그때도 나와 같이 숨는 건 규태였다. 등대 뒤에는 작은 사람 두세 명이 앉을 만한 공간이 있다. 그 공간 아래는 바다다. 바람이 심하게 부는 날은 파도가 아래의 석조물 사이로 비집고 올라오기도 한다. 지금도 파도가 석조물에 부딪쳐 소리를 낸다. 등대에 먼저 닿은 고양이가 훌쩍 방파제 아래로 뛰어내린다. 방파제 아래 돌 틈으로 들어간다.

나는 그 위에 멈춰 규태를 기다린다. 규태는 여전히 어리둥절한 눈치다. 나는 그의 가슴에 얼굴을 갖다 대고 심장을 찾는다. 심장박동이 느껴지는 부분에 입술을 꾹 눌러 찍는다. 나는 규태의 심장에 찍힌 입술이 나의 말을 대신해주길 바란다. 규태가 나를 안는다.

규태의 발아래로 뭔가가 지나간다. 작은 새끼 고양이다. 새끼 고양이는 인기척에 놀랐는지 방파제 아래로 황급히 뛰어 들어간다. 조금 전 고양이가 들어간 곳이다. 고양이 새끼일까. 고양이는 자유분방한 성을 가지고 있다. 고양이는 어미 혼자서 새끼를 낳고 키워 독립시킨다. 잉태 외에 수고양이는 쓸모가 없다. 수고양이를 고를 수 있는 자유, 새끼들을 키워내는 강한 의지가 부럽다.

나는 고양이처럼 강해지고 싶다. 옷을 벗기려 내미는 그의 손을 뿌리치고 내 손으로 옷을 벗는다. 규태와 같은 모습이 되어 그의 무릎에 앉는다. 숨소리가 거칠어지면서 그는 고양이 소리를 낸다. 규태의 등이 휘어지면서 규태와 나의 울음소리는 더욱 높아진다. 숨을 몰아쉬는 내 눈앞에 고양이가 나타난다. 돌 틈에서 머리만 내밀어 나타난 고양이의 눈이 빛난다. 나는 손을 내민다. 고양이의 팔을 잡고 싶다. 하지만, 고양이가 들어가 있는 틈은 내 손이 닿기에는 멀다.

날 버리지 말아줘. 강하게 만들어줘.

고양이는 머리를 수그려 틈 안으로 들어가 버린다.

네 힘으로 와.

고양이 음성이 돌 틈 사이를 비집고 울려 나온다.

고양이가 들어간 틈으로 가려고 나는 움직인다. 규태에게 붙들린 어깨가 아프다. 그러나, 나는 계속 가려 몸을 비튼다.

눈앞의 틈이 점점 크게 열린다.

올드 하바나

올드 하바나

붉은 방울이 여자의 이마에서 출렁, 금세 흘러내릴 기세다. 파리한 할로겐 등불 아래서 여자가 고개를 주억거릴 적마다 뾰족한 꼬리를 가진 물방울은 뚝 떨어져버릴 듯 흔들거린다. 빈디라고 하던가. 인도 여인의 이마에 점처럼 혹은 붉은 꽃잎처럼 찍는 빈디가 언제부턴가 여자의 미간에 박힌다. 여기에 온 이래 여자 이마의 빈디는 나날이 색이 진해지고 크기가 커졌다. 처음엔 작은 점인 양 잘 눈에 띄지도 않았던 것이 어느새 손톱만 한 물방울이 되었고, 이대로라면 언제 눈동자만 하게 커질지 모를 일이다. 인도 어딘가에서는 빈디가 제3의 눈으로 불린다는데. 만약 여자 이마에 찍힌 빈디가 정말 심미안의 능력을 소유하고 있어 나란 존재를 속속들이 꿰뚫어 보고 있다면 어쩌지 하는 두려움이 가끔 든다. 게다가 몇몇 손님들은 여자의 점괘가 꽤 신통하다고 말을 하고 있다.

지하 계단을 내려오는 발자국 소리가 들린다. 나는 여자와 나 사이를 팽팽한 활시위처럼 당기고 있던 침묵이 깨어지는 걸 내심 반기며 손님을 맞는다. "어이!" 오른손을 번쩍 들며 배 씨가 들어온다. 배 씨는 이미 전작이 있는지 얼굴이 불콰하게 물들어 있다.

"데낄라 따블로!" 배 씨는 의자에 앉기도 전에 소리쳤다. 데낄라를 셰이커에 따르고 라임 즙을 섞는 동안, 여자는 소금과 커피 가루를 바른 레몬 조각을 준비한다. 그리고 잊지 않고 배 씨가 좋아하는 흑설탕을 레몬 위에 뿌린다. 여자는 기억력이 좋다. 이곳에 온 지 이틀 만에 단골들의 취향을 완벽하게 파악했다.

"헤이, 로즈도 한잔하지."

여자의 가슴에 적힌 '로즈'란 이름을 한글 그대로 씹듯 발음하며 배 씨가 레몬 접시를 내려놓는 여자의 손목을 슬쩍 쥔다. 여자는 난처한 표정을 지으며 슬그머니 붙들린 손목을 뺀다. 그리곤 바람 같은 걸음으로 총총히 내실로 들어간다. 여자의 다리가 엇갈릴 적마다 얇은 시폰 원피스 위로 엉덩이가 동그랗게 솟아오르는 모습을 배 씨가 혀로 입술을 축이며 바라본다.

"저런 여자들이 잠자리에서 더 죽이지."

동의를 구하듯 배 씨는 짓궂은 눈짓을 해 보인다. 글쎄요, 나는 어깨를 으쓱인다. 나 역시 여자와의 잠자리를 떠올려보지 않은 것은 아니다. 하지만 배 씨와 달리 내가 궁금한 것은 여자가 혹시 잠자리에서조차 저 진한 인도풍 화장을 하고 찰랑거리는 빈디를 달고 있지 않을까 하는 것이다. 만약 그렇다면 시선을 올릴 때마다 마주치게 될 붉은 빈디가 여자 위에 있는 나를 노려볼 것만 같았다.

"아직도 시계를 고치지 않은 거야?"

테킬라 넉 잔을 단숨에 마신 배 씨가 입술에 묻은 설탕 가루를 혀로 축이며 출입문 쪽의 벽시계를 가리킨다. 커다란 괘종이 금빛 쇠줄에 매달린 새집 모양의 벽시계 바늘이 숫자 '3' 부근에서 겹쳐져 움직이지 않고 있다. 배 씨는 툴툴거리며 볼록 튀어나온 뱃살을 뒤적여 바지 주머니에서 휴대폰을 꺼낸다.

"젠장, 벌써 열한시 사십분이군."

배 씨는 불만이 가득한 표정으로 칵테일 잔에 조금 남은 테킬라를 툭툭 입안에 털어 넣고 자리에서 일어난다. 배 씨는 치매에 걸린 노모와 둘이 살고 있다. 결혼 내내 바람기 많은 남편으로 맘고생이 심했던 노모는 배 씨가 열두시를 넘기면 아침에 출근하면서 채워준 기저귀를 벗어 벽에 문질렀다. 배 씨는 언제나 열두시가 되기 전 서둘러 집으로 귀가했다.

허청거리며 출입구로 나가던 배 씨가 기우뚱, 벽에 부딪친다. 시곗바늘이 힘없이 투둑 떨어지며 숫자 '6'에 멈춘다. 언제 시계의 건전지를 갈아 끼웠는지 기억이 나지 않는다. 며칠 전인지, 몇 달 전인지. 정각이 되면 빨간 주둥이의 새가 튀어나와 찌르르 울던 저 시계는 정식이 가져온 것이다. 걸개그림 두 장만 달랑 걸린 벽이 너무 허전해 보인다고.

시계를 걸던 날, 정식은 태엽을 감아 새 울음소리를 몇 번이나 들었다. "자, 어때. 귀엽지 않아?" 사실은 시계태엽을 감고는 어린애처럼 히죽거리는 그가 더 귀여웠다. 아, 이제야 시계가 건전지 때문이 아니라 태엽을 감아주지 않아 움직이지 않는다는 사실이 기억난다. 정식이 사라진 이후, 시계를 돌보는 사람이 아무도 없다. 정식은 사라지면서 이곳의 시간들까지 가져가 버렸다.

노란색 머플러를 동여맨 커플이 들어와 붉은색 와인이 든 잔을 부딪치자 내실에 있던 여자가 슬그머니 나온다. 여태 내실에서 무얼 하고 있었던 것일까. 속을 알 수 없는 표정을 짓고 있는 여자는 슬쩍 커플을 보더니 바 테이블 아래를 뒤적여 까만 상자를 꺼낸다. 검은 비로드 천으로 덮인 상자의 허옇게 바랜 귀퉁이가 불빛에 드러난다. 상자 안에는 여자의 손때가 가득 묻은 타로 카드와 양초, 기다란 성냥이 들어 있다. 여자는 화려한 덩굴 모양의 금박문이 화려하게 그려진 쟁반 위에 상자를 올리고 커플에게 다가간다.

"타로점을 봐드릴까요? 미래를 알 수 있어요."

커플은 호기심 어린 시선으로 고개를 끄덕인다. 여자는 먼저 붉은 양초에 불을 붙인다. 치이익, 연기와 함께 불꽃이 파랗게 피어오른다. 알고 싶은 주제를 하나 택하라는 말에 커플은 서로 마주 보고 웃더니 연애운을 묻는다. 서로의 어깨를 감싸 안고 여자를 들여다보는 커플의 모습에는 장난기가 묻어 있다. 여자는 무척 진지한 자세로 카드를 섞는다. 가느다란 손목으로 여러 번 카드를 섞고, 그중에 아홉 장을 추려 한 장씩 천천히 테이블에 엎어 놓는다. 한 장의 카드를 뒤집어 그림을 보여줄 때마다 여자는 오른 손바닥을 촛불 위에 올린다. 불꽃의 끝이 손바닥에 닿을 정도로 가깝다.

보는 나는 아슬아슬한데 정작 여자의 표정은 흐트러지지 않는다. 평소에도 얼굴 전체에 두껍게 발린 파우더와 까만색 아이섀도를 눈가에 여러 겹 바른 탓에 여자에게서 표정을 읽어내기가 쉬운 일은 아니지만, 타로점을 볼 때 여자는 더욱더 깊숙한 어딘가로 표정을 숨긴다.

카드를 뒤집는 일이 끝나고 여자의 점괘가 맘에 드는지 커플은 크게 웃으며 여자에게 와인을 권한다. 여자는 커플이 권하는 와인을 주저 없이 한 번에 들이켜고는 처음 앉을 때처럼 조용히 쟁반을 들고 일어난다.

"바카디 한 잔 부탁해요."

바 앞에 앉은 여자는 쟁반을 내려놓고 담배를 꺼낸다. 나는 진열대에서 바카디를 꺼내온다. 여자는 75도를 넘는 바카디를 희석하지 않고 마시는 걸 좋아한다. 바카디 한 잔을 들이켜고 담배 연기를 맛있는 안주처럼 들이켠다.

처음 면접 볼 때, 여자는 "술은 마음껏 마실 수 있는 거죠?"라고 물었다. 다른 사람들이 탁하고 어두운 카페 분위기와 적은 임금에 얼굴을 구기며 가버린 반면, 여자는 낡은 인테리어와 임금에는 별 관심을 보이지 않았다. 첫눈에도 비싸 보이는 여자의 옷차림에 나는 최저임금밖에 줄 수 없다는 점을 여러 번 강조했다. 내 말이 끝나자 여자는 "내일부터 나오면 되나요?"라고 되물었다. 함께 동업하던 정식이 녀석이 연락도 없이 사라져 가게일이 버거웠던 나는 망설일 여유가 없었다.

　여자는 첫 출근 날부터 바카디를 찾았다. "바카디 맛을 알면 다른 술은 못 마셔요." 여자는 출근하면 바카디를 마시고 빈 테이블에 앉아 타로 운세를 봤다. 가끔 기분이 내키면 손님을 상대로 타로점을 봐주었다. 학생들이 많이 오는 대학로도 아니고 연인들이 찾는 데이트 코스도 아닌, 직장인들이 홀로 술을 마시러 가끔 들르는 카페라 점을 보는 사람들이 있을까 우려했던 것과 달리 손님들은 타로점을 신기하게 생각했다. 영화에서나 가끔 보던 이국적인 분위기에 신선함을 느낀 것일까. 여자의 타로점을 거부하는 손님은 거의 없었다. 오히려 타로점 때문에 오는 단골들이 생겨 여자가 온 후 매상은 평소보다 두 배 정도 올랐다. 여자가 마시는 술도 첫날보다 두 배 정도 늘었다. 여자는 독한 바카디를 음료처럼 하루에도 몇 잔씩 들이켰지만 좀체 취한 기색을 보이지 않았다. 술 마시는 여자에 대해서는 이골이 날 정도로 많이 겪었지만 여자처럼 주량이 센 사람은 처음이었다.

　"레인보 칵테일 주세요."
　새벽 두시를 넘어 조용한 시간에 젊은 여자가 들어와 핸드백을 아무렇게나 의자에 올려놓고는 대뜸 칵테일을 찾는다. 레인보 칵테일이라면 비중이 다른 술을 층층이 쌓아 올린 푸스카페를 이야기하는 건데. 나는 한 번도 그 칵테일을 만들어본 적이 없었다.

"지금은 그게 안 되겠는데요. 다른 칵테일을⋯."

"어, 정식이 오빠가 여기 와서 레인보 칵테일 주문하면 자길 볼 수 있다고 했는데요."

젊은 여자는 내 말을 뚝 끊고 주위를 두리번거린다. 미친놈. 나는 젊은 여자가 알아듣지 못하게 작은 목소리로 욕설을 뱉는다.

"오늘 정식이가 나오지 않아서요. 다음에⋯."

"치, 뭐야? 안 나오구⋯."

젊은 여자는 못마땅한 듯 입을 삐죽인다.

"오늘은 제가 한 잔 해드리죠."

어느새 다가왔는지 여자가 내 옆에 서서 맞은편의 젊은 여자를 들여다본다. 젊은 여자는 할 수 없다는 듯 한쪽 어깨를 추어올린다. 여자는 능숙한 손길로 진열대에서 칵테일 잔을 가지고 온다. 잔 안쪽 면에 스푼을 뒤집어 갖다 대고, 그 위에 붉은 산토리 그레나딘과 초록빛 멜론 리큐어를 조심스레 따른다.

"푸스카페는 무지개처럼 아름다우면서도 취하지 않게 해 더욱 사랑스럽죠. 예전에 조그만 카페를 운영할 때도 푸스카페만큼은 제가 만들었어요. 푸스카페의 색은 천천히 부을수록 아름답게 나와요. 빨리 부어버리면 섞여서 색층이 선명하지 않아요. 마치 긴 전희를 슬기늦 천천히 부어야죠."

여자는 묻지도 않았는데, 푸스카페에 대해 아주 길게 설명한다.

여자가 예전에 카페를 한 적이 있었나. 그러고 보니 면접 때 가게를 했었는데 애인 때문에 처분했다는 말을 들은 것도 같았다. 여자는 빨강, 초록, 보라, 하양, 파랑의 리큐어를 차례대로 쌓고 마지막으로 브랜디를 넣어 빨대와 함께 젊은 여자에게 내밀었다.

"근데, 정식이 오빠는 왜 안 나왔나요?"

젊은 여자가 서클 렌즈로 부풀린 눈을 더욱 크게 뜨며 묻는다.

"몸이 좀 안 좋아서⋯."

"저, 타로점을 봐드릴까요? 미래를 알 수 있어요."

여자가 젊은 여자와 나의 대화를 끊어버린다. 젊은 여자는 눈살을 살짝 찌푸리더니, 됐어요,라고 손사래를 친다. 여자는 아랑곳않고 젊은 여자 옆 의자에 엉덩이를 얹었다.

"바카디 한 잔요!"

나는 여자를 살짝 흘겨본다. 손님이 와 있는데도 아랑곳 않고 옆에 앉아 담배를 물고 술을 시키는 여자의 태도가 영 마뜩잖다. 그러나 여자는 나의 못마땅한 시선을 모른 체한다. 여자로 인해 끊겨진 대화는 다시 이어지지 않고 어색한 침묵이 우리를 무겁게 가라앉힌다. 얼마의 시간이 흘렀을까? 칵테일이 반 넘어 남았는데도 젊은 여자는 일어나 계산을 치르고 문을 나선다. 나가면서 젊은 여자는 다음에 정식이가 출근하면 전화해달라는 말을 남긴다.

"미친년."

갑자기 여자의 입에서 나온 욕설에 놀라 뒤돌아보지만 여자의 입술과 얼굴에는 아무런 표정이 없다. 잘못 들은 걸까? 아니, 분명 여자의 음성이었다.

어색한 분위기를 피해 컴퓨터의 전원을 켠다. 파란 화면이 발광하면서 '마마스 앤 파파스'의 노래가 들려온다. '나뭇잎은 모두 시들고 하늘도 시린 잿빛, 한참이나 거리를 걸었지. 캘리포니아를 그리네. 이 추운 겨울날, 이 추운 겨울날에.'

정식이 평소 좋아하던 노래다. 추운 겨울, 기름이 떨어진 반지하방에서 조그만 전기 히터 앞에 두 발을 모으고 시린 추위를 견디면서 정식은 채팅에서 만난 캘리포니아 여자 이야기를 주절주절 했다.

"캘리포니아엔 겨울이 없대. 그래서 늘 신나고 즐거운 일들뿐이래. 나는 꼭 가고 말 거야, 저 높은 캘리포니아로."

캘리포니아가 정식의 말대로 높은 곳에 위치해 있는지 어떤지는 모르겠지만, 그때와 마찬가지로 가진 거라곤 보증금을 저당 잡힌 카페밖에 없는 정식이 갑자기 사라져버린 지금, 정말로 그가 캘리포니아로 가버린 것은 아닌가 하는 생각이 들곤 한다.

메일함에는 새 메일이 십여 통 가까이 들어 있었다. 모두가 낯선 이름들뿐, 정식의 이름은 보이지 않았다. 수신 확인을 해보지만, 내가 보낸 메일도 여전히 '읽지 않음'에 머물러 있다. 정식의 이름을 클릭하고, 편지를 쓴다. 어떻게 지내냐나 보고 싶다는 말

따위는 모두 생략하고, 그저 '연락해라' 네 글자만을 남긴다. 아직도 녀석이 어디선가 불쑥 찾아 들어올 것만 같은 생각에 밤잠을 못이룬다는 말 역시 생략한다.

휴대폰을 꺼내 보니 새벽 다섯시다. 여자는 퇴근할 생각이 없는지 빈 테이블에 앉아 바카디를 마시며 타로 운세를 보고 있다. 매일처럼 무슨 점괘를 저렇게 열심히 보는 걸까. 카드를 뒤집으며 간간이 한숨을 내쉬는 걸 보면 점괘가 좋지 않은 모양이다. 여자를 바라보는 가슴이 답답해진다. 나는 여자에게 문단속을 당부하고 먼저 하바나를 나온다.

가로등이 점멸하기 시작한 일출 직전의 거리, 밤샘 장사를 마친 상가들이 간헐적으로 드륵 드르륵 철제 셔터를 힘겹게 내린다. 밤새 피곤에 구겨진 낯빛을 한 점주들이 서로의 구겨진 얼굴을 거울처럼 들여다보며 씁쓸한 눈인사를 나눈다. 나는 그들의 얼굴을 마주하는 게 싫어 고개를 잔뜩 수그리고 술 취한 것처럼 비틀거리며 걷는다. 이곳의 장사도 예전 같지 않다. 익숙한 얼굴들이 새어 나가는 풍선의 바람처럼 하나둘 사라지더니 이제는 낯선 얼굴이 태반이다. 상가의 겉모습도 예전과 사뭇 달라 언뜻 봐서는 이해하기 힘든 간판과 외양으로 바뀌었다.

가던 길을 잠시 멈추고 돌아서서 빠져나온 가게 입구를 바라본다. 빨간색 전선이 요상하게 엉겨 있는 미시촌과 고양이 눈을 한 여자 얼굴이 형광으로 빛나는 단란주점의 화려한 간판 사이에 낀 흑백의 '올드 하바나' 간판은 눈에 잘 띄지 않았다. 지하 계단으로 이어지는 작은 입구도 마찬가지다. 꼬마전구들로 치장이 된 옆 가게들 틈에 마치 어린아이의 덜 성숙한 구강처럼 작게 벌리고 있었다.

하지만 분명 올드 하바나도 빛나는 시절이 있었다. 그때의 이름은 올드 하바나가 아닌 바나나였고, 그때의 내 이름 역시 동수가 아닌 영웅, 정식의 이름은 연예인 이름과 같은 동건이었다. 가게 입구는 가장 낮은 촉수의 불을 밝혀 손님들이 얼굴을 가리지 않고도 은밀히 내왕할 수 있게 했고, 상단의 간판에는 성인 남성 키만 한 바나나 모형이 휘황한 네온 등을 명멸하며 위용을 드러내고 있었다. 색색이 휘황한 형광 바나나는 마치 우주선이 레이저 빔으로 지구인을 납치하듯 여자들의 들뜬 발걸음을 쉴 새 없이 이끌었고, 칸칸이 구분된 내실은 고급 양주와 술 취한 여자들로 흥청댔다. 방음벽으로도 가려지지 않는 음악 소리와 그 사이를 비집고 새어 나오는 여자들의 달큰한 웃음소리가 끊이지 않았다.

그러나 네 블록 너머 신도시에 새로운 클럽이 줄지어 생겨나면서 여자들은 그곳의 젊고 성성한 남자들을 찾아 떠났다. 가끔 잊지 않고 찾아오는 단골을 맞이하던 일도 사장의 도주로 인해 끝났다. 낡은 가게는 법원 경매 3차, 4차에서도 팔리지 않았고, 결국 마지막까지 남은 정식과 내가 보증금을 저당 잡아 매입했다.

우리가 제일 먼저 한 일은 바나나를 떼어내는 일이었다. 바나나를 다시 달고 네온을 밝히기엔 이미 정식과 나는 너무 늙고 비루해 있었다. 동건이란 이름처럼 이국적인 이목구비로 한때 하루에 서너 테이블을 뛰던 정식도 만성 위장병 때문에 살이 빠져 쭈글쭈글 주름졌고, 나 역시 언제부턴가 머리맡에 수북이 쌓이는 머리칼 덕에 실제 나이보다 열 살은 더 들어 보여 우리는 다시 바나나를 열 수도, 성업 중인 다른 가게에 일을 나갈 수도 없었다.

바나나를 치우고, 창고 겸 내실 한 곳만 남기고는 칸칸이 막았던 벽을 터 맥주와 칵테일을 마실 수 있는 홀로 개조했다. 그리고 비록 싸구려지만 하바나의 한갓진 풍경화와 차도르를 두른 아랍 여인의 그림을 걸었다. 조명을 반사하는 흰색의 벽면이 담뱃진으로 누렇게 변해 있어 낡은 천에 그려진 하바나 풍광과 잘 어울렸다. 경영도 수완 좋은 정식이 덕분에 적자를 면할 정도는 되었다.

그런데 정식이 갑자기 사라져버렸다. 무슨 큰일에 휘말린 건지 집에서 옷가지도 챙기지 못하고 떠났다. 정말 캘리포니아로 가버리기라도 한 걸까? 정식을 생각하니 목 안쪽이 쓰라려왔다.

가게가 있는 골목을 가려면 신도시를 지나야 한다. 신도시와 구도시. 내가 사는 도시는 낮과 밤으로 양분되어 있는 것 같다. 대낮처럼 환한 신도시의 화려한 상가와 달리 빨간 꼬마전구로 옹색한 치장을 두른 미시촌과 에코가 엉망인 가요 반주가 방음이 안 되어 흘러나오는 단란주점들이 붙어 있는 구도시. 바닥마저 울퉁불퉁한 골목으로 출근할 때마다 나는 우울해진다.

골목으로 들어서면서 습관적으로 키를 찾아 잠바를 뒤적이던 나는 깜짝 놀라 멈춘다. 가게 입구 셔터가 내려져 있지 않았다. 정식이 돌아온 것일까? 나는 단숨에 지하 계단을 뛰어 내려갔다.

하지만, 불이 켜지지 않은 홀 안에는 적막할 뿐이다. 스탠드에서 웃고 있을 거라 예상했던 정식의 모습은 어디에도 보이지 않는다. 어둠 속을 더듬어 스위치를 켜자 소파에 고양이처럼 엎드린 여자의 등이 보인다. 불이 켜지자 여자가 신음을 뱉었다. 그제야 새벽에 바카디를 마시는 여자를 두고 나간 게 기억났다. 손을 내밀어 고개를 젖히니 여자의 얼굴이 땀으로 젖어 있다. 울었는지 시커먼 마스카라가 턱 아래까지 번져 있다. 의식이 있는지 없는지 신음만 뱉어 내는 여자를 똑바로 눕히고 찬 물수건을 가져온다. 물수건을 화장이 번진 이마에 올리자 여자가 힘겹게 말한다.

"진통제 좀…."

약국에서 사다 준 진통제를 먹은 여자는 다시 고양이처럼 엎드려 잠을 잔다. 많은 땀을 흘린 탓에 여자의 얼굴을 두껍게 가리고 있던 화장이 대부분 벗겨졌다. 두꺼운 파운데이션이 지워진 자리에 드러난 여자의 피부가 의외로 하얀 것에 나는 조금 놀란다. 검은 눈 화장이 지워진 아래에는 깊은 주름이 두어 줄 새겨 있어 여자의 나이를 서른 중반쯤으로 가늠케 했다. 왜 여자는 두꺼운 화장으로 얼굴을 가리고 다니는 걸까. 화장이 지워진 여자의 얼굴은 지극히 평범하고 순수해 보였다.

여자의 화장기 없는 얼굴을 한참 바라보다 여자가 몸을 뒤척이는 기척을 보이자 자리에서 일어난다. 테이블 위에 놓아두었던 물수건을 들고 홀로 나가려는데 발끝에 뭔가 날카로운 물체의 감촉이 느껴진다. 으찌근, 여자의 이마에 달려 있던 붉은색 빈디가 구둣발에 밟혀 으스러진다. 여자가 통증으로 소파에서 뒹굴다 흘린 모양이다. 바닥에 터진 화약처럼 흩어진 빈디를 두 손으로 긁어모은다. 손바닥에 놓인 그것들은 아직도 선연한 붉은빛을 잃지 않고 있어 마치 으깬 꽃잎을 들고 있는 것 같다. 빈디가 없어 여자의 얼굴이 그리 순해 보였나. 여자의 얼굴을 한 번 더 들여다본다. 빈디가 없는 여자의 얼굴은 지극히 평범하고, 지저분한 화장 얼룩이 남아 있긴 하지만 정숙하고 청순하다. 나는 빈디를 여자가 보지 못하게 화장지로 말아 쓰레기통에 버린다.

씁쓸하게 커피를 들이켜는데, 언제 나왔는지 여자가 머리를 매만지며 내 옆으로 다가온다.

"좀 씻고 올게요."

대답도 듣지 않고 계단을 오르는 여자의 다리가 허청거린다. 그 뒷모습이 금방이라도 쓰러질 듯 위태로워 보인다. 저 여자는 왜 이곳에 있는 걸까? 저런 몸으로도 쉬겠다는 말을 하지 않는 여자가 이상하다. 왜? 대체 왜? 벽화 속 차도르를 두른 아랍 여자가 질문을 던지는 나를 이상하다는 듯 바라본다.

나갔다 들어온 여자의 손에 덜렁 걸려 있는 여행 가방을 보고 나는 그다지 놀라지 않는다. 여자의 기이한 성격에 어느 정도 적응된 모양이다. 그러나 그만두고 떠나겠다는 말을 기대하던 내게 여자가 내실에서 지내겠다고 말을 할 때에는 정말 머리가 하얘질 정도로 놀랐다. 머뭇거리며 선뜻 대답을 못하는 내게 여자는 당분간만요,라고 말하며 울적한 미소를 지어 보인다. 마스카라를 칠하지 않은 여자의 눈은 선명한 검정색 눈동자에 물기가 촉촉이 서려 있어 매우 슬퍼 보였다. 금방 울어버릴 것 같은 여자의 눈동자 때문에 결국 나는 거절하지 않는 것으로 반승낙을 해버린다.

창고처럼 너저분하던 내실이 여자의 손에 의해 치워지자 제법 작은 방다운 모습을 갖춘다. 여자는 내실 중앙에 옷걸이 겸 수납처로 덩그러니 놓여 있던 낡은 소파를 치우고 작은 전기담요를 꽂는다. 전기담요에 이어 소형 전기 히터까지 가지고 온 여자를 보며 나는 여자의 체류가 길어질 것 같다는 불안한 예감을 느낀다. 정식이 오면 이 광경을 보고 뭐라고 할까? 아니, 어쩌면 정식이 녀석이라면 이 문제를 원만하게 해결할 수 있을지도 모른다. 녀석이라면 여자 기분을 상하지 않고 이 가게에서 떠날 수 있게 할 것이다.

정식은 그런 재주를 가진 녀석이다. 키가 크고 팔다리가 긴 정식은 어디에서나 시선을 끌었다. 호스트로 생활할 적에도 그랬고 나이 때문에 밀려 이곳에서 생활할 때도 마찬가지다. 올드 하바나에 두 번 이상 온 여자들은 늘 정식을 찾았다. 그럴 때마다 정식은 서글서글한 눈웃음을 지어 보이며 반겼다. 심한 위장병으로 호스트 생활을 그만두지 않았더라면 정식은 그가 말하던 대로 돈 많은 여자 하나 물어서 팔자를 고쳤을지 모를 일이었다.

호스트 생활을 함께할 때부터의 불문율처럼 정식과 나는 여자에 대한 이야기는 가급적 나누지 않았다. 나야 입 밖에 꺼낼 만한 여자가 없어서 이야기를 하지 않은 거지만, 정식은 퇴근을 하고 집에 곧장 들어오는 날이 거의 없었다. 사라지기 전날에도 카페 운영하는 이혼녀와 여대생과의 약속이 이중으로 잡혔다며 일찍 퇴근한 그였다. 채팅녀, 이혼녀, 여대생, 은행원…. 그가 만나는 여자들은 늘 바뀌었고, 그래서 만나는 여자에 대해 이야기하지 않았는지도 모른다. 그럼, 지금 그 수많은 여자들 중 누군가와 함께 있는 건가? 혹시 모든 게 들통나서 그 많은 여자들에 둘러싸여 곤욕을 치르고 있는 건 아닐까?

문득 수많은 여자들에게 치도곤을 당하는 정식의 모습이 떠올라 피식, 실소를 뱉는다. 냅킨을 접고 있던 여자가 이상한 눈으로 나를 바라본다. 여자의 이마에 이번에는 보라색의 물방울이 달려 있다. 적색보다 더 기괴했다. 저런 차림이 아니라면 좀 더 여자를 잘 볼 수 있을 것 같은데. 잠시 나는 여자의 화장기 없는 얼굴을 떠올린다. 비록 생리통으로 뒹굴던 그때뿐이었지만 화장기 없는 그녀의 얼굴은 하얗게 빛났고, 작고 앙증맞은 이목구비는 사랑스러웠다. 그리고 긴 차도르처럼 칭칭 감고 있는 검은 망사 원피스 안에 있는 그녀의 나신도 어쩌면 그럴지 모른다는 생각이 든다. 적당히 볼륨 있는 엉덩이와 허리, 그리고 그리 크지 않을 것 같은 가슴까지. 뭔지 모를 따스한 기운이 가슴께로 번진다.

하루 종일 눈보라가 낡은 덧창을 부술 듯 두드린다. 이불 아래 고여 있는 온기를 벗어나면 금세 쩽한 추위가 엄습해 뒤척이지도 못하고 뜬눈으로 옹크린다. 오후가 되어도 여러 겹으로 층층이 덮인 잿빛 구름 탓에 여전히 하늘이 어두워 마치 밤이 길게 이어지고 있는 기분이다. 자리에서 일어서기 싫은 몸을 억지로 일으켜 욕실로 향하자 열린 창을 통해 세찬 서릿발 같은 눈이 들어온다.

털이 부숭한 목도리를 동여매고 코트를 바짝 조인 채 넘어지지 않으려 종종걸음을 걷는 인파, 체인을 감아 느리게 기어가는 버스, 꽁꽁 얼어버린 수도관에 맺힌 고드름들. 겨울 세상은 정지한 듯 느리게 흐른다.

"나는 겨울이 싫어! 모두가 느려터지거든."

유난히 추위를 타던 정식은 겨울을 싫어했다. 그래서 겨울이 없고 눈이 내리지 않는 캘리포니아로 가고 싶어했는지도 모르겠다.

올드 하바나로 들어가는 골목길이 평소와 달리 어둡다. 으레 이맘때면 들려오던 낡은 가요 반주기의 경음악이 끊기고, 빨간 꼬마 전구들이 꺼진 가게 입구는 암흑에 잠겨 있다. 강파에 출렁이다 뚝 떨어진 꼬마전구가 발끝에 와 닿는다. 허연 얼음길 위에 놓인 그것을 보자 문득 여자 이마에 붙어 있는 빈디가 떠올랐다. 언젠가 여자의 빈디를 밟았던 것처럼 나는 내 앞에서 뒹구는 붉은 전구를 지그시 밟는다. 이물감이 얼어버린 발바닥 아래에서 느껴진다. 힘을 주자 파직, 붉은 전구는 힘없이 깨져버린다. 지금 여자는 뭘 하고 있을까.

여자의 경쾌한 인사와 달큰한 음식 내음을 기대하며 가게 문을 민다. 그러나 예상과 달리 여자는 벌겋게 얼굴이 달아오른 배 씨와 함께 술을 마시고 있다. "어이, 출근이 늦었네." 즐거운 대화를 하고 있었는지 배 씨의 얼굴에 기름진 미소가 가득하다. 내가 옷을 갈아입고 에스프레소 커피를 끓이는 동안에도 여자와 배 씨는 뭐가 그리 우스운지 서로 킥킥 웃어댄다. 배 씨와 여자가 언제부터 저렇게 친해진 건지. 배 씨가 그렇게 "로즈, 로즈!"라고 부르며 치근댈 때마다 대꾸도 않고 내실로 사라지더니. 여자 마음은 정말 알 수가 없다.

컴퓨터 스위치를 켠다. 귀에 익숙한 마마스 앤 파파스의 음악이 흐른다.

"나뭇잎은 모두 시들고 하늘도 시린 잿빛, 한참이나 거리를 걸었지. 캘리포니아를 그리네. 이 추운 겨울날, 이 추운 겨울날에…."

정말 이 추운 겨울에, 정식이 녀석은 어디를 헤매고 있는 걸까.

이 음악을 들을 때마다 정식이 생각난다. 이메일을 연다. 평소보다 많이 들어와 있는 스팸 메일을 하나씩 삭제한다. 정체 모를 스팸 메일 틈에서 낯익은 이름을 발견한다. 숨을 멈춘다. 정식이다. 두근대는 가슴 귀퉁이를 부여잡듯 마우스를 힘껏 잡고 서둘러 클릭한다.

"나 지금 여기에 있어. 내 짐과 옷 좀 붙여줘. 생각보다 추운 곳이야, 이 곳은⋯." 정식의 메일은 짧았다. 메일 끝에 낯선 이국어 주소가 적혀 있다. 주소 끝에 있는 캘리포니아란 글자에 헛웃음이 나온다. 정식이 녀석, 기어코 가고 말았다.

"나쁜 새끼. 짐 부치라는 말밖에 없네."

서운함에 욕이 먼저 입 밖으로 튀어나온다. 그 소리가 너무 컸는지 이곳을 바라보는 여자와 시선이 마주쳤다. 짙은 화장 속에 숨긴 그녀의 표정을 알아볼 수 없지만, 어둔 조명 아래서 그녀의 눈동자가 고양이 눈처럼 파랗게 빛났다. 슬쩍 여자의 시선을 피하고, 메일에 적힌 주소를 옆에 놓인 장부에 옮겨 적었다.

"쳇! 벌써, 열두시가 넘었군."

바지춤에서 휴대폰을 꺼내 본 배 씨는 못내 일어서기가 아쉽다는 듯 다리를 여러 번 주무르며 일어선다. 지금쯤 배 씨의 노모는 가득 찬 배설물을 견디지 못해 기저귀를 떼어 벽에 칠했을 것이다.

"시계 좀 고쳐!"

배 씨는 여전히 멈춰 있는 벽시계를 보며 누구를 향한 것인지 모를 화를 낸다. 배 씨가 가고 나서도 여자는 계속 혼자 술을 마신다. 아예 끝장을 볼 셈인 것 같았다. 오늘따라 자작하는 모습이 어딘지 모르게 우울해 보였다. 여자는 술을 들이켤 때마다 신음인지 한숨인지 알 수 없는 숨소리를 나직이 뱉었다. 조금 전까지 배 씨와 소리 내며 웃던 여자의 변덕이 이해되지 않는다.

"사장님, 제가 온 지 얼마나 됐죠?"

여자가 이곳을 바라본다. 살짝 찌푸린 여자의 눈가에 주름이 잡힌다. 여자의 질문에 나는 고개를 들어 벽에 걸린 낡은 달력을 바라본다. 달력은 그새 지나버린 시간을 상실한 채 붉은 단풍이 걸린 10월을 매달고 있다. 지금은 12월이고 엊그제가 20일이었으니까. 오늘이 12월 22일. 어림잡아도 삼 개월이 지났다. 그럼 정식이가 떠난 지도 삼 개월이 된 셈이었다. 괜히 쓴맛이 혀끝에 감돌았다.

"벌써 삼 개월이 지났나?"

여자가 알 수 없는 말을 중얼거린다. 질문도 대답도 아닌 이상한 말을 던지고 여자는 자리에서 일어나 새 술병을 꺼낸다.

"사장님, 한잔해요. 제가 타로점을 봐드릴게요."

그러고 보니 정작 내가 타로점을 본 적은 없었다. 이런 패악스런 날씨에 더 이상 올 손님도 없을 것 같아 나는 여자의 맞은편에 앉았다. 카드 상자를 들고 오기 전, 여자가 술을 한 잔 따라 내밀었다. 달달한 바카디 향이 식도를 따뜻하게 데웠다.

여자는 가게 중앙의 전등을 어둡게 낮추고, 초에 불을 붙였다. 어둠 속에서 일렁이는 촛불의 모습이 무척 신비스럽다. 여자의 하얀 손가락이 촛불 속을 사뿐히 지나며 푸르게 빛난다. 촛불을 마주한 여자의 보라색 빈디가 푸른빛을 살짝 머금는다.

"무엇에 대해 알고 싶은가요?"

여자의 목소리 끝이 갈라진다.

"하바나의 미래에 대해서….."

대답을 하는 목소리가 내 것이 아닌 것처럼 어색하게 울린다. 여자가 타로 카드를 산처럼 쌓았다 양쪽으로 가른다. 그러곤 지그시 눈을 감고 여러 번 카드를 섞는다. 여자 이마에서 보라색 빈디가 흔들거린다. 나는 갈증이 심해져 술을 들이켠다. 여자가 갑자기 눈을 뜨고 천천히 테이블 위에 카드를 한 장씩 올려놓는다. 테이블 위에 타로 카드가 정방형으로 정연하게 놓인다. 여자가 잠시 손을 멈추고 바카디를 한 잔 따른다.

"누군가를 몹시 기다리고 있네요."

여자가 맨 앞에 놓인 카드를 들어 보인다. 거대한 모래시계 그림이다. 나는 고개를 끄덕인다. 두 번째 카드를 뒤집기 전, 여자가 술을 더 권한다. 여자가 들어 보이는 두 번째 카드에는 새 문양이 조각된 지팡이를 든 여신이 그려져 있다.

"오늘 답이 왔네요."

"네."

"아주 멀리 있어요. 그 사람은, 어쩌면 영영 돌아오지 않을지도 몰라요."

신통하게도 여자의 점괘가 맞았다. 내가 정식을 그리워했던 건, 그가 돌아오지 않을 거라는 두려움 때문이었다. 여자는 세 번째 카드를 보여주기 전, 다시 바카디를 한 잔 따라준다. 알코올이 머리에 하얀 장막을 드리우기 시작한다.

"새로운 시간이 시작되네요. 이곳 하바나에…."

카드에 그려진 남자가 들고 있는 도구가 화살인지 창인지 흐릿해 잘 보이지 않는다. 여자의 목소리가 분명치 않다. 몽롱해가는 의식 속에 여자의 보라색 빈디가 점점 눈동자만 하게 커진다. 빈디가 여자 얼굴을 지우고, 테이블을 뒤덮고 이내 하바나 전체를 보라색으로 물들인다. 갑자기 잠이 쏟아진다.

천장에 매달린 전등 불빛이 눈부시다. 깨질 것같이 무거운 머리를 흔들며 둘러보니 가게 소파에 누워 있었다. 촛불과 카드는 사라지고, 여자는 보이지 않는다. 관자놀이를 누르며 주방으로 간다. 물을 마시고 나오는데, 내실 문이 반쯤 열려 있다. 발걸음을 죽이고 내실을 들여다본다. 어둠 속에 잠긴 내실이 평소보다 넓어 보인다. 불을 켰다. 여자가 없다. 여자가 들고 왔던 가방도 보이지 않는다. 여자가 가져온 전기담요와 히터는 그대로인데, 여자와 가방만 사라졌다.

문득 불길한 생각이 스쳤다. 얼른 카운터로 뛰어가 금고를 연다. 다행히 금고 안에는 현금이 그대로 있다. 달라진 게 있나 주위를 둘러본다. 카운터 위에 펼쳐진 장부가 보였다. 장부의 한쪽 면이 날카롭게 찢겨져 나갔다. 어제 정식의 주소를 적었던 면이다. 머릿속이 하얀 빛깔로 물든다. 장부를 더듬던 검지가 찢어진 종이에 베인다. 아… 금세 검지 끝에 빨간 핏물이 밴다.

지금이라도 달려 나가면 여자를 만날 수 있을까? 서둘러 외투를 걸치고 가게 문을 연다. 끽끽끽 끽끽끽. 누가 반대편에서 비웃으며 미는 것처럼 문은 열리지 않고 새된 마찰음을 내질렀다. 양팔과 배에 잔뜩 힘을 주고 밀어 겨우 반을 열었다. 문틈으로 보이는 계단 입구에 밤새 내린 눈으로 하얗게 쌓였다. 살을 에는 칼바람과 눈발이 불어닥쳤다. 모든 것이 꽁꽁 얼어붙었다.

찌르르 찌르륵. 느리게 언 공기를 깨뜨리며 나지막한 새 울음이 들린다. 뒤를 돌아보니 문 옆에 걸린 벽시계의 창이 열리며 새가 튀어나온다. 새의 빨간 부리가 가볍게 흔들거린다. 찌르르 찌르륵. 새는 빨간 부리를 쉼 없이 오므렸다 펴며 소리를 높인다. 새의 긴 울음 끝에 걸린 시계의 분침이 툭, 소리를 내며 한 칸 움직인다. 세 시 일분이 지난다. 새가 나무 집 속으로 들어간다. 고개를 돌리고 다시 문을 민다. 문은 더 이상 꿈쩍도 않는다. 찌르르 찌르르륵. 새가 계속 운다. 작은 새는 새로운 2분을 향해 입을 벌린다. 갑자기 살아난 새의 날갯짓이 얼어붙은 하바나를 무겁게 짓누른다.

구두

구두

좁은 오르막길 골목이 이어진다. 보는 것만으로도 달팽이관이 꼬이는 것 같다. 한 군데만 더 돌자. 벌써 일곱 번째 골목을 도는 길인데, N은 지친 기색이 없다. 포장 덜 된 언덕을 오르는 N의 구두 힐이 거친 숨을 뱉는다. 가로등 불빛이 닿지 않는 골목 안에 칠흑 같은 어둠이 웅크려 있다.

"언니! 여기, 여기. 제이콥스? 프라다? 원하는 거 다 있어."

갑자기 나타난 삐끼가 달라붙는다. 소스라치게 놀라는 나와 달리 N은 익숙한 눈치다. 삐끼가 자연스럽게 N의 어깨를 잡아끌었다. 삐끼가 앞장선 가게 안에 들어서자 독한 접착제 냄새가 코를 찌른다. 오래된 가죽 냄새와 곰팡이 냄새가 뒤섞여 빈 위장을 자극했다. 밝지 않은 조명 아래서 구두를 수선하고 있던 늙은 사내가 고개를 들었다. 누런 사내의 눈자위에 붉게 터진 실핏줄이 선명했다.

"블랑쉬 있어요? 굽 높은 걸로."

N이 진열대를 돌아보며 물었다.

"치수는?"

사내가 뒤에 서 있던 삐끼에게 눈짓했다. 삐끼가 갑자기 어디론가 뛰어갔다. 잠시 후, 돌아온 삐끼의 손에 종이 상자가 들려 있다.

"에이급이다. 특 에이!"

상자를 열어 보이며 사내는 자신에 찬 눈빛을 보인다. N이 구두를 들어 천장의 불빛에 비춰 본다. 피혁이 맞닿은 곳의 접착 상태와 광택을 찬찬히 살펴본다.

"에이, 특 에이 아니야."

N이 고개를 저었다. 사내는 어깨를 으쓱하고는 다시 삐끼에게 눈짓을 보낸다. 삐끼가 다른 종이 상자를 꺼낸다. 사내는 상자를 열기 전, 손가락 세 개를 세워 흔든다. 삼만 원을 더 줘야 한다는 뜻이다. 상자를 열고 구두를 꺼낸 N의 표정이 다시 진지해진다. N이 고개를 끄덕였다. 거래를 성사시킨 사내가 그제야 검은 봉지 안에 신발을 넣는다.

"언니는 안 사?"

돈을 받은 사내의 시선이 갑자기 날 향한다. 나는 고개를 저었다. 사내의 눈이 얼굴을 지나 아래로 내려간다. 구겨진 리본을 달고 있는 내 낡은 단화를 본 사내의 표정이 어두워졌다. 달군 돌덩이를 올려놓은 듯 발등이 달아오른다.

새 구두를 손에 넣고 골목을 내려가는 N의 발걸음이 나는 듯 가벼워 보인다. 족히 십이 센티는 넘어 뵈는 하이힐을 신고 N이 경중경중 걷는다.

"내 키가 십이 센티는 더 높아졌어. 하늘이 그만큼 가까워졌어."

어둔 하늘을 올려다보며 N이 제자리 뜀을 뛴다. 치솟은 목소리처럼 N은 정말 하늘까지 올라갈 기세다.

N과 헤어져 원장과의 약속 장소로 발길을 돌린다. 모텔 문을 열고 들어서자 붉은 카펫 위에 검게 찍힌 자잘한 꽃무늬가 구두 굽아래 눌렸다 일어선다. 핏자국이나 오물 찌꺼기로 의심받을 만큼 조잡한 무늬다. 검붉은 생리혈을 닮았다. 어제 생리가 끝났는데도 아직도 아랫배가 뻐근하다. 허리 근육이 단단히 뭉쳐 있다.

주물 손잡이를 돌리자 덜컥, 문이 열린다. 욕실에서 물 떨어지는 소리가 들린다. 발소리를 죽여 방으로 들어선다. 좁은 공간에 덩그러니 놓인 원형 침대와 낡은 텔레비전 수상기, 손자국으로 얼룩진 거울. 눈을 감아도 그려질 정도로 익숙한 풍광이다. 욕실 바닥에 떨어지는 물방울 소리가 타일을 타고 울려 나올 때마다 심장이 한 템포씩 빨라진다.

문이 열리고 수건도 두르지 않은 원장이 입꼬리를 올리며 다가온다. 원장은 샤워를 하지 않은 내 체취를 코 깊숙이 들이마시며 스커트 속으로 손을 넣어 속옷을 벗긴다. 스커트가 걷어 올라가면서 잔주름이 무질서하게 잡힌다.

"난, 주름이 잡힌 스커트를 보면 흥분되더라."

언젠가 했던 말처럼 원장은 스커트를 벗기지 않고 거칠게 걷어올린다. 다정하게 어루만지는 손길은 없다. 건조하고 비좁은 장소를 비집고 밀어 넣는 동작이 반복되면서 어색한 박수 소리 같은 마찰음이 새어 나온다. 이럴 땐 텔레비전이라도 틀어놓고 싶다. 원장의 동작이 커지면서 부풀어 오른 여린 살갗이 찢어지는 것 같은 통증이 밀려왔지만 나는 입술을 앙다물고 참는다. 내가 비명을 지르면 오히려 더 흥분할 남자란 걸 알기에. 혀끝에 피 맛이 느껴졌다.

"멘스야? 피 냄새가 나는데…."

덜 끝난 생리혈 냄새를 맡은 원장의 동작이 빨라진다. 낡은 침대 스프링이 그의 허리를 튕겨내느라 바쁘게 움직인다. 원장의 땀이 얼굴로 떨어져 내린다. 원장의 손이 거칠게 허벅지를 잡아 어깨 위로 들어 올린다. 아랫배를 짓누르는 강한 압박에 눈이 번쩍 뜨인다. 흥분한 원장의 눈과 마주친다.

원장의 얼굴 중 가장 싫은 부분이 눈이다. 실핏줄이 곤두서 상대를 꿰뚫을 듯 바라보는 그의 눈을 마주하면 심장이 얼어붙었다. 찢어진 원장의 양쪽 눈 사이에는 붉은 사마귀가 묘하게 자리를 잡고 있었다. 원장은 이마에 눈이 하나 더 박힌 괴물 같다.

원장의 두 손이 얼굴을 틀어잡고 눈을 감지 못하게 한다. 나를 지켜보는 원장의 붉은 눈이 가까이 다가왔다. 원장의 세 눈동자가 흔들거리며 쉼 없이 나를 유린한다. 원장은 침대 시트 위에 꽃무늬 같은 핏방울이 방울방울 떨어지는 모습을 보고 나서야 만족스런 웃음을 지으며 허리를 일으켰다.

사라지는 원장의 뒷모습을 지켜보는데 눈시울이 뜨거워진다. 쓰린 걸음으로 욕실에 들어가 거울을 본다. 퀭한 시선의 외국인이 나를 쳐다본다. 볼썽사납게 가슴께까지 올라간 스커트를 내려 물을 적신다. 눈물을 훔치며 주름 잡힌 스커트 자락을 양손으로 붙들고 하얗게 질리도록 잡아당긴다.

높은 곳에 있어 하늘과 가까워진다면 나는 하늘 근처에서 일을 하고 있다. 내가 다니는 학원 이름이 'SKY'였다. 이름만이 아니라 10층 건물의 맨 꼭대기 층에 있는 학원은 인근 학원 건물 중에 가장 높은 곳이다. D시에서 가장 수강생이 많은 학원이라고 했다. 원장은 지금쯤 학원에 도착해 아무 일 없었다는 듯이 원장실에 앉아 타임지를 읽는 척하고 있을 것이다. 신문 너머로 내가 들어가는 문을 노려보면서.

학원에 들어서자 강의 준비를 하던 선생님들의 시선이 한꺼번에 쏠린다. 지각한 탓도 있겠지만, 선생님들의 시선은 구겨진 스커트 자락 위에 오래도록 머문다. 얼굴이 벌게지면서 고개를 외로 돌리는 선생님마저 보인다.

"엘리스!"

의자에 앉은 지 얼마 되지 않아 사무장이 부른다. 사무장 자리로 가니 다음 달 강의 스케줄을 내민다. 강사들이 기피하는 마지막 자정 수업에 온통 내 이름이 적혀 있다. 지하철이 끊기는 시간이라서 강사들이 교대로 맡던 수업이었다. 계획표대로라면 다음 달부터는 내내 택시를 타고 집으로 가야 했다. 나도 모르게 인상을 찌푸렸는지 사무장이 차갑게 덧붙였다.

"원장님 특별 지시야!"

화장대 앞에 앉아 염색약을 꺼낸다. 스윽, 브러시가 지날 때마다 누런 길이 한 줄씩 생긴다. 작은 페인트 붓처럼 생긴 브러시가 길을 만들어낸다. 두피에 묻은 얼룩을 지우기 힘들다는 걸 알면서도 모근까지 색이 들어가도록 꼼꼼히 색칠을 한다. 가늘고 힘이 없이 축 늘어져버린 머리카락이 금세 누런 염색물에 젖는다. 십오 분, 설명서대로라면 이제 십오 분이 지나면 내 머리는 책에서 보았던 어린 왕자의 것처럼 환하고 건강한 금발이 될 것이다.

목덜미에 얼룩진 염색약을 화장지로 닦아내고 세면대에 떨어져 있는 머리카락을 줍는다. 여러 번의 탈색을 겪은 머리칼은 끝이 갈라지고 명주실처럼 가늘어져 있다.

샴푸를 하고 닦아낸 수건이 금세 누렇게 변한다. 야무진 빨래에도 지워지지 않을 얼룩들을 잠시 쳐다본다. 손으로 털어내자 미처 닦이지 않은 물기가 거울에 튄다. 덜 말라 사방으로 뻗친 머리카락이 황갈색이다. 턱선을 넘지 않는 짧은 머리 탓에 마치 덜 성숙한 소년 같아 보인다. 잦은 염색 때문에 머리를 길어본 적이 아주 예전의 기억처럼 희미하다. 헤어드라이어로 머리를 말리며 두피를 살펴본다. 혹시 염색약이 지워지지 않은 부분이 있지 않나 싶어서이다.

염색약 얼룩이 없음을 확인하고 머리끝에 왁스를 발라 세운다.

이럴 때 내 머리가 살짝이라도 곱슬이었다면 더 금발에 어울릴 텐데, 내 머리는 엄마를 닮아 곧은 일자 머리칼이다. 엄마는 내가 기억하는 한평생 단 한 번도 파마를 해본 적이 없다. 아버지가 생머리를 좋아한다는 이유 단 하나 때문에.

허리까지 내려오는 긴 생머리를 잘라낸 기억도 별로 없다. 볕 좋은 날이면 칠흑같이 검은 머리를 뒤집어 참빗을 세워 꼼꼼히 빗어 내던 모습이 기억난다. 가끔 햇빛 속에서 작은 먼지를 일으키며 마치 시간을 세듯 느리게 빗어 내리는 엄마를 보며 난 엄마가 빗는 건 머리칼이 아니라 아버지에 대한 기억이 아닌가 생각하곤 했다.

아버지는 내가 태어나고 돌이 막 지났을 때 호주로 돌아가서는 단 한 번도 찾아오지 않았다. 어쩌다 보내오는 카드가 전부였다. 엄마는 아버지를 그리워하면서도 만나고 싶어 하지는 않았다. 아버지의 편지를 품 안에 넣어 몇 번이나 꺼내 보면서도 엄마는 답장을 보내지 않았다.

출근 준비를 마치고 침대에 잠들어 있는 N을 들여다본다. 얇은 속옷이 올라가 두툼한 그녀의 엉덩이가 드러난다. 양팔을 올리고 구겨진 채 누워 있는 그녀의 자세를 교정해주고 시트를 덮어주는데, 속옷 사이로 무성한 음모가 나타난다. 새까맣게 짙은 음모가 종잇장처럼 얇은 속옷을 뚫을 것처럼 풍성한 숲을 이루고 있다. 밤

사이 벌써 거뭇해진 그녀의 턱에 가볍게 입을 갖다 댄다. 그녀가 잠결에 흐응, 콧소리를 낸다. 블라인드 사이로 비치는 햇살 아래 놓인 그녀의 머리칼은 나와 같은 황금색으로 반짝인다.

신발장 손잡이를 잡아당기자 빨간색 에나멜 구두 한 짝이 떨어진다. 어제 N이 신고 나갔던 신발이다. 구두를 집으려 허리를 숙이자 뒤축에 허옇게 묻은 오물이 보인다. 휴지를 꺼내 오물을 닦아낸다. 허연 오물이 말끔히 지워진 구두가 본연의 붉은색을 되찾는다. 구두를 내려놓고 발을 넣는다. 파란 실핏줄이 드러난 맨발이 구두 속으로 쑤욱 들어간다. N의 발은 이백오십 밀리이다. 나와 이십 밀리 정도 차이가 난다. 구두를 신고 걸어본다. 높은 굽 때문에 금방이라도 넘어질 듯 몸이 휘청인다.

구두를 벗어 다시 신발장 안으로 넣는다. 신발장 안에는 빨강, 파랑, 초록, 주황, 노랑에 이어 보라색까지 광택이 번지르르한 에나멜 구두들이 빼곡히 진열되어 있다. 하나같이 번쩍번쩍 빛을 발하는 모양새가 마치 이태원 거리에 있는 구두 가게의 진열대를 들여다보는 것 같다.

얼마 전 N이 선물한 노란색 뾰족구두가 눈에 띈다. 커다란 N의 신발 사이에 놓인 나의 신발은 마치 어린아이의 신발 같다.

"너무 편한 것만 좋아하지 말고, 좀 바꿔봐!"

N은 구두를 좋아하지 않는 나를 이해하지 못했다.

"힐은 여자의 권력이야. 한번 올라가면 내려오고 싶지 않을걸."

N의 말처럼 굽 높은 신발을 신으면 세상이 조금 낮아져 보일까? 하나같이 칙칙하고 납작한 내 신발 옆에 남자 구두 한 켤레가 먼지를 뒤집어쓰고 있다.

이곳에 처음 오던 날, N이 신고 왔던 구두다. 구두 앞코가 해져 누런 가죽이 드러난 구두를 신었던 시절을 N은 기억하고 있을까? N은 신발장을 들여다볼 적마다 그 구두를 버리고 싶어 했지만, 내가 말렸다. 둔하고 낡은 구두를 신었던 예전의 N을 기억하고 싶어서.

작업에 몰두해 있으면 은근슬쩍 다가와 허리와 둔부에 손을 올리고 꿈틀대는 공장장이 아니었더라도 그곳에서 더 견디지는 못했을 것이다. 새벽 여섯시에 출근해 저녁 여덟시까지 때로는 자정을 넘기는 야근을 해도 월급은 항상 최저임금이었다.

열악한 환경 때문에 직원의 대부분이 필리핀이나 인도인이었다. 내가 일하던 섬유 염색 작업반에서 한국인은 나와 작업반장뿐이었다. 때문에 나는 자연스레 한국말이 서툰 외국인들과 어울릴 수밖에 없었다. 그들은 나에게 한국말을 배웠고, 나는 그들에게 영어를 배웠다. 영어를 배우고 있는 동안은 행복했다. 호주에 있는 아버지를 당장 만날 수 있을 것처럼 기분이 들떴다. 중학교 이후론 성탄절 카드마저 끊어버린 아버지지만, 직접 찾아가면 받아줄지 모른다는 희망을 갖게 되었다.

중고서점에서 영어회화책을 구입해 밤새 외웠다. 삼 년쯤 지나자 실력이 많이 늘어 외국인들과 일상 회화를 자유롭게 구사할 수 있게 되었다. 그렇게 되기까지는 필리핀에서 온 미구엘의 도움이 컸다. 미구엘은 호주로 가고 싶어 하는 나를 많이 이해했다. 일이 끝나면 둘이 머리를 맞대고 앉아 영어 공부를 하느라 잠을 설쳤다.

어느 날 낮술을 먹고 온 공장장이 기계를 들여다보고 있는 내 허리를 붙들고 발정난 개처럼 마구 비벼댔다. 빠져나오려 애를 써도 공장장의 억센 힘을 당해낼 재간이 없었다. 눈물을 흘리며 주위를 둘러봤지만 모두들 못 본 체 외면했다. 더욱 용감해진 공장장의 손이 내 가슴을 세게 움켜쥐었다. 날카로운 내 비명을 들은 미구엘이 달려와 공장장을 밀어내고 내 손을 잡았다. 우리는 무작정 뛰쳐나와 버스를 타고 D시로 향했다. 아직 받지 못한 월급이 남아 있었지만, 미구엘과 나는 공장으로 돌아가지 않았다.

나는 불편한 손으로 봉투를 붙이는 엄마와 함께 아버지가 있는 호주로 가기 위해 많은 돈이 필요했다. 새로운 직업을 물색했다. 브로커를 소개받았다. 신분을 바꾸는 일은 생각보다 간단했다. 그동안 모아둔 적금이 거덜 나긴 했지만, 나는 아버지를 닮은 얼굴과 체형 때문에 별 무리 없이 미국에서 건너온 영어강사 엘리스로 분할 수 있었다. 그리고 미구엘은 게이 클럽의 여장 가수 N이 되었다.

학원에 취업하기 전, 머리를 금발로 염색하자 나는 영락없는 외국 여자였다. 초등학교 시절, 튀기라고 놀림 받을 적마다 울고 소리치며 "난 대한민국 사람이야!"라고 악을 써대던 내가 스스로 외국인이 되었다.

브로커가 마련해준 서류를 들고 몇 군데 학원 면접을 보고, 연락 온 학원에 출근하던 날, 인생이 장밋빛으로 풀리기 시작한다고 생각했다. 공장 다닐 적보다 두 배 넘는 월급을 받고 나는 N과 환호를 질렀다.

첫 월급을 타고 며칠 지나지 않아 원장이 호출했다. 원장은 방문을 닫고 들어서는 나를 보고 "김미영 씨" 하고 내 이름을 불렀다. 원장의 입술이 일그러졌다. 나는 얼굴에서 핏기가 가시며 머릿속이 하얗게 번져왔다. 원장은 화를 내기는커녕 자꾸만 실실 웃었다.

"괜찮아, 가짜면 어때! 누가 봐도 외국인이구먼."

원장의 손이 다가왔다. 누렇게 염색한 내 머리를 어루만졌다. 그는 말을 할 적마다 미간을 찌푸렸다. 그가 얼굴을 찌푸릴 때마다 미간에 박힌 붉은 점이 움직였다. 마치 살아 있는 것처럼 그가 숨을 쉴 때마다 붉은 점이 꿈틀거리며 나를 빤히 쳐다보았다.

그날 일을 마치고 집에 도착했을 때, 원장에게서 전화가 왔다. 원장이 말한 모텔까지는 집에서 한 시간이 걸렸다. 모텔 문을 열자 속옷도 걸치지 않은 원장이 침대 위에 누워 있었다. 어두운 조명 아래 놓인 원장의 늘어진 젖가슴에서 견디기 힘든 냄새가 흘러나왔다.

야간 수업을 마치고 나자 온몸이 녹신거릴 정도로 저려 온다. 모두 퇴근해 불이 꺼진 사무실을 지나쳐 내려온다. N이 그리워진다. 내가 출근할 적엔 N이 잠들어 있고, N이 퇴근할 무렵엔 내가 잠들어 있어 마주친 적이 언제인가 싶다. 발걸음을 돌려 이태원 거리로 향한다.

그다지 넓지 않은 클럽 안이 홍청대는 사람들로 가득하다. 엉덩이가 큰 흑인부터 미성년 딱지를 막 떼었음직한 백인 청년, 얼굴색이 우중충한 동남아인들까지. 자리에 앉자 얼굴을 알아본 매니저가 능글맞게 웃으며 무알코올 칵테일을 갖다준다.

N의 무대는 새벽 한시 십분에 시작된다. 그때까지 이십여 분이 채 남지 않았다. 무알코올 칵테일을 마신다. 달큰한 소다수가 식도를 타고 내려간다. 이런 때에는 술을 마시는 게 더 나을 텐데. 술이 조금만 들어가도 터질 듯 뜀박질하는 심장 때문에 술을 마시지 못하는 게 조금 슬프다. 내가 술을 마실 수 있었다면 N과 같은 가게에서 일을 했을 것이다. 그럼 원장을 만날 일도 없었을 것이다.

귀에 익은 음악 소리가 울리더니 N이 등장한다. 가슴골이 훤히 드러난 망사 드레스를 입은 그녀는 열대림처럼 뜨겁고 거친 목소리로 노래한다. 푸른 연막처럼 잔잔히 깔리는 음성이 마치 귓가에 촉촉한 입술을 갖다 대고 속삭이는 것 같다.

아임 어 풀. 어깨에 드리워진 가발을 흔들며 그녀가 부르는 노랫말처럼 난 바보가 되어버린다. 머리가 텅 비어버린 바보. 그 어떤 것도 중요하지 않고 기억나지 않는다. 방금 전까지 몇 번이고 곱씹던 원장의 얼굴도 희미해져버린다. 아임 어 풀. 금발을 치렁치렁 흔들며 붉은 입술을 동그랗게 내미는 그녀를 본 취객들은 입을 쩍 벌렸다.

그녀는 세 곡의 노래를 부르고 무대를 내려갔다. 그녀가 어두운 비로드 커튼 안으로 사라지자 사람들은 다시 와자지껄 소리를 내며 술을 마셨다. 나는 그녀가 나오기를 기다린다. 분장을 고치고 하얀 원피스로 갈아입은 그녀가 미소를 지으며 홀로 나온다. 발그레한 복사 뺨과 가슴 높이에서 하늘거리는 흰 원피스, 가는 목을 휘감아 내린 에메랄드빛 실크 스카프가 그녀의 몸 위에서 하늘거린다.

홀이 다시 소란스러워진다. 남자들이 벌떡 일어나 취한 목소리로 그녀의 이름을 연호한다. 누군가가 허리춤에서 돈을 꺼내 흔들어댄다. 또 다른 누군가는 그녀가 앞에 다가오자 뒤를 돌아 바지를 반쯤 내리고는 사인을 해달라고 조른다. 립스틱을 쥔 그녀의 손이 사내의 드러난 엉덩이에 닿자 사내가 과장된 동작으로 엉덩이를 흔든다. 나를 제외한 모든 관객들이 목젖이 보이도록 웃는다. 나는 그녀의 웃음 뒤에 잠시 스치는 그림자를 본다. 사내의 짓궂은 손을 뿌리친 그녀가 나를 향해 천천히 걸어온다. 그녀의 붉은 입술이 웃는다.

벌써 열댓 번도 더 본 광경이지만 나는 아직도 저런 모습의 N이 낯설다. 공장에서 함께 일할 때의 N은 그저 말이 없고 수줍음 많

구두

은 직원이었다. 자신의 피부가 유난히 까만 탓에 하얀 피부를 가진 나를 무척이나 부러워했다. 조용히 있다 갑자기 슬그머니 어깨를 끌어안아 한때는 날 좋아하는 게 아닌가 하는 오해마저 품게 했다.

하지만, 술에 취한 N은 내게 여자가 되고 싶다고 했다. 돈만 있으면 여자가 되는 건 문제도 아니라고 했다. 돈을 모으면 태국에 가서 성전환 수술을 받겠다며 이태원 게이 클럽에 취직했다. 술집이라 우려했던 것과 달리 N은 클럽에 쉽게 적응을 했다.

"엘리스, 난 행복해. 모두 날 여자라고 그것도 이쁘다고 해. 내 가슴을 뛰게 해주는 남자들이 많아. 남자들이 날 향해 소리칠 때마다 살아 있다는 게 느껴져."

N은 여장을 하고 하이힐을 꺼내 신을 때마다 진짜 여자가 되는 것 같다며 행복해했다.

"내가 봐도 예뻐. 아마 신이 잠시 졸았을 거야. 그러지 않고서야 나를 남자로 만들었을 리가 없어."

그는 한껏 들뜬 미소를 지었다. 월세 삼십오만 원짜리 원룸에 함께 살며 내가 장난으로, "미구엘, 너 정말 내가 벗은 모습을 봐도 느껴지지 않아?" 하며 그의 허리춤에 손을 넣어도 아무런 표정 변화 없이 "난 여자니까!"라고 담담하게 말할 뿐이었다.

'마녀의 구두'라는 가게 상호가 독특했다. 동화 '오즈의 마법사'에 나오는 주인공들이 가게 벽면에 그려져 있다. 주인공 도로시의 발에 신발이 벗겨져 있다. 어렸을 적, 읽었던 동화 구절이 생각난다. 도로시의 집이 회오리바람에 휩쓸려 동쪽 마녀를 덮쳤던, 그래서 도로시가 마법 신발을 가질 수 있었던 장면이 그림책처럼 머릿속에 펼쳐진다.

"여기 레이디 가가 슈즈 없어요?"

가게를 여기저기 둘러보던 N이 물었다.

"아, 공중 부양 구두요? 지난번에 입고된 게 다 팔려서 2주쯤 지나야 들어올 텐데. 대기 예약하고 가실래요?"

원하는 신발이 없는지 N의 얼굴이 어두워진다. 이제까지 가게 전체를 살 것처럼 뒤지고도 찾지 못한 모양이다. 대기 명단 33번 정도에 이름과 연락처를 올려놓고도 N은 문을 나서지 못한다. 가판대 중앙에 있던 반짝이 은색 슈즈를 발에 신고서야 가게를 나올 수 있었다.

"조금만 더 높으면 좋은데."

N은 신발 굽의 높이가 마음에 들지 않는지 자꾸 뒤축을 들여다본다. 내가 보기엔 한 뼘 넘어 보이는 힐의 길이가 무서울 정도인데, 얼마나 굽이 높은 신발을 신어야 N은 만족할까?

며칠 전, N은 잡지책에 나온 외국 가수가 신은 신발을 보고 흥분했다. 앞부분에서 중간까지 유선형으로 높고, 뒷부분이 아예 없는 그 신발을 중력 거부 또는 공중 부양 신발이라고 한다는 것을 N을 통해 알았다. 사진으로 보는 것만으로도 이십 센티 이상은 높은 것 같은데, 그 신발을 신고 걸을 수나 있는 것일까? 우리가 사는 원룸의 신발장엔 그녀의 신발을 담을 공간이 더 이상 없다. 그런데도 N은 미련을 버리지 못한다.

누군가 세차게 문을 두드린다. 원룸의 남루한 현관이 부서질 것처럼 흔들린다. N이 벌떡 일어나 앉는다. N과 나는 두 손을 그러쥔 채 곧장 문으로 다가서지도 못하고 서로의 얼굴만 바라보았다. 좀처럼 문을 두드리는 소리가 멎지 않아 결국 잠옷 차림의 N이 나가려는데, 이번에는 내 휴대폰이 심하게 요동친다. 푸른 불빛 아래 원장의 이름이 찍혀 있다. 황급히 나가 문을 열자 얼굴이 벌겋게 달아오른 원장의 얼굴이 불쑥 나타난다.

"전화를 왜 안 받는 거야?"

소리를 지르며 들어서던 원장은 N을 보고 흠칫 놀란다. 원장은 손짓으로 따라 나오라는 신호를 보내고 나가면서 시트로 감싼 N의 몸매를 예리한 눈길로 훑어 내린다.

"뭐야? 혼자 산다더니 남자가 있던 거야?"

차에 타자 원장의 입꼬리가 비틀어진다. 머리를 기르고 제모를 했지만, 화장을 하지 않은 N에게는 남자의 모습이 남아 있었나 보다.

"그게 아니고…."

말끝을 흐리자 원장의 눈초리가 더욱 날카로워진다.

"트랜스젠더 준비 중이예요."

"성전환 준비라…. 그런 것에도 준비란 표현을 써야 하나? 허참!"

말과 달리 원장의 눈동자에 이상한 총기가 빛난다.

"정말 남자로서의 기능은 없는 걸까? 하긴 얼핏 보아선 여자로밖에 보이지 않던데…. 유명 모델이나 디자이너 중에는 그런 인종들이 많다던데, 어쩌면 그들의 주장대로 인간의 원죄 이전에는 동성애자들이 대세였는지도 모르지."

원장은 한참이나 시동을 걸지 않고, 계속 동성애자와 양성애자들의 이야기를 주절댄다.

"이름이 N이라고? 예쁘장하게 생기긴 했던데. 그런 애와 자는 기분은 어때? 일반인보다 더 죽이나?"

길게 이어지는 원장의 말을 듣는 둥 마는 둥 하던 나는 갑자기 N의 이름이 나오자 당황한다. 어리둥절해하는 나를 똑바로 바라보는 원장의 눈이 반짝거린다.

"넌 A일까? B일까?"

무슨 말인지 알아듣지 못하는 날 바라보는 원장의 입술 양끝이 비틀어진다. 그 모습을 보면서 나는 알파벳 A와 B 사이를 연관 지으려 애쓴다. "네 짝퉁 급수 말이야!" 한심하다는 듯 비아냥거리는 원장의 대답이 이어지고 나서야 내 혈통에 대한 이야기라는 걸 깨닫는다. 얼굴이 타버릴 것처럼 달아오른다.

무슨 좋지 않은 일이라도 있던 건지, 두 시간이 넘도록 벌거벗은 내 몸을 뒤집었다 세웠다 눕히기를 반복하더니 결국 가쁜 숨을 몰아쉬며 침대에서 내려가서는 한다는 소리가 그거다. 거친 원장의 동작 때문에 쓰라린 음부의 상처나 이빨 자국으로 피멍이 맺힌 유두의 통증보다 내 존재 자체를 모욕당하는 것 같아 가슴이 아프다.

"하긴 짝퉁과 명품이 육안으로야 별 차이 있겠어? 속이 문제지!"

원장의 독설이 이어진다. 뭐가 원장의 기분을 이렇게 상하게 한 걸까?

"술이나 한잔 하지."

샤워를 마치고 옷을 갈아입은 원장의 입술이 반달을 그리며 올라간다. 원장은 미처 내가 옷을 갈아입지도 못했는데 서둘러 방문을 열고 나가버린다. 바람 탓인지 쾅하고 크게 닫히는 문소리에 심장이 덜컥 내려앉는다.

좁은 골목을 지나 원장의 차가 멈추자 놀랍게도 익숙한 장소가 보인다. 낯익은 주차원이 나와 원장의 차 키를 받아 들고 간다. 나는 로즈의 붉은 간판 안으로 성큼성큼 들어가는 원장을 보며 깜짝 놀란다.

원장이 앉자 주문을 하지 않았는데 바로 술이 나온다. 지배인이 두 손으로 술을 따른다. 그리고 붉은 드레스를 입은 N이 나타난다. 나와 눈이 마주친 N은 잠시 놀란 듯 눈을 끔뻑이다 아무 말 없이 원장 옆자리에 앉는다. 침묵 속에서 원장이 술을 따르고, 그 술을

N은 말없이 받아 마신다. 원장이 N의 손목을 슬쩍 잡는다. N은 뿌리치려다 마주 앉은 날 보더니 그대로 손목을 내린다. 원장이 능글맞은 웃음을 지으며 조물조물 마치 부드러운 가루를 치대 반죽하듯 N의 손목을 더듬는다. N의 얼굴이 어두워진다. 그렇게 어정쩡한 모습으로 앉아 있다 무대가 시작될 무렵 N은 허벅지에 닿은 원장의 손을 뿌리치고 자리에서 일어난다.

"집에서 보자."

날 향한 N의 목소리가 뭔가에 걸린 듯 메어 있다. 무대 뒤로 들어가는 N의 뒷모습을 원장의 시선이 좇는다. 원장은 N이 대기실로 사라질 때까지 시선을 떼지 못한다. 나는 그 모든 것을 외진 극장에서 낡은 영화필름을 바라보듯 황망한 시선으로 지켜본다. 목구멍이 매운 것을 먹을 때처럼 아리다.

무대 위 조명이 켜지고 하얀 드레스로 갈아입은 N이 나온다. 다른 때와 달리 그녀의 눈동자가 한곳에 붙박인 채 심하게 흔들린다. 그 모습을 지켜보는데, 괜히 눈물이 솟는다. 노래를 부르는 그녀의 목소리 끝이 조금씩 갈라진다. N이 세 곡을 부르는 동안 원장은 양주 한 병을 다 비운다. 심한 갈증을 느끼는 것 같다. 나 역시 갈증을 느낀다. 할 수만 있다면 원장의 손에서 술을 뺏어 마셔 버리고 싶을 정도로 지독한 갈증을 느낀다.

"시발, 비싼 년! 너 때문이겠지?"

술에 젖은 원장의 음성이 비틀거리며 올라간다.

"지가 불법취업으로 콩밥을 먹게 되고 강제 추방당해도 저렇게 고개를 쳐들 수 있을까?"

원장의 눈자위가 붉게 충혈되어 있다. 원장의 몸이 기우뚱 옆으로 쏠리더니 테이블 위에 있던 양주 병이 빙그르 원을 그리다 낙하한다. 둔탁한 소리를 내며 떨어진 병에서 남아 있던 술이 새어나온다.

흔들거리는 원장을 부축하고 바깥으로 나온다. 찬 바람이 이는 주차장 앞에서 뒤를 돌아본 원장이 느닷없이 내 뺨을 때린다. 불의의 일격에 핏줄이 터질 듯 뜨거워진다. 한 번, 두 번, 세 번, 네 번. 술에 취해 몸을 제대로 가누지 못하면서도 원장은 정확히 내 뺨을 가격한다. 코에서 뜨거운 게 주르륵 흘러내린다. 나는 양손으로 얼굴을 감싸 쥔다.

"시발, 짝퉁 주제에…."

원장이 와락 날 밀친다. 이상하게 눈물이 흐르지 않는다. 입안 가득 고인 끈끈한 액체를 뱉어낸다. 어두운 주차장 바닥에 검은 얼룩이 뿌려진다. 부어오른 뺨에 손을 갖다 댄다. 뜨겁다. 지난겨울, 기름을 장만 못 해 냉방에서 N과 끌어안고 잤던 때가 생각난다. 이불 속의 두 몸을 샐 틈 없이 겹쳐 냉기를 면하고 가랑이에 끼었던 두 손을 꺼내 이불 밖에 드러난 서로의 양볼을 감싸던 그때.

어느 틈에 나왔는지 N이 다가와 내 어깨를 감싸 안는다. N의 얼굴에서 눈물이 흘러내린다. 뜨겁다. 바르르 진동하는 N의 몸이 느껴진다. 후끈거리던 통증이 조금 가라앉는다. N이 내 머리를 끌어 안는다. 부드러운 그녀의 가슴이 내 이마에 닿는다. 더없이 편한데 눈물이 난다. 내 얼굴과 맞닿은 그녀의 가슴이 검게 젖는다. 그녀 의 입술과 닿아 있는 내 머리가 촉촉이 젖어간다.

"이제까지 잘해왔는데, 더 이상의 나락은 없다고 생각했는데. 정 말 좆같은 세상이다."

어디서 배웠는지 N이 그럴싸하게 한국 욕을 한다. N의 말이 맞 는 것 같다. 불행은 진창과 같아서 버둥댈수록 빠져들고 너덜너덜 더러워지기 마련이다.

다음 날 퇴근하고 돌아와보니 원룸이 넓어져 있었다. 그녀의 모 습은 물론, 그녀의 짐이 죄다 사라졌다. 이상한 예감이 들어 신발 장을 열었다. 그곳에 있던 신발들이 모두 감쪽같이 없어졌다. 아래 칸에 놓인 내 신발 옆에 그녀가 처음 신고 왔던 남자 신발 한 켤레 만이 덩그러니 남아 있다.

일주일을 기다리고 나는 방을 옮겼다. 나 혼자 살기에는 너무 방 이 컸다. 이사를 하면서, 남아 있던 신발들을 모두 모아 쓰레기통 에 버렸다.

새집에 짐을 옮겨놓고 바로 이태원으로 향했다. 여전히 호객 행 위를 하고 있는 삐끼에게 이끌려 좁은 신발가게로 들어간다. N이 좋아했던 신발들이 가지런히 놓여 있었다.

구두

가장 높은 굽을 골랐다. 높은 굽에 올라서니 몸이 휘청 흔들거렸다. 신발 뒤축을 찬찬히 살폈다. 끝이 잘 벼려진 펜싱 검처럼 날카로웠다.

"이런 킬힐을 좋아하시는군요."

가게 주인이 내가 고른 신발들을 포장하며 물었다.

"죽이잖아요."

나는 주인에게 미소를 지어 보였다.

"그래서 킬, 힐,이겠죠!"

주인이 유쾌한 농담을 맞받아주었다. 주인의 말대로 끝이 날카로운 힐은 누군가를 죽이고도 남을 정도로 위험해 보인다. 그래서 여자들이 그렇게 높고 날카로운 힐에 집착을 하는 것인지도 모를 일이다.

집으로 돌아오는 길 내내 중심을 잘 잡지 못해 몸이 앞으로 쏠린다. 짝이 틀린 신발을 아슬아슬하게 신은 것처럼 걸음이 불안정하다. 구부정한 걸음으로 마녀 구두 가게 앞을 지나는데, 오즈의 마법사의 결말 부분이 생각났다. 도로시는 구두 뒤축을 세 번 부딪치면 순간 이동을 해 원하는 곳으로 갈 수 있었다. 내가 신은 힐이 도로시의 마법 신발이라면 얼마나 좋을까.

원장은 새빨간 장미 덩굴이 그려진 넥타이를 매고 있다. 누군가 젊어 보인다고 말하자 헛헛 입을 크게 벌리고 웃는다. 은색 사선이 들어간 빨간 타이가 반쯤 벗어진 그의 머리와 얼마나 대조적으로 반짝이는지 그는 모르는 모양이다. 좀체 들을 수 없던 그의 콧노래 소리가 학원 전체를 기괴하게 울린다. 아직 벌겋게 부종이 남아 있는 내 얼굴을 보고도 그는 콧노래를 멈추지 않는다. 오히려 이를 드러내 환한 미소를 보낸다. 꼭 실성한 사람 같다.

원장이 직접 새 강의 시간표를 건넸다. 지난달과 다름없이 야간 수업 시간에 온통 형광색이 칠해져 있다. 그 형광색은 아침 시간에도 죽죽 그어져 있다. 이제 나는 학원에 새벽 6시까지 출근을 하고, 저녁 12시를 넘겨서 퇴근을 해야 한다.

표정이 딱딱하게 굳었다. 이미 내 얼굴 따위는 쳐다보지 않는 원장이 콧노래를 흥얼거리며 퇴근을 한다. 문을 나서는 그의 손에 빳빳한 종이 가방이 들려 있다. 누런 체크무늬가 그려진 종이 가방 표면에 뒤축이 없는 구두 그림이 그려져 있다. 원장은 뒤도 돌아보지 않고 성큼성큼 학원을 나간다.

나는 원장이 어디로 가는지 알고 있다. 멀어지는 그의 등을 노려보며 N에게 전화를 걸었지만, 여전히 받지 않았다. 쇼핑백에서 새로 산 구두를 꺼냈다. 새 신발을 뒤집어 굽을 살폈다. 끝이 유난히 뾰족한 구두 굽이 눈을 찌를 듯 노려보았다.

주차장에 세워진 차를 향해 가던 원장이 등을 돌린다. 나는 오른손으로 구두 뒤축을 쥐고 허공을 내리친다. 휘익 바람을 가르는 소리가 들린다. 한 번, 두 번. 손을 휘두를 때마다 바람 소리가 커

진다. 나는 원장의 미간에 박힌 붉은 점을 표적으로 삼는다. 퍼억,
퍽. 잘 벼려진 굽이 단번에 붉은 점을 산산조각 낸다. 한 번, 두 번,
세 번…. 굽이 완전히 박혀 빠져 나오지 않을 때까지 휘두른다. 놀
라 동그래진 원장의 눈에서 검붉은 핏줄기가 흘러내렸다. 세 번째
눈을 잃은 그는 힘을 완전히 잃고 반항하지 못한다. 피거품이 가득
찬 입술을 벌리지도 못한다.

나는 그에게 묻는다. "멘스야?" 원장은 아무 대답이 없다. 괜찮
다. 대답을 기대한 건 아니었다. 까치발을 하고 나머지 구두 한 짝
을 머리 위로 들어 올렸다. 더, 더, 더… 하늘에 닿을 듯 올라갔던
구두가 성급하게 떨어진다. 하늘 가득 번져 있던 노을이 빨갛게 물
든다. 그 선연한 빛을 향해 다시 한번 구두를 들어 던진다.

고요한 이웃

고요한 이웃

잿빛 구름층이 빠른 속도로 하늘가를 뒤덮었다. 금방 쏟아질 기세였다. 고니는 이마에 맺힌 땀을 훔쳤다. 열 시간이 넘도록 도마에서 칼질을 한 탓에 얼굴이 온통 땀범벅이었다. 칼자루를 쥐고 벌건 살덩이 위로 내려칠 때마다 이마에 맺힌 땀방울이 뚝뚝 떨어졌다. 가스레인지에서 끓는 냄비 위로 하얀 김이 궤적을 그리며 올라왔다. 기포가 넘칠 듯 바글거려 행주는 금방이라도 터질 것처럼 부풀었다. 고니는 허리에 묶은 앞치마를 당겨 땀을 훔치고 창을 열었다. 문틈으로 습기를 머금은 바람이 들어왔다. 한껏 달아올랐던 열기가 조금 꺾였다.

창틀에서 날벌레 한 쌍이 춤을 추듯 교미했다. 경망스런 날갯짓이 신경에 거슬렸다. 고니는 살금살금 다가가 손바닥을 부딪쳐 잡았다. 날벌레 한 쌍이 엉덩이를 맞붙인 채 압사했다. 미소가 번지는 고니 머리 위의 형광등이 갑자기 끔뻑거렸다. 멀지 않은 곳에서 천둥이 울리고 굵은 빗줄기가 쏟아졌다. 어둑발 서린 경계에서 번개가 비쳤다. 이층의 복도 창을 열어둔 게 번갯불처럼 떠올랐다. 서둘러 계단을 올라갔다. 다행히 빗살이 창턱 안까지 들이치진 않았다. 고니는 유리창을 닫고, 고리를 잠그고, 두툼한 모직 커튼을 쳤다. 벽에 난 구멍이 드러나지 않게 커튼을 팽팽하게 잡아당기는 것도 잊지 않았다.

며칠 전 캄캄해야 할 복도에 한줄기 햇살이 비추는 걸 보고 고니는 기겁했다. 얼른 빛이 새어 나오는 곳을 살피니 언제 어떻게 생겼는지 모를 작은 구멍이 틈새에 나 있었다. 고니는 황급히 커튼을 당겨 구멍을 가렸다. 이층 복도가 완벽한 어둠에 잠기자 고니 얼굴에 비로소 미소가 번졌다. 복도를 마주한 안방과 서재 입구가 짙은 그림자 때문에 보이지 않았다. 그제야 고니는 흡족했다. 남편은 빛에 무척 예민했다. 그는 완벽하게 어두워야 잠을 잘 수 있었다.

아래층에서 희미하게 올라오는 불빛에 의지해 계단을 내려갔다. 고니는 이제 습관이 되어 남편이 없을 때도 까치발을 하고 걸었다. 계단 중간쯤에 이르자 섬광이 유리창에서 번뜩였다. 거센 빗줄기가 지붕을 부술 듯 요란하게 두들겼다. 쉽게 그칠 비가 아닌 것 같았다.

그때, 요란한 빗소리 사이로 희미하게 문을 두드리는 소리가 들렸다. 잘못 들었나 싶어 처음엔 무시했지만 노크 소리는 점점 더 분명하고 뚜렷하게 울렸다. 남편인가? 고니는 벽에 걸린 시계를 보았다. 뾰족한 바늘 끝이 다섯시 이십분을 가리키고 있었다. 아직 남편이 오기엔 이른 시간이었다. 혹시 갑작스런 비 때문에 일찍 귀가

한 건지 모른다는 생각이 들었다. 고니는 서둘러 계단을 뛰어 내려
갔다.

그러나 급하게 문을 연 현관 앞에는 남편이 아닌 처음 보는 여
자가 서 있었다. 종이 인형처럼 비쩍 마른 여자였다. 여자는 파랗
게 질린 얼굴로 비에 젖은 몸을 부들부들 떨고 있었다. 고니는 보
라색으로 변하기 시작한 여자의 입술을 가만히 바라보았다.

"옆집이에요."

여자의 목소리는 얇은 명주실처럼 가늘고 끝이 갈라졌다. 여자
입에서 상한 양파 냄새가 풍겼다. 고니는 기억을 더듬었지만 작고
까만 얼굴을 본 기억이 나지 않았다. 하긴 워낙 외진 곳이라 옆집이
라고 해도 고니 집에서 이 킬로쯤 떨어진 숲 입구에 있을 것이었다.
더구나 두 집 사이에는 꽤 깊은 강이 흐르고 있어 찾아가려면 먼 숲
을 돌아야 했다. 그러니 이웃이라 해도 낯설 수밖에 없었다.

고니는 금방 쓰러질 것처럼 비척거리는 여자를 안으로 들였다.
소파를 권하고, 따뜻한 모과차를 권했다. 여자가 찻잔을 받으며 고
개를 숙였다. 드러난 여자의 목덜미에는 붉은 원이 그려져 있었다.
생닭의 포동포동한 엉덩이에 찍힌 도장처럼 선연했다. 고니는 붉
은 꽃잎처럼 활짝 펼쳐진 원에서 시선을 떼지 못했다.

여자가 모과차를 한 모금 삼키다 말고 헛구역질을 했다. 고니는
깜짝 놀라 여자를 쳐다봤다. 여자가 힘없이 손을 좌우로 흔들었다.
고니는 여자의 가는 팔목을 보았다. 갓 태어난 신생아처럼 파리하

고 가늘었다. 해골처럼 옴폭 파인 여자의 눈 아래 음영이 짙었다. 그뿐이 아니었다. 오랫동안 음식을 먹지 않았는지 입술이 바짝 말라 허옇게 탈색되어 있었다. 고니는 앞에 앉은 여자가 측은해졌다. 언뜻 봐도 고니보다 한참 어린 것 같은데 무슨 사연인지 몰라도 좋지 않은 일에 처한 게 분명했다. 고니는 일단 여자에게 먹을 것을 줘야겠다고 생각했다.

"마침 식사하려던 참인데⋯."

고니는 부엌에 들어가 냉장고를 열었다. 미리 장만한 고기 토막이 눈에 띄었다. 며칠 전에 부위별로 잘라 비닐로 싸놓은 고기였다. 고니는 그중에서 넓적다리 살을 골랐다. 넓적다리 살은 지방질이 적어 스테이크로 먹기에 적당했다. 고니는 팬을 달구고, 양파와 와인을 한데 볶아 소스를 만들었다.

"스테이크 괜찮죠?"

여자는 아무 대답이 없었다. 하긴 처음 본 사람에게 밥을 달라고 하기 멋쩍을 거였다. 고니는 더 묻지 않고, 살코기를 저며 두들긴 뒤 포도주에 재워 오븐에 넣었다.

"이제 익기만 하면 돼요."

고니는 남은 와인을 들고 거실로 갔다. 여자는 여전히 처음 자세 그대로 앉아 있었다. 고니는 여자에게 잔을 내밀었다. 조용히 잔을 받는 여자의 손등이 눈부실 정도로 투명해 퍼런 핏줄이 그림자처럼 비쳤다.

"이 동네에 오래 살았어요?"

여자가 고개를 흔들었다.

"혹시 저와 비슷한 때에 왔나요?"

이곳으로 이사 와 얼마 되지 않았을 때, 이삿짐센터 로고를 단 트럭이 지나는 것을 봤던 기억이 났다. 여자가 고개를 끄덕였다.

"그럼 저처럼 친한 이웃이 없겠네요."

고니의 말이 끝나기 전에 전화벨이 울렸다. 갑자기 울린 전화벨 소리에 여자가 소스라치게 놀랐다.

"괜찮아요. 남편일 거예요."

고니는 거실로 걸어가며 시계를 보았다. 시곗바늘이 숫자 '6'을 가리켰다. 남편은 매일 여섯시에 가게 문을 닫고 집으로 전화를 걸었다. 가게에서 집까지 걸리는 시간은 사십 분. 남편이 집에 도착하면 바로 목욕을 하고 밥을 먹을 수 있도록 준비해야 했다. 남편은 시간과 온도에 아주 예민했다.

"여보세요."

고니는 서둘러 수화기를 들었다. 그러나 수화기에선 아무 소리가 들리지 않았다. 날씨 때문인가? 고니는 창밖을 내다보았다. 빗살이 더 굵어져 나뭇가지가 바람이 부는 방향대로 이리저리 휘었다. 고니는 전화기를 내려놓고 소파에 기대앉은 여자를 흘낏 보았다. 여자는 소파에 기댄 채 눈을 감고 있었다. 얼마나 급했으면 이렇게 비가 쏟아지는데, 남의 집으로 왔을까? 그런데, 조금 이상했다. 빗속에서 온 것치곤 여자가 입은 옷이 너무 말짱했다. 고니는 여자에게 다가갔다. 가까이에서 봐도 마찬가지였다. 여자의 마른 몸에 달라붙은 자잘한 꽃무늬 원피스는 물기 하나 없이 막 출고한 옷처럼 다림질 선이 선명했다. 너무 이상했지만 막 잠든 것 같은 여자를 깨워 물을 수는 없었다. 고니는 고개를 흔들며 고기가 구워지는 부엌으로 향했다.

오븐에서 스테이크를 꺼내 속살을 포크로 찔렀다. 포크 날 옆으로 맑은 육즙과 핏물이 배어 나왔다. 스테이크를 보면 남편이 참 좋아하겠다는 생각이 들었다. 남편은 항상 덜 익은 스테이크를 고집했다. 스테이크 위로 소스를 끼얹었다. 와인이 들어가자 고기는 더욱 선명한 붉은색으로 반짝거렸다. 막 도살한 고기처럼 신선해 보였다. 입안에 침이 고였다. 고니는 입맛을 다시며 접시에 스테이크를 나눠 담았다. 새 와인도 꺼내 잔에 따랐다. 조도가 낮아서인지 식탁 위에 놓인 와인은 마치 사람의 피처럼 검붉은색을 띠었다.

언제 깼는지 여자가 천천히 걸어와 식탁 맞은편에 앉았다.

"입에 맞을지 모르겠어요."

여자는 대답 대신 스테이크를 한 조각 잘라 입안에 넣었다. 오물거리는 입술 새로 핏물이 번졌다. 여자는 혀를 내밀어 핏물을 핥고, 음미하듯 천천히 고기를 씹었다. 고기를 꼭꼭 씹어 삼킨 여자가 느리게 고개를 끄덕였다. 맛있다는 뜻 같았다. 고니는 만족스러웠다. 자기가 만든 거긴 하지만 요리는 정말 훌륭했다. 좋은 등급의 고기라 그런지 입안에서 느끼는 육질부터 달랐다. 고니는 자기 몫의 스테이크를 순식간에 다 먹었다. 여자가 남기면 그것까지도 다 먹을 수 있을 정도였다. 며칠 동안 입맛이 없어 식사량이 줄었던 것을 생각하면 그건 놀라운 일이었다. 여자는 식사를 하는 중에도 말이 없었다. 고니가 질문을 던지면 단답형의 대답만 돌아왔다. 시끄러운 수다쟁이보다 낫지. 고니는 여자의 과묵함이 마음에 들었다.

식사를 마치고 소파에 앉아 커피를 마셨다. 벽에 걸린 시계가 아홉시를 알렸다. 평소대로라면 남편이 뉴스를 볼 시간이었다. 남편은 항상 아홉시 뉴스가 끝나면 침실로 들어갔다. 오늘은 아직 남편이 오지 않았다. 전화기는 여전히 먹통이었다. 고니는 창밖을 내다봤다. 비가 세차게 내리고 있었다. 쉽게 그칠 비가 아니었다. 고니는 걱정이 되었다. 고니의 시선을 따라 창밖을 본 여자가 불쑥 일어났다.

"집에 갈게요."

여자는 고니의 대답을 듣지도 않고 현관으로 향했다. 여자를 따라나선 고니는 현관문을 뒤흔드는 거친 비바람 소리를 들었다.

"갈 수 있겠어요? 비가 너무 세게 오는데요."

고니는 얼른 수납장을 열어 우산을 꺼냈다. 남편이 아끼는 박쥐 우산밖에 없었지만, 망설일 겨를이 없었다.

"내일 갖다주세요. 남편이 비올 때 쓰는 우산이에요."

여자는 어둠 속으로 사라졌다. 굵은 장대비가 한 치 앞이 보이지 않을 정도로 쏟아졌다. 집 주변을 휘감아 도는 강물이 무거운 신음을 뱉었다. 고니는 지난번 장마 때 마을 도로가 물에 잠겨 차편이 끊겼던 게 기억났다. 강 하구에 자리 잡은 이 마을에선 드문 일이 아니라고들 했다. 고니는 하늘을 올려다보았다. 칠흑같이 어두운 하늘이 고니를 침울하게 내려다보았다.

비가 계속 이어졌다. 쉬지 않고 내리는 비 때문에 마을로 들어오는 길이 끊겼다. 삼 일째 남편이 돌아오지 않았다. 고니는 일어나면 창밖부터 내다봤다. 이층 창에서 내다본 강의 수위는 내려갈 줄 몰랐다. 하늘의 구름은 나날이 까매지고, 강물은 돌 깨부수는 소릴 내며 쉬지 않고 흘렀다. 고니는 가만히 서서 싯누런 물을 바라보았다. 굵은 빗줄기가 요란하게 떨어지면서 유리창에 뿌연 얼룩이 번졌다.

똑똑똑. 조심스럽게 문을 두드리는 소리가 들렸다. 이웃집 여자였다. 여자는 그제 빌려 간 우산을 내밀었다. 고니는 그렇지 않아도 심심하던 참이라 여자를 반겼다.

"어서 와요."

여자는 말없이 소파에 앉았다. 그녀는 며칠 전과 같은 모슬린 원피스를 입고 있었다. 소매 아래 드러난 피부가 파랗게 빛났다. 추워서 동상에 걸린 사람의 피부색 같았다.

"차 내올까요?"

여자는 대답을 하지 않았다. 고개를 힘없이 꺾고 소파에 기대앉은 여자를 보니 차보다 밥이 나을 것 같다는 생각이 들었다. 고니는 주방으로 가기 전, 여자가 심심할까봐 텔레비전을 틀었다.

미식축구가 한창이었다. 공을 잡은 선수 위로 수비수들이 몸을 날리고, 해설자가 잔뜩 흥분해 고함을 질러댔다. 고니는 채널을 돌렸다. 기저귀 모양의 팬티를 입은 거구 두 명이 서로의 어깨를 밀치고 있었다. 땀이 줄줄 흐르는 얼굴과 달리 그들의 몸은 바위처럼 둔하게 흔들렸다. 다음 채널로 돌리자 이번에는 파마머리를 길게 늘어뜨린 남자가 링 위에서 피를 흘렸다.

"미안해요. 저희 집은 스포츠 채널밖에 안 나와요."

리모컨을 개조한 남편을 속으로 나무라며 텔레비전을 끄고 주방에 들어갔다. 냉장고 안에서 양념에 재워둔 갈비를 꺼내 가스레인지에 올리는데 바깥에서 번개가 쳤다.

"어머, 번개까지. 비가 더 크게 오겠어요."

말 끝나길 기다렸다는 듯이 천둥이 울렸다. 으아아악. 뒤에서 날카로운 비명이 들렸다. 놀라서 돌아보니 여자가 귀를 틀어막고 있었다. 고니는 얼른 여자에게 다가갔다. 여자는 바들바들 온몸을 떨었다. 여자의 목과 팔 안쪽에서 붉은 반점이 선명하게 빛났다. 고니는 두 팔을 벌려 여자를 안았다. 너무 작고 마른 여자는 고니 품에 쏙 안겼다. 다시 창밖에서 번개가 번뜩였다. 이번엔 집에서 가까운 곳에 떨어졌는지 전보다 훨씬 밝고 잔상이 길었다. 뒤이어 천둥이 울리고, 지붕이 흔들렸다.

갑자기 전등이 파팟 소리를 내며 꺼졌다. 정전이었다. 어둠 속에서 여자가 비명을 질렀다. 여자 눈이 하얗게 뒤집혔다. 고니는 여자를 더 세게 끌어안았다. 고니의 손바닥에 툭 튀어나온 척추뼈가 느껴졌다. 맙소사. 고니는 짠한 생각에 눈물이 맺혔다. 어쩌면 여자는 생각보다 훨씬 심각한 상태에 있는지 몰랐다. 부엌 조리대에서 국물 넘치는 소리가 들렸지만, 고니는 움직이지 않았다.

어둠 속에서 전화벨이 울렸다. 여섯시다. 시계를 보지 않았지만, 고니는 확신할 수 있었다. 불같이 화를 내는 남편의 모습이 선했지만, 고니는 품 안의 여자를 놓을 수 없었다. 어차피 남편은 오늘도 돌아오지 못할 거였다. 전화벨은 귀를 틀어막고 싶을 정도로 집요하게 울렸다. 고니는 두 눈을 감아버렸다.

천둥이 그치고 전기가 들어온 뒤에도 여자는 눈을 뜨지 않았다. 고니는 축 늘어진 여자를 소파에 눕혔다. 살짝 드러난 여자의 가슴이 덜 성장한 소녀처럼 납작했다. 고니는 카디건을 벗어 여자의 몸을 덮었다. 몇 살이나 됐을까? 밋밋한 가슴과 비교되게 여자의 눈아래엔 잔주름이 여러 개 겹쳐 있었다. 예상보다 나이가 많을지도 몰랐다. 고니는 흘러내린 여자의 머리카락을 정리하려 손을 내밀었다. 오른쪽 손끝이 빨갛게 부어 있었다. 며칠 전 발골을 하다 다친 곳이다. 육수를 내기 위해 뼈를 토막 내던 칼이 손에서 미끄러지면서 손가락 끝이 잘려 나갔다. 고니는 손끝으로 상처 부위를 지그시 눌렀다. 아직 아물지 않은 상처가 붉게 벌어지면서 피가 맺혔다. 옆에 있는 화장지를 뜯어 상처를 감쌌다. 하얀 종이 위로 붉은 핏물이 번졌다.

이게 다 남편의 식탐 때문이었다. 남편의 고기 편식은 진저리가 날 정도였다. 남편은 식탁에 고기가 없으면 짜증을 냈다. 게다가 냉동육은 쳐다보지도 않았다. 남편은 아주 신선한 고기를 좋아했다. 지난해 결혼기념일에는 도살장에서 운영하는 식당에 고니를 데려갔다. 식당 바로 옆에 도살장이 있다고 생각해서인지 그곳에 있는 내내 짐승의 울음소리가 환청처럼 들렸다. 결국 고니는 한 점도 먹지 못했다. 앉아 있는 것조차 고역이었다. 간신히 참고 있던 그녀는 결국 남편이 갓 잡아 핏방울이 떨어지는 소 내장을 씹는 것을 보고는 끝내 화장실로 달려가 토했다. 그날, 남편은 사후경직도 안 된 돼지를 트렁크에 싣고 왔다.

부엌 쪽에서 회색 연기가 새어 나왔다. 서둘러 부엌으로 갔지만, 냄비 바닥이 이미 까맣게 그을었다. 그래도 심하게 탄 몇 조각을 빼면 먹을 만해 보였다. 고니는 식탁을 차렸다. 샐러드를 꺼내 남고, 마늘빵도 구웠다. 남편이 없어도 제대로 차려서 먹고 싶었다.

더구나 고니는 지금 혼자가 아니었다. 함께 식사를 할 여자가 거실에 있었다. 포크와 나이프를 닦고, 와인을 따랐다. 와인 한 잔을 다 마셨을 때쯤, 여자가 부엌으로 들어왔다. 여자는 추운지 몸을 으슬으슬 떨었다. 맞은편에 여자를 앉히고 접시에 음식을 담았다.

"들어요. 뭐라도 먹어야 힘을 내죠."

고니는 묻고 싶은 게 많았지만, 꾹 참았다. 시간이 필요한 거 같았다. 고니는 여자가 편하도록 따뜻한 미소를 지어보였다. 여자는 포크로 갈비를 한 조각 찍어 냄새를 맡았다. 뭐가 맘에 들지 않는지 여자가 미간을 찌푸렸다.

"먹어봐요. 신선한 고기로 한 거예요."

고니는 여자에게 권했다. 여자는 잠시 망설이더니 천천히 갈비찜을 입에 넣었다. 여자의 뾰족한 턱이 달각거리며 고기를 씹었다. 그 모습을 보자 고니는 조금 기분이 좋아졌다. 자신의 몫으로 오목한 접시를 꺼내 갈비찜을 담았다.

식탁에 앉은 지 얼마 되지 않았는데, 접시 주변으로 파리가 날아들었다. 달달한 양념 냄새를 맡은 모양이었다. 고니는 손을 휘둘러 파리를 쫓으려 했지만 한두 마리가 아니었다. 고니의 거센 손짓에도 파리들은 멀리 날아가지 않고 식탁 위를 맴돌았다. 식사를 마치면 살충제를 뿌려야겠어. 고니는 파리들이 몹시 거슬렸지만, 여자의 식사를 방해할까 봐 꾹 참았다.

하지만 여자의 접시는 오래도록 줄어들지 않았다. 뭐야, 여태 처음 넣은 고기를 씹고 있는 거야? 고니는 멍하니 여자의 입을 쳐다보았다. 여자는 입술을 꼭 다물고 아주 느리게 오물거렸다. 정말 천천히도 먹는군. 식사 때마다 오십 번 이상 씹으라던 남편의 잔소리가 생각났다. 오십 번이 뭐야, 백번도 넘게 씹고 있는 것 같은데. 고니는 문득 여자가 남편이 잊지 못해 이야기하던 옛 연인과 닮았다는 생각이 들었다. 소녀처럼 가냘프고 말이 없고 음식을 천천히 먹는 여자. 분명 남편의 연인도 이랬을 거였다. 갑자기 입맛이 뚝 떨어졌다. 고니는 음식엔 손대지 않고 와인만 들이켰다. 대화가 사라진 식탁 위를 파리들이 시끄럽게 날아다녔다.

찌르르, 벽시계의 새가 열시를 알렸다. 여자가 식탁에서 벌떡 일어났다. 그러고는 부리나케 현관을 향해 달렸다. 고니는 갑작스런 소동에 넋이 나간 사람처럼 여자를 바라보았다. 현관문을 연 여자는 스스럼없이 박쥐 우산을 집었다.

"저기요, 잠깐만요."

고니는 깜짝 놀라 여자를 불렀다. 그 순간, 불이 나갔다. 두 번째 정전이었다. 바깥에서 집을 부술 듯 커다란 천둥소리가 들렸다. 번갯불이 밤하늘을 갈랐다. 고니는 여자의 비명이 들리지 않을까 귀를 쫑긋 세웠다. 거센 비바람이 정원수를 헤집는 소리만 들려왔다.

새벽에 잠이 깼다. 책상 위 시계가 새벽 세시를 지나고 있었다. 겨우 두 시간 눈을 붙인 셈이었다. 이불을 턱까지 끌어 올리고 잠을 청했지만, 정신이 말똥거렸다. 사위가 너무 고요했다. 유리창을 까부술 듯 불던 바람이 멎고, 지붕 위에서 격렬하게 연주하던 빗줄기도 멈췄다. 소리를 내는 것은 탁상시계가 유일했다.

고니는 자궁 속 태아처럼 몸을 둥글게 구부렸다. 잠이 오지 않을 때 그렇게 하면 조금 편했다. 몸을 움직이자 등 아래 깔린 낡은 매트리스가 삐걱댔다. 녹슨 스프링이 뒤틀리면서 내는 비명이 어둠을 찢었다. 고니는 깜짝 놀라 바깥의 기척을 살폈다. 다행히 주변은 물속처럼 고요했다. 휴우, 이불을 추어올리며 한숨을 쉬었다. 입이 벌어지면서 역한 냄새가 났다. 그러고 보니 삼일이나 양치질과 샤워를 하지 않았다. 남편이 없어서 가능한 일이었다. 남편은 하루에 두 번씩, 아침과 저녁에 반드시 양치와 샤워를 시켰다. 가끔은 새벽에 자고 있는 고니를 깨우기도 했다. 그녀의 숨구멍에서 참을 수 없는 구취가 풍긴다고 했다. 그러면 눈을 뜨지도 못한 채 욕실로 들어가 샤워를 하고 양치질을 해야 했다.

지난겨울부턴 아예 잠자리를 서재로 옮겼다. 서재에 있는 손님용 침대는 딱딱하고 낡아서 등이 배겼지만, 몸을 뒤척인다고 나무라는 남편이 옆에 없어 편했다. 게다가 오늘은 밤중에 남편이 부를일도 없었다. 남편은 아직도 돌아오지 않았다.

고니는 책들이 빽빽이 꽂힌 서가와 골프채들이 세워진 벽면을 가만히 응시했다. 어둠 속에서 나란히 정렬된 책등이 긴 막대처럼 보였다. 탁상시계의 초침이 맥박처럼 천천히 움직였다. 텅 빈 남편의 책상을 보자 고니의 마음이 조금씩 편해졌다. 노곤한 잠기운이 밀려들었다.

밤사이 빗줄기가 약해졌다. 고니는 유리창 너머 강을 내려다보았다. 황톳빛 물결이 힘차게 강섶을 오르내렸다. 강 한가운데는 모든 것을 집어삼킬 것처럼 거대한 물기둥이 소용돌이쳤다. 어제와 다름없이 위태로운 듯 보였지만, 폭발할 것 같던 기세는 다소 누그러진 것 같았다. 이대로라면 내일쯤엔 통제가 풀릴지도 모르겠어. 고니는 혼잣말을 중얼거렸다. 남편이 돌아올 수 있다고 생각하니 심장이 욱신거렸다.

계단을 내려가는데, 벽면에 이상한 얼룩이 보였다. 작은 점들이 깨를 뿌린 것처럼 퍼져 있었다. 곰팡이가 피었나 싶어 얼굴을 갖다 대니, 검은 점들이 허공으로 한꺼번에 흩어졌다. 고니는 비명을 질렀다. 알에서 나온 지 얼마 안 된 날파리 떼였다.

고니는 잔뜩 인상을 찌푸린 채 살충제를 찾아 서재로 들어갔다. 약이 얼마 남지 않은 통을 흔들며 나오다 이번에는 파리 떼가 안방 문에 새까맣게 달라붙은 것을 발견했다. 살충제 한 통으로는 엄두가 나지 않을 정도로 많은 숫자였다. 대체 어디서 저 괴물 같은 날벌레들이 들어온 거지? 고니는 고개를 갸웃거렸다.

지난 며칠 동안 갑자기 파리 떼가 나타나는 횟수가 늘었다. 계속 내리는 비 때문인지 파리들은 부엌과 거실, 화장실을 가리지 않고 아무 때고 날아들었다. 고니는 창가의 커튼을 힘껏 젖히고, 잠금쇠를 돌려 창문을 활짝 열었다. 바람과 함께 천둥같이 요란한 물소리가 들렸다. 남편이 화가 나서 지르는 고함처럼 들렸다.

'안 되겠다. 그가 돌아오기 전에 벌레를 없애야 해.'

고니는 황톳물이 흐르는 강을 노려보았다. 그녀는 당장 방역 회사에 전화를 걸었다.

"왜요? 더 빨리는 안 돼요?"

수화기 너머 방역 회사 여직원은 퉁명스럽게 예약이 밀려서 다음 주에나 가능하다고 말했다.

"너무 늦어요. 왜 하필 그때에요?"

여직원은 빨라야 다음 주라는 것을 한 번 더 강조했다. 여직원의 목소리에 짜증과 권태가 한가득 배어 있었다.

"그때는 필요 없어."

고니의 목소리가 한 톤 높아졌다.

"그땐 남편이 온다고, 이 멍청아!"

고니는 수화기를 향해 버럭 소리를 질렀다. 그러고는 냅다 전화를 끊었다. 허공에 대고 몇 번 더 소리를 쳤지만 상한 기분이 풀리지 않았다. 예의 없는 것들하고는, 벌레 회사에서 일하면 인간성도 버러지로 바뀌나? 방역 회사가 거기만 있나? 고니는 다른 방역 업체에도 전화를 걸었다. 모두 비슷한 대답이었다. 결국 방역 회사에 연락하는 것을 포기하고 고니는 저녁 준비를 시작했다. 벌써 네시를 지나고 있어 더 지체할 수 없었다. 저녁은 여섯시까지 준비되어 있어야 했다.

　오늘은 뭘 만들지? 고니는 무심코 부엌문을 열었다 깜짝 놀라 비명을 질렀다. 며칠 동안 설거지를 하지 않아 식탁과 싱크대에 아무렇게나 쌓아놓은 더러운 접시 위를 붉은 바퀴벌레들이 유유히 지나다니고 있었다. 게다가 어디선지 몰라도 숨을 쉴 수 없을 정도로 지독한 악취가 흘러나왔다. 황급히 창문을 열었다. 유리창을 올리고 바깥 공기를 들이켜자 그제야 숨통이 트였다.

　고니는 난감한 시선으로 부엌을 둘러보았다. 대체 지독한 냄새가 어디서 나는 거지? 이곳저곳을 둘러보던 고니는 냉장고 아래 검은빛의 찐득한 액체가 고인 것을 발견했다. 고무 패킹이 헐거워진 냉장고 문 아래로 검은 액체가 뚝뚝 떨어지고 있었다. 그 알 수 없는 액체가 고인 웅덩이가 악취의 원인 같았다. 고니는 걸레를 찾았다. 그러나 냉장고에 다가가자 토악질이 올라와서 다시 창가로 도망쳤다. 바깥으로 얼굴을 내밀고 공기를 마셨다. 머리 위로 빗방울이 떨어졌다. 고니는 눈을 감았다. 모든 게 꿈이었으면 싶었다. 이걸 보면 남편은 무지무지 화를 낼 게 분명했다.

　그렇지 않아도 지난번 다툰 뒤 아직 화해를 못 했다. 그날 저녁, 남편은 바깥일이 잘 풀리지 않았는지 들어오자마자 화통을 삶아 먹은 사람처럼 소리를 질렀다. 몇 시간째 이어지는 두통을 참고 저녁 준비를 하던 고니는 남편의 고함에 놀라 끓는 냄비를 엎질렀다.

가스레인지 아래로 냄비가 떨어지고, 뜨거운 물과 반쯤 익은 닭이 바닥에서 나뒹굴었다. 그걸 본 남편의 얼굴이 돌덩이처럼 딱딱하게 굳었다. 고니의 양손이 감전된 것처럼 덜덜 떨렸다. 사과를 해야 한다고 생각했지만 평소와 달리 말이 나오지 않았다. 남편은 씩씩거리며 이층 서재로 올라갔다. 그가 화를 참지 못하고 골프채를 휘두르는 소리가 머리 위에서 쿵쿵 울렸다. 고니는 무릎을 꿇고 닭기름과 살점이 뜬 물을 걸레로 훔치며 골프채가 허공을 가르는 소리가 들려올 때마다 비명을 삼켰다. 그렇게 늦은 밤까지 골프채를 휘두르던 남편은 그래도 분이 풀리지 않았는지 계단을 뛰어내려와 바깥으로 나갔다.

남편이 나가고 얼마 지나지 않아 장대비가 쏟아지기 시작했다. 그때만 해도 비가 계속 내려 다리가 끊기고 남편이 돌아오지 못할 거란 예상은 하지 못했다. 아직 그 일도 화해 못 했는데, 남편이 돌아와서 이 광경을 보면 또 불같이 화를 낼 게 분명했다. 고니는 다시 걸레를 들고 냉장고 쪽으로 향했다. 청소를 해야 해. 남편이 오기 전에 청소를 마쳐야 해. 그녀는 숨을 참고 검은 액체를 닦기 위해 몸을 숙였다.

갑자기 현관문이 요란하게 흔들렸다. 누군가 부술 것처럼 현관문을 세차게 두드렸다. 고니는 깜짝 놀라 비명을 지르며 걸레를 집어던졌다. 남편이 온 건가? 고니의 심장이 터질 듯 뛰었다. 고니는 얼른 앞치마를 걸치고 위에 걸칠 두터운 점퍼를 찾았다. 평소 옷걸이에 있었던 데, 보이지 않았다. 현관문을 두드리는 소리가 더 커졌다. 고니는 카디건을 여미며 서둘러 현관으로 갔다.

"누, 누구세요?"

고니의 목소리가 떨렸다. 방문자는 아무 대답 없이 계속 문을 두드렸다. 걸쇠를 살짝 벗기고 내다보았다. 옆집 여자였다. 여자는 지난번 천둥에 발작을 일으키던 때처럼 정신없이 문을 두들기고 있었다. 문틈으로 보인 여자의 맨발이 온통 흙투성이였다. 얼마나 급히 달렸는지 발목과 발가락에 긁혀서 피가 맺혀 생긴 줄이 가득했다.

고니는 얼른 문을 열었다. 여자는 마네킹처럼 고니의 품 안으로 쓰러졌다. 여자를 안고 뒷덜미를 쓰다듬는 고니의 손바닥에 끈적끈적한 액체가 묻어났다. 여자의 머리 한쪽이 날카로운 뭔가에 찢어져 있었다. 고니는 얼른 여자를 안으로 옮겼다. 소파에 누운 여자의 얼굴은 형체를 알아볼 수 없을 지경이었다. 마른 피딱지가 앉은 관자놀이 부근은 시퍼렇게 멍이 들었고, 오른쪽 눈은 퉁퉁 부어서 눈동자가 보이지 않았다.

고니는 물수건으로 상처 주변을 닦은 뒤 약을 바르고 붕대를 감았다. 여자는 두 눈을 질끈 감은 채 신음 한 번 내지 않고 참았다.

"내일은 병원에 가요, 우리."

고니가 몸을 일으키자 여자가 황급히 그녀의 팔을 붙들었다. 혼자 두지 말라는 뜻 같았다. 고니는 고개를 끄덕이고 아기를 안아 올리듯 여자의 머리를 무릎에 올렸다. 그리고 천천히 여자의 어깨를 쓰다듬었다.

"이제 안심해요. 여기는 제 집이에요. 당신을 괴롭힌 남자는 이곳에 오지 못해요. 당신을 보내지 않을게요."

고니는 혼잣말처럼 웅얼거렸다. 여자가 천천히 안정을 찾는 게 보였다. 규칙적으로 오르내리는 여자의 가슴을 보며 고니도 눈을 감았다. 눈앞을 하얗게 덮는 장막 안으로 빠져들면서 고니는 생각했다. 절대 여자를 보내지 말아야겠다고.

어둠 속에서 전화기가 보채는 어린아이처럼 집요하게 울었다. 까무룩 잠들었던 고니는 눈을 뜨지 못한 채 일어서다 테이블에 무릎을 심하게 부딪쳤다. 눈물이 핑 돌고 정신이 아뜩했다. 고니는 양손으로 무릎을 감싸 쥐고 꼼짝하지 않았다. 전화벨이 십여 차례 더 울리다가 끊겼다. 남편일 거였다. 시야가 어둠에 익숙해지자 고니는 천천히 창가로 향했다. 그새 다시 굵어진 빗줄기가 유리창을 짓쳤다. 고니는 창문 옆 전등 스위치를 눌렀다. 환한 빛이 쏟아지자 소파에서 여자가 부스스 일어났다. 여전히 꿈속을 헤매듯 몽롱한 눈빛이었다.

"다시 비가 오고 있어요. 오늘 그이는 오지 못할 거예요."

여자가 미간을 잔뜩 찌푸리며 팔목에 있는 시계를 바라보았다.

"여섯시예요. 그 시계 움직이지 않던데요."

고니는 잠들기 전 여자의 손목시계가 금이 간 채 멈춰 있는 것을 보았다. 고니가 본 것은 그것만이 아니었다. 시계로 가려진 여자의 가는 손목 위로 여러 겹의 줄이 나 있었다. 새끼손가락보다 얇은 줄들은 각기 다른 색이라 마치 요란한 색깔의 팔찌를 낀 것처럼 보였다. 아주 오랫동안에 걸쳐 생긴 줄이 분명했다. 고니는 걱정스런 눈빛으로 여자를 바라보았다. 여자는 말없이 자신의 고장 난 손목시계를 들여다봤다.

"저도 오른손에 시계를 차요."

고니는 화제를 돌리려고 실없는 농담을 건넸다. 실제로 고니는 오른손에 시계를 찼다. 몇 년 전 이층 계단에서 굴러 뼈가 부러지고 난 다음부터 왼팔의 움직임이 둔해져서였다. 지금도 우중충한 날이면 뼈가 휜 부분이 시큰거리고 아팠다. 고니는 여자를 찬찬히 보았다. 조그맣고 하얗던 여자의 얼굴은 곧 터질 풍선처럼 붓고, 피부 여러 군데에 크고 작은 피멍이 들어 있었다. 고니는 여자의 눈치를 살피다 말을 꺼냈다.

"오늘 여기서 자요. 내일은 저랑 같이 병원에 가요."

여자가 고개를 들어 고니를 바라보았다. 금방이라도 울 것 같은 표정이었다.

"시내에 가는 거 아주 오랜만이에요. 아, 내일 날씨가 좋아야 할 텐데."

고니는 짐짓 밝은 척 목소리를 꾸몄다. 집에서 병원이 있는 시내까지는 버스로 한 시간 이상이 걸렸다. 결코 쉬운 걸음은 아니었다. 하지만, 다친 여자를 그대로 둘 수는 없었다.

"우리 아침 일찍 출발하는 거예요. 양산 들고 예쁜 나들이옷으로 갈아입고 진료 끝나면 햇빛 좋은 카페에서 차도 마셔요. 저한테 예쁜 원피스가 있어요."

고니는 옷장에 넣어둔 나들이용 원피스를 떠올렸다. 남편이 프러포즈 선물로 준 옷이었다. 남편은 원피스를 내밀면서 분홍 레이스가 주렁주렁 달린 치마에 붉은 장미가 열여섯 송이 그려져 있다고 했다. 세어보지 않았지만 남편이 그렇게 말했으니 맞을 거였다. 그 옷을 입고 결혼사진도 찍었다.

"그 옷 빌려줄게요. 남편하고 외출할 때만 입어서 새 옷 같아요. 지금 입은 원피스는 외출하기엔 너무 추워요. 사실 저는 그 옷 별로 좋아하지 않아요. 너무 화려하고 거추장스러워서요."

고니는 여자에게 나들이옷이 하나뿐이라는 것은 이야기하지 않았다. 나들이옷을 입은 여자의 모습을 상상했다. 몸피가 얇고 가늘어 잘 어울릴 것 같았다. 고니에겐 남편이 입던 잠바가 있었다. 낡아서 보풀이 많이 일었지만, 요즘같이 변덕스러운 날씨엔 원피스보다 잠바가 훨씬 실용적일 거였다.

고니는 여자를 이층 침실로 안내했다. 파리 떼가 새까맣게 붙은 문을 보고도 여자의 표정엔 변화가 없었다. 고니는 다행이라 생각하며 안방 문을 열었다. 방 안 가득 시큼하고 비릿한 냄새가 떠다

넜다. 벽에 있는 전등 스위치를 눌렀지만, 딸각 소리만 나고 불이 들어오지 않았다. 지난번 비가 오기 전날 전등이 나갔다. 남편이 나간 이후 안방에 들어와보지 않아서 잊고 있었다.

고니는 침실에 딸린 욕실의 전등을 켰다. 새어 나온 불빛이 침실에 있는 가구를 희미하게 비췄다. 빛이 닿지 않는 쪽엔 어두운 그림자가 드리워졌다. 특히 안쪽 벽에 붙은 침대 위로 짙은 그림자가 고였다. 그 모습이 꼭 남편이 누워 있는 모습을 닮아 고니의 가슴이 덜컥 내려앉았다.

그러나 고니는 그림자가 남편보다 훨씬 작다 생각하며 고개를 흔들었다. 남편은 분명 저것보다 다리 하나는 더 길었다. 여자가 욕실에 들어가 문을 닫자 안방은 다시 깜깜해졌다. 여자가 나올 때까지 고니는 어둠 속에서 허공을 떠다니는 쾨쾨하고 역한 냄새를 참으며 타일 바닥에 떨어지는 물소리를 들었다. 똑똑똑 똑똑. 일정한 간격으로 떨어지는 물소리가 마치 문을 두드리는 소리 같았다. 괜찮아요? 괜찮은 거죠? 고니는 여자에게 묻고 싶었다. 밝은 곳에 있는 것은 여자인데도 고니는 괜히 신경이 쓰였다. 고니는 창가로 걸어가 커튼을 있는 대로 젖혔다. 창문 너머 달빛이 들어왔다. 먼 골목의 가로등이 반짝반짝 빛났다.

"커튼만 열어도 환하네."

고니는 혼잣말을 중얼거리며 옷장 문을 열었다. 여자에게 줄 나들이옷을 꺼냈다. 오랫동안 걸려 있던 원피스에서 좀약 냄새가 심하게 났지만, 바깥에 두면 괜찮을 거였다.

"내일 외출할 때 입어요. 피 묻은 원피스 따윈 벗어버리고요."

고니는 욕실을 나오는 여자에게 옷을 내밀었다. 여자가 옷을 벗자 가냘픈 몸매가 드러났다. 여자의 젖가슴은 예상대로 밋밋했고, 어깨뼈는 앙상하게 말라 툭 불거졌다. 여자는 등 전체에 뱀이 지나간 자국처럼 울퉁불퉁한 멍이 들어 있었다. 고니는 시선을 돌렸다.

"잘 어울리네요."

목소리 끝이 떨렸지만, 다행히 여자는 못 들은 것 같았다. 고니는 여자를 옷장 옆 거울 앞으로 끌었다. 여자에게 보여주고 싶었다. 거울 속에 검은 그림자가 비쳤다. 희미한 빛 속에서 두 그림자는 서로 붙어 마치 한몸처럼 보였다.

"아주 예뻐요."

진심이었다. 여자의 모습은 그 드레스를 처음 입던 날의 그녀와 닮았다. 5년 전에는 고니도 가슴이 밋밋하고 야위어서 여자처럼 등이 살짝 굽었었다. 괜히 코끝이 시큰했다. 그대로 있으면 눈물이 나올 것 같았다.

"그럼, 쉬어요. 내일 봐요."

고니는 종종걸음으로 안방을 나왔다. 고니를 향해 한 무리의 파리 떼가 날아들었다. 고니는 파리 떼가 들어오지 못하게 서재까지 한달음에 뛰어가 서둘러 문을 닫아걸었다. 집요하게 파리들이 문 앞에서 윙윙거렸다. 귀에서 거슬리는 그 소리 때문에 신경이 곤두서 고니는 이불을 머리까지 끌어 올렸다.

하지만 파리 날갯짓 소리가 이명처럼 반복돼 쉽게 잠들지 못했다. 고니는 눈을 감고 두 손을 모아 기도하듯이 내일 할 일을 되뇌었다. 아침 일찍 시내에 있는 병원에 가고, 카페에 들러 차를 마시고, 공원을 한 바퀴 산책하고, 오는 길에 약국에서 살충제를 사고… 여자와의 나들이를 생각하는 동안 졸음이 밀려왔다.

눈을 뜨니 어제와 달리 가벼운 이슬비가 햇살과 함께 날리고 있었다. 열린 창문 새로 향긋한 풀냄새, 흙냄새 섞인 빗방울이 들어왔다. 얼굴에 닿은 빗방울이 기분을 상쾌하게 했다. 고니는 오랜만에 머리를 감고 거울 앞에 앉았다. 한동안 바르지 않았던 화장품을 꺼내 바르고 붉은색 립스틱까지 칠했다. 얼마 만의 외출인지 몰랐다. 게다가 남편 아닌 다른 사람과 함께하는 외출은 결혼 이후 처음이었다. 거울에 비친 얼굴이 봄비를 맞고 개화한 꽃처럼 싱그러워 보였다.

준비를 마치고 침실로 올라갔다. 점심 전에 병원에 도착하려면 여자를 깨워 출발을 서둘러야 했다. 고니는 침실 문을 두드렸다. 방 안에선 아무 대답이 없었다. 고니는 잠시 망설이다 문고리를 돌렸다. 문을 열자 오래된 하수구에서 풍기는 것처럼 역한 냄새가 풍겼다.

여자가 누워 있는 침대로 다가가자 냄새가 더 심해졌다. 고니는 구역질을 억누르며 시트를 조심스레 들췄다. 헉. 시트 속을 본 고니는 입을 쩍 벌린 채 바닥에 그대로 주저앉았다. 검붉은 핏자국으로 얼룩진 시트에는 형태를 알아보기 힘든 시체가 있었다. 누워 있어야 할 여자는 사라지고 없었다. 무슨 일이 생긴 거지? 고니는 공포로 온몸을 떨며 주위를 둘러보았다. 머리가 휘어진 골프채와 여자에게 빌려준 원피스가 바닥에 떨어져 있었다. 이 시체는 뭘까? 대체 누가? 여자는 어디로 간 거고? 실타래처럼 꼬인 머릿속은 정리되지 않고 지독한 시취 때문에 몸이 돌처럼 굳어 숨을 쉴 수 없었다.

똑 똑. 어디선가 물방울 떨어지는 소리가 들렸다. 집 안에 누가 있는 것 같았다. 고니는 손바닥으로 코와 입을 틀어막고 침실을 나왔다. 얇은 유리판을 밟듯 조심스레 발끝으로 계단을 내려가 현관 옆 신발장을 열었다. 남편의 구두가 보였다. 그가 돌아왔다. 고니는 터져 나오려는 비명을 애써 삼키고 남편의 구두코를 만졌다. 마른 흙이 손에 묻어 나왔다. 며칠 째 내리는 비에 젖은 흔적이 조금도 없었다. 언제 어떻게 들어왔는지 몰라도 지금 집 안 어딘가에 있는 게 분명했다. 여태 조용한 걸 보면 아직 시체를 보지는 못했을 것이었다. 남편은 시체를 보고도 가만있을 사람이 아니었다. 사소한 일에도 쉽게 흥분해 고함지르고 골프채를 휘두르는 사람이니 미친 불처럼 날뛸 게 분명했다. 남편이 시체를 보기 전에 얼른 몸을 피해야 한다. 당장 멀리 달아나야 한다. 고니는 절대 안방 침대 위에 누워 있는 시체처럼 되고 싶지 않았다.

고니는 소리가 나지 않게 최대한 몸을 웅크리고 천천히 현관문을 열었다. 녹슨 경첩이 삐걱대지 않도록 조심하고 또 조심했다. 몸이 통과될 정도로 문이 열리자 틈새로 몸을 밀어 넣었다. 정원을 빠져나간 뒤에야 맨발로 나온 것을 알았지만, 집으로 돌아갈 수 없었다. 시멘트의 울퉁불퉁한 표면에 발톱이 깨지고 넘어져 도로에 쓸린 무릎에서 피가 줄줄 흘러도 고니는 달리는 것을 멈추지 않았다. "살려주세요, 살려주세요." 고니는 누군가 들어주길 간절히 바라며 비명을 지르기 시작했다.

요나

요나

나나나나나 나나나나나

I WANNA DAN DAN DAN DAN

DANCE WOW FANTASTIC BABY ~*

　무대 앞에 설치된 폭죽이 터지고 빨간 불꽃 위로 흰 연기가 피어올랐다. 여자들이 일제히 탄성을 질렀다. 천장까지 뚫을 듯한 기세에 귀가 먹먹했다. 사람 키 높이까지 치솟은 폭죽이 가라앉자 노란 반바지를 입은 남자가 생수병을 제 머리에 들이부었다. 물을 잔뜩 먹은 얇은 셔츠가 남자의 상체에 달라붙었다. 젖은 천 위로 근육이 튀어나왔다. 그 모습을 본 요나는 손에 들고 있던 맥주를 단숨에 들이켰다. 급하게 넘긴 18도짜리 맥주가 목울대를 따갑게 찔렀다.

　그룹 피지컬은 최고다. 특히 메인 보컬 케이는 숨이 멎을 정도로 매혹적이다. 사람 얼굴에서 빛이 날 수 있다는 걸 케이를 보고 처음 알았다. 요나는 땀과 물로 흠뻑 젖은 케이 가슴에서 시선을 떼지 못했다. 케이가 잠시 노래를 멈추고 숨 고를 때마다 하얀 셔

츠에 달라붙은 가슴이 들썩였다. 그 모습을 보는 요나의 심장은 금방 터질 것같이 뛰었다.

불꽃이 솟고 천장에 매달린 조명이 선명한 오렌지색으로 바뀌었다. 케이 얼굴이 오렌지 빛으로 물들었다. 마지막 곡은 그의 노래 중에서 가장 섹시한 곡이었다. 뒤에서 가볍게 몸을 풀고 있던 댄서들이 멤버들 사이로 끼어들었다. 현란한 조명이 쏟아지고 템포가 느려진 리듬이 귓속을 감아 들어왔다. 허연 허벅지와 가슴골을 드러낸 댄서들이 멤버와 파트너를 이뤄 몸을 비비기 시작했다. 지켜보는 것만으로도 얼굴이 달아올랐다. 케이와 마주 선 댄서가 새빨갛게 칠한 입술을 벌렸다. 요나는 주먹을 움켜쥐고 침을 꼴깍 삼켰다. 은밀한 불륜 현장을 훔쳐보는 것처럼 온몸이 떨렸다.

케이의 키스 퍼포먼스에 집중해 있는 사이, 케이 왼손이 댄서의 엉덩이를 스쳤다. 속옷을 입지 않은 게 분명한 쇼트 팬츠 위에 잠시 머물던 손이 슬쩍 가슴 쪽으로 옮겨갔다. 댄서가 케이에게 몸을 구부렸다. 탱크톱으로 다 가리지 못한 가슴 계곡이 케이 눈앞에 드러났다. 실리콘을 채워 묵직한 가슴이 출렁대는 게 요나가 있는 곳에서도 보였다. 케이 눈이 깊이 팬 가슴골에서 헤어나지 못했다. 요나는 자신의 가슴을 내려다보았다. 주사를 맞은 지 팔 개월이 지난 가슴은 처음보다 확연히 크기가 줄었다. 손으로 브라 아래쪽을 잡고 가슴을 추어올렸다. 옆에 앉은 남자가 흘깃 쳐다보는 게 느껴졌다. 요나는 엉덩이를 의자 안쪽으로 쑥 빼고 허리를 곧추세웠다.

남자가 입술을 축이면서 훔쳐봤다. 그럼 그렇지. 저런 실리콘 덩어리보다야 자연산인 내 가슴이 훨씬 예쁘지. 케이가 얼마나 탐내는 가슴인데.

요나는 다시 케이를 보았다. 댄서와 하체를 밀착한 채 춤을 추는 케이 모습에 괜히 눈시울이 뜨거워졌다. 곧 눈물이 흘러내릴 것 같았지만 마스카라가 지워질까 참았다. 손톱이 손바닥을 찌를 정도로 주먹을 꽉 쥐었다. 케이 옆엔 인조 풍선이 아니라 요나가 서야 했다.

두 달 전 퇴근하다 들른 카페에 피지컬이 있었다. 멤버 중 한 명이 생일이라 술을 마시는 중이라고 했다. 케이는 요나를 알아보았고, 합석을 권했다. 요나는 조금도 망설이지 않고 케이 옆자리로 가 재킷을 벗었다. 흰 재킷을 벗자 탄성이 일었다. 얇은 민소매 위로 봉긋하게 솟은 요나 가슴을 향한 것이었다. 옆에 앉은 케이는 요나 가슴에 아예 얼굴을 박고 싶은 눈치였다. 모두 금세 거나하게 취했다. 야한 농담이 오가고 요나는 어느새 자신의 어깨에 두른 케이 팔을 느꼈다. 게임 벌주를 마시며 둘은 더 취해갔다. 요나는 어깨에 올려진 케이의 손끝이 가슴 위를 슬쩍슬쩍 스치는 것을 허락했다. 머릿속으로 핸드백 안에 콘돔이 몇 개 있나 세고 안에 입은 속옷을 떠올렸다. 좀 더 예쁜 속옷을 입고 나오지 않은 걸 후회했다.

술집을 나와 누가 먼저랄 것 없이 서로 엉켜 가장 가까운 곳에 있는 모텔로 갔다. 케이가 샤워하고 나온 요나 얼굴에 가면을 씌웠

요나

다. '오래전부터 이러고 싶었어.' 귓바퀴를 깨물며 속삭였다. 케이가 밀 때마다 침대에 눌린 가면 때문에 얼굴이 쓸렸다. 요나는 피부가 벗겨지는 것 같은 통증을 느꼈다. 요나의 신음을 들은 케이는 더 빨리 허리를 움직였다.

요나가 잠에서 깨어났을 때 케이는 없었다. 밤사이 벗겨진 가면이 침대보 위에 덩그러니 있었다. 머리를 쓸어 올리고 세수를 하는데 얼굴이 따끔거렸다. 거울에 비친 얼굴 곳곳에 빨갛게 생채기가 나 있었다. 영광의 상처 같아 웃음이 실실 나왔다. 요나는 케이가 궁금해 평소보다 일찍 출근했다. 클럽에서 케이를 보고 반가워 손을 흔들었지만 케이는 숙취가 덜 깼는지 관자놀이를 누르며 지나쳐 갔다.

대기실 안은 싸구려 향수와 오래된 담배 냄새에 찌들어 질식할 지경이다. 댄서들은 탈의실이 따로 없어 구석에서 대충 갈아입었다. 요나는 반라로 바닥에 드러누워 가쁜 숨을 몰아쉬는 댄서들 사이를 지나 거울 앞에 놓인 가방을 열었다. 몸에 달라붙는 붉은색 원피스와 가면을 꺼냈다. 오늘은 '캣우먼' 가면을 쓰는 날이다. 얼굴에 쓰기 전 물 적신 솜으로 가면 안쪽을 정성스레 닦았다. 피부에 밀착되도록 실리콘 성분이 포함된 가면 안쪽에 묻은 파운데이션은 잘 지워지지 않았다. 몇 번이나 꼼꼼히 닦아내도 파운데이션과 립스틱 자국은 그대로였다. 지워지지 않는 자국을 놔두고 가면 뒤에 이어진 줄을 살폈다. 격렬한 춤 때문에 줄이 끊어지기라도 하면 큰일이었다. 요나는 얼굴에 갖다 대고 줄을 조정하면서 헐거운 부분이 없는지 확인했다.

"네 얼굴보다 비싼 가면이야."

사장은 요나와 마주치면 새삼 기억난 것처럼 말했다. 실제로 관리 장부에 요나가 몇 개를 관리 중인지 기록했다. 잃어버리거나 망가지면 월급에서 제할 거였다. 요나는 이전의 댄서에게서 물려받은 그것들을 다시 다음 댄서에게 물려줘야 했다. 가면의 수명이 얼마인지는 몰라도 가면 안쪽에 남은 화장품 자국을 보면 댄서의 수명보다는 길었다.

그래도 요나는 가면을 쓰면 춤에 집중할 수 있어 좋았다. 캣우먼 가면을 쓸 때 고양이처럼 등을 구부리고 엉덩이에 힘을 주어 흔들었고, 베네치아 가면을 쓸 땐 풍성한 코르셋 아래 드러난 허벅지를 최대한 벌리고 가슴을 흔들었다. 정말 영화와 카니발의 주인공이 된 기분이랄까. 가면만 썼을 뿐인데 다양한 춤이 절로 나왔다. 요나는 그것을 천부적인 재능이라 자신했다.

가면 확인이 끝나자 요나는 거울을 보며 화장을 고쳤다. 어차피 춤을 추면 땀 때문에 번지고 지워질 화장이지만 요나는 정성껏 분을 바르고 립스틱을 칠했다. 언제 어디서 가면을 벗게 될지 모를 일이었다. 사람들은 가면 속 얼굴을 궁금해했다. 며칠 전에도 취객이 무대에 뛰어 올라와 그녀 얼굴에서 가면을 벗기려 했다. 요나가

도리질을 하며 피했지만 취객의 손은 완강했다. 재빨리 올라온 웨이터가 끌고 내려가지 않았다면 아마 벗겨졌을 거였다. 그런 일이 잦아지면서 요나는 차라리 가면을 시원하게 벗어 던지고 싶었다. 하지만, 사장은 가면을 쓰지 않으면 무대에 올라가지 못하게 했다.

"이벤트! 컨셉! 이젠 그런 거 없이는 안 먹혀. 아무도 쳐다보지 않는다고. 네가 아직도 영계인 줄 알아?"

사장이 길쭉한 검지로 요나의 눈주름을 쿡 찌르며 말했다. 겨우 서른 세 살이었다. 사장 말대로 클럽에서 일하는 댄서 중 가장 나이가 많기는 했다. 하지만 다리를 일자로 찢어서 발목을 잡고 한 바퀴 구르는 동작은 요나밖에 할 수 없었다. 요가를 다닌다는 스물세 살짜리도 다리를 벌리기는 해도 구르지 못했다.

전성기 때 요나는 세 바퀴까지 굴렀다. 노래가 클라이맥스에 오르면 객석을 향해 다리를 일자로 벌리고 재빨리 세 바퀴를 굴렀다. 사람들은 무대에서 구르는 요나를 좋아했다. 웨이브를 하고 봉춤 추는 것과는 비교되지 않았다. 요나는 박수와 환호가 터지는 그 순간이 좋았다. 휘파람과 함께 탄성이 울리면 온몸이 찌릿하고 오줌을 지릴 정도로 흥분됐다. 그러나 이 년 전에 한 바퀴를 더 구르다 무대장치에 척추를 부딪친 후론 사람들이 아무리 크게 박수를 치고 환호성을 질러도 한 바퀴만 돌았다. 한 바퀴 구른 속도를 이용해 두 번째 바퀴를 굴러야 하는데, 등이 바닥에 닿을 때마다 다친 척추뼈가 찌릿했기 때문이다.

요나는 화장을 마치고 무대 뒤로 갔다. 함께 공연할 뽕짝이 목을 가다듬다 그녀와 마주치자 미간을 찌푸렸다. 왕재수. 요나는 자신보다 나이가 어린데도 윗사람인 척 으스대는 뽕짝이 꼴 보기 싫었다. 사장한테 댄서를 바꿔달라고 했다는 걸 들은 뒤로는 더 싫어졌다. 뽕짝은 요나를 질투했다. 그녀가 매번 클라이맥스에서 쓸데없이 바닥을 구르는 통에 관심을 뺏긴다고 불만이었다. 요나는 대꾸도 하지 않았다. 사람들은 요나의 춤을 좋아했고, 그녀는 충분히 그걸 즐길 권리가 있었다.

요나의 춤을 가장 먼저 알아본 사람은 엄마였다. 요나가 다섯 살 되던 해 서른이 된 엄마는 이마에 깊게 팬 주름을 세 줄이나 갖고 있었다. 엄마는 공사장에서 떨어져 반신불수가 된 아빠를 대신해 낮에는 세차장에서 밤에는 식당에서 일을 했다. 요나는 종일 기저귀를 찬 아빠 옆에서 혼자 놀다 어두워지면 저녁을 먹으러 엄마가 일하는 식당으로 갔다.
　삼십 분을 걸어 식당 앞에 도착해도 곧장 들어갈 수 있는 건 아니었다. 저녁 식사를 마친 손님들이 나가고 가게가 빌 때까지 요나는 유리문 앞에서 텔레비전을 훔쳐보며 기다렸다. 소리가 들리지 않는 텔레비전은 좁은 어항에 갇혀 맴도는 금붕어를 보는 것처럼 지루했다. 유일하게 재미있는 건 신나는 쇼프로뿐이었다. 곱게 화장한 가수와 댄서들이 나와 화려한 드레스를 입고 전신을 흔드는 걸 따라 추면 심심하지 않고 춥지도 않았다. 그리고 좀처럼 웃지 않는 엄마도 요나가 춤을 추면 손뼉을 치며 웃었다. 요나는 그때 결심했다. 엄마를 웃게 만드는 댄서가 되겠다고. 요나의 꿈은 줄곧 그것 하나였다. 엄마의 설거지가 끝나기를 기다리던 다섯 살부터 엄마가 아빠와 요나를 버리고 나간 후에도 요나의 꿈은 댄서였다.

이제는 텔레비전에 나오는 요나를 알아보고 엄마가 찾아오길 기다리는 철부지는 아니었다. 고등학교를 중퇴한 이후로 요나는 줄기차게 오디션을 봤다. 심사위원들은 요나의 춤을 보고 독특하다며 박수를 치며 웃었다. 자기들끼리 귓속말로 뭐라 속닥거리기도 했다. 요나는 혹시나 싶은 기대로 가슴이 콩닥거렸다. 그러나 그뿐이었다. 합격자 명단에 요나의 이름은 늘 빠져 있었다.

유일하게 유나에게 명함을 준 기획사 부장이란 놈은 요나가 학원비로 모은 현금과 카드를 털어 갔다. 말로만 듣던 카드깡이었다. 쓰지도 않은 돈을 갚기 위해 클럽에 취직했다. 처음엔 빚을 갚는 동안만 할 생각이었다. 그러나 어떻게 된 일인지 빚은 조금도 줄지 않았다. 서른이 되자 오디션을 보는 것조차 쉽지 않았다. 그래도 요나는 포기할 수 없었다. 요나는 나이가 중요한 건 아니라고 생각했다. 사람들은 가수 뒤에서 리드미컬하게 비틀고 흔드는 댄서의 춤을 보는 거지, 얼굴을 보는 게 아니었다. 그렇게 보면 누군가의 백댄서라는 건 가면 쓰고 춤추는 일과 조금도 다를 게 없었다. 계속 춤을 추다 보면 언젠가는 분명 기회를 잡을 수 있을 거였다. 그리고 어차피 요나가 할 줄 아는 것은 춤밖에 없었다.

"야, 이 쌍년아! 그만 돌라고!"

뽕짝이 무대에서 내려오는 요나의 멱살을 쥐고 흔들었다. 뽕짝의 손아귀 힘 때문에 쓰고 있던 가면이 맥없이 날아갔다. 요나는 뽕짝의 굵은 팔뚝을 할퀴며 반항했지만 소용없었다. 얼마나 세게 틀어잡았는지 숨을 쉴 수가 없었다. 숨 넘어가는 소리가 컥컥 났다. 얼굴이 터질 것처럼 새빨갛게 달아올랐다. 요나의 몸에서 기운이 빠져 축 늘어질 때쯤에야 뽕짝은 그녀를 짐짝처럼 집어 던졌다.

"늙은 년이 아주 지랄발광을 해. 여기라도 붙어 있으려면 가만 있으라고! 걸레 같은 몸뚱이 굴려서 무대 깽판 치지 말고!"

요나는 목을 잡고 캑캑거렸다. 눈물이 주르륵 흘렀다. 토할 것처럼 기침한 끝에 겨우 얼굴을 들었다. 맞은편에 서 있는 구경꾼 무리에 섞인 케이가 보였다. 케이는 한쪽 무릎을 구부리고 삐딱하게 서서 요나를 바라보았다. 요나는 얼른 헝클어진 머리를 정리하고 떨어진 가면을 주웠다. 가면은 끈이 떨어져 나가 쓸 수 없었다. 지금보다 더 얼굴을 가리고 싶던 적이 없지만 끈이 떨어진 가면 따윈 아무 도움이 될 수 없었다. 요나는 가면을 구겨 들고 자리에서 일어났다. 대기실로 돌아가는 내내 끈적끈적하게 달라붙는 시선이 느껴졌지만 돌아보지 않았다.

거울 속 모습은 예상보다 더 참담했다. 땀범벅된 머리카락은 이마에 찰싹 달라붙었고, 마스카라는 줄줄 흘러내려 뺨에 시커먼 줄기를 만들었다. 게다가 울어서 빨갛게 충혈된 눈동자는 끔찍한 괴물을 연상시켰다. 초록색 괴물 피오나도 이보다는 나을 것 같았다. 요나를 바라보던 케이 눈빛이 잊히지 않았다. 세수를 하는 중에도 눈물이 그치지 않았다. 케이를 만나 상황을 설명해야겠다는 생각이 들었다.

하지만 이 몰골로 만날 수는 없었다. 요나는 화장이 덜 지워진 얼굴을 바라보았다. 충혈된 눈동자 아래 음영이 드리워진 잔주름이 요나를 실제보다 열 살은 더 들어 보이게 했다. 요나는 검지로 살짝 주름진 피부를 잡아당겼다. 잠시 사라졌던 주름은 손가락을 떼는 순간 더 또렷하고 깊게 나타났다. 요나는 잠시 카드 잔고를 떠올리다 고개를 저었다. 한도를 초과한 지 오래였다. 하지만 카드 대출을 받아서라도 무조건 해야 했다. 다른 누가 아닌 케이였다. 케이를 만나기 위해선 못할 게 없었다. 자꾸만 케이 옆에서 치근거리는 인조 풍선을 제거하기 위해서라면 뭐든 할 수 있었다.

요나는 세수를 마치고 휴대폰에서 곽 여사를 찾았다. 몇 번의 신호가 반복되고 졸음에 겨운 여자의 음성과 연결됐다.

"언니!"

반가워하는 목소리 끝에 울음이 매달렸다.

"야! 지금 몇 신 줄 알아?"

곽 여사는 자다 깼는지 퉁명스레 대꾸했다. 익숙한 목소리를 들자 울음이 왈칵 쏟아졌다. 곽 여사는 요나가 울먹이며 하는 말을 가만히 듣더니 다음 날 오전에 오라고 했다. 이미 예약이 꽉 차 있지만 요나를 위해 두 시간 일찍 출발하겠다고 했다. 전화기를 끊는 요나의 손이 덜덜 떨렸다. 괜찮아. 괜찮아. 요나는 어깨로 번지는 경련을 두 손으로 쓸어내렸다.

"따끔할 거야. 움직이지 말고."

익숙한 일인데도 주삿바늘이 피부를 뚫을 때마다 고통스럽기는 매번 마찬가지였다. 주름을 없애려다 피부에 구멍 나는 게 아닌가 걱정될 정도지만 효과는 점점 짧아졌다. 손바닥만 한 얼굴에 그어진 주름인데도 지우려면 한 시간은 족히 걸렸다. 거기에다 오늘은 가슴 확대 주사까지 맞아야 했다. 바늘이 피부를 찔러도 찡그릴 수조차 없어 얼굴이 이상한 모습으로 굳어갔다.

"언니, 약 좀 넉넉히 넣어줘요. 약발이 너무 빨리 사라져."

요나는 통통 부어오른 입술 사이로 힘겹게 말을 내뱉었다.

"다른 사람보다 몇 방은 더 넣고 있어. 요즘 약값이 얼마나 올랐는지 알아?"

곽 여사는 곧바로 툴툴거렸다. 애초 짜기로 유명한 곽 여사와 흥정을 하는 게 불가능하다는 걸 알고 있었다. 그러나 점점 수입이 줄어드는 마당에 가능한 깎고 싶은 게 요나의 솔직한 심정이었다.

"그래도 저렇게나 약이 많은데…."

요나는 손가락으로 방구석에 쌓인 개봉하지 않은 약상자들을 가리켰다. 한눈에 보기에도 스무 상자가 넘어 보였다.

"저건 다 예약된 거야."

"저게 다요?"

곽 여사는 갑자기 손으로 입을 가리며 말했다. 웅일거리는 정도로밖에 들리지 않아 요나는 살짝 고개를 들고 귀를 기울였다.

"그분이 올 거야."

곽 여사 입에서 나온 그분이 누굴 말하는지 잘 알고 있었다. 업계에선 '신의'라 불리는 남자였다. 신의 손이란 뜻이었다. 또는 신이 버린 의사라는 뜻이라고도 했다. 강남에서 잘나가는 성형외과의였는데, 수술 후유증으로 환자가 사망하자 병원 망하고 의사 면허를 박탈당했다는 소문이었다.

"자기도 여기, 요기 손보면 완전 딴사람일 텐데. 자기는 생각 없어?"

곽 여사의 손가락이 요나의 눈, 코, 입을 차례로 찔렀다. 평소 같으면 흘려들을 이야기가 날카로운 송곳처럼 가슴을 파고들었다. 요나가 아무 말이 없자 곽 여사는 겨드랑이 아래 유선에 주사를 찔러 넣으면서 나직이 말했다.

"자기네 가게 애들도 다 그분이 손본 거잖아. 이 동네 애들 중에 그분 손 거치지 않은 애가 없어. 요새 누가 본판으로 살아. 다 갈아 엎고 새로 태어나는 거지."

주사약이 들어가자 가슴이 아렸다. 요나는 이맛살을 살짝 찌푸렸다.

"정말 그렇게 대단해요? 완전 새사람으로 만들 정도로요? 돈은 얼마나?"

"아이고, 지금 돈이 대수야. 다시 태어나게 해주는데. 원래 투자하면 다 몇 배 아니 몇십 배로 불어나는 법이야. 왜, 내가 좀 알아봐줄까?"

곽 여사가 한쪽 눈을 찡긋하며 요나를 내려다보았다. 요나는 곽여사의 눈빛이 뭘 뜻하는지 알아챘다. 괜히 오금이 저렸다. 아무리 서울 변두리에 있는 클럽이라고 하지만 요나는 댄서였다. 곽 여사가 말하는 곳이 무도장이나 나이트클럽이 아니란 것쯤은 묻지 않아도 알 수 있었다.

"난 댄서라서…."

조그맣게 중얼대는 요나의 대답을 들은 곽 여사가 한쪽 눈썹을 치켜올렸다. 그리곤 시술을 마칠 때까지 아무 말도 하지 않았다. 계산하고 나오는데 곽 여사가 명함을 내밀었다. 요나는 내키지 않아 받지 않으려 했다. 곽 여사가 명함을 가방에 찔러 넣었다. 가게 문을 나오는데 한번 생각해보라는 곽 여사의 목소리가 뒷덜미에 달라붙었다.

요나는 전신 거울에 비친 몸을 황홀하게 바라보았다. 아직 부기가 빠지지 않아 퉁퉁 부은 얼굴은 조금 아쉬웠지만 옷섶이 벌어질 정도로 빵빵한 가슴은 무척 만족스러웠다. 봉긋한 가슴 덕분에 허리가 더 가늘어 보였다. 요나는 허리에 양손을 올리고 가슴을 살짝 흔들었다. 출렁대는 모습이 남자라면 손을 대지 않고는 못 배길 것 같았다. 요나는 케이의 동그란 눈을 떠올리며 가슴을 쥐었다 폈다. 눈이 감기며 절로 신음 소리가 새어 나왔다.

전화를 받은 사장은 쉬겠다는 말을 듣자마자 소리부터 빽 질렀다. 무대에 서는 예술가가 몸 관리를 제대로 하지 않았다는 잔소리가 이어졌다. 사장은 이럴 때만 예술가란 말을 입에 올렸다. 요나는 전화기에 대고 금방 피를 토할 것처럼 억지 기침을 했다. 한동안 잔소리를 늘어놓던 사장이 끊이지 않는 기침 소리에 질려 전화를 끊었다. 요나는 휴대폰의 전원을 끄고 외출 준비를 했다. 가슴 부분이 많이 파인 원피스를 입고 부은 얼굴을 감추기 위해 평소보다 공들여 화장했다.

공연 시간이 지났는데도 케이가 나오지 않았다. 짙은 색 선글라스를 끼고 마스크를 착용한 요나는 클럽 맞은편 오줌내가 지린 골목에서 한 시간도 넘게 목을 빼고 기다렸다. 그렇게 목을 빼고 기다린 끝에 풍선의 허리를 끌어안은 케이가 지나가는 걸 본 순간, 요나의 눈에서는 뜨거운 불꽃이 튀었다. 케이에게 꼬리치는 풍선에 대한 증오가 가슴 깊은 곳에서부터 올라왔다. 요나는 서로를 들여다보며 속닥거리느라 정신없는 둘의 뒤를 쫓았다. 평소와 달리 밴드 멤버들을 제치고 둘만 따로 돌아다니는 데는 분명 특별한 이유가 있을 것 같았다.

케이와 풍선은 쉬지 않고 웃었다. 허리를 젖히고 호방하게 터뜨리는 케이의 웃음소리가 요나의 가슴을 후볐다. 그들은 음탕한 불빛이 즐비한 모텔 골목에서 잠깐 실랑이를 벌이다 골목 입구에 있는 작은 술집으로 들어갔다. 둘이 갈 최종 목적지가 술집이 아니란 것은 누가 봐도 확실했다. 요나는 입술을 잘근잘근 씹었다. 부기가 덜 빠진 입술이 터지면서 피 맛이 났다. 요나는 술집 문을 노려보았다. 당장이라도 달려가 테이블을 엎고 싶은 마음을 간신히 눌렀다. 가게 벽에 기대 창 안을 넘보았다. 소주 한 병을 나눠 마시는 둘의 모습이 비쳤다. 오렌지색 불빛이 둘의 얼굴 위로 어룽거렸다.

탁한 불빛 때문이었을까? 갑자기 케이와 풍선의 얼굴이 겹쳐 보였다. 요나가 유리창에 얼굴을 대고 들여다보니 착각이 아니었다. 풍선은 대담하게도 혀를 쑥 내밀어 케이의 입술을 핥았다. 케이가 감전된 듯 상체를 부르르 떠는 게 멀리서도 보였다. 요나는 더 이상 참지 못하고 술집 안으로 돌진했다. 풍선의 머리채를 한 손에 감아쥐고 바닥에 패대기쳤다. 마른 몸뚱이는 힘없이 나동그라지고 요나의 손에는 머리털만 한 줌 가득 남았다. 케이는 그때까지도 무슨 상황인지 알지 못해 어리둥절한 시선으로 요나를 바라보았다. 요나는 분을 삭이지 못하고 바닥에 쓰러진 풍선을 발로 밟았다. 술집에 있던 사람들이 하나둘 모여들고 그제야 사태의 심각성을 깨달은 케이가 슬그머니 술집을 나가려고 했다. 요나는 몸을 날려 케이 앞을 가로막고 팔꿈치를 끌어당겼다.

"저한테 왜 이러세요?"

케이는 고개를 숙이고 중얼거렸다. 사람들이 볼까 두려운 모양이었다. 사람들의 시선을 의식한 그 행동이 요나를 더 화나게 만들었다.

"나랑 먼저 잤잖아."

케이는 더러운 벌레라도 떼어내듯 황급히 요나를 밀치고 달아났다. 꽁지에 불이라도 붙은 것 마냥 서둘러 나가는 케이를 향해 컵을 던졌다. 요나의 손을 떠난 컵이 허공에 잠시 떴다 요란한 소릴 내며 바닥으로 떨어졌다. 경찰이 도착해 요나를 억지로 순찰차에 태울 때에도 요나는 그 말만 되풀이했다.

"나랑 먼저 잤잖아."

경찰서에서 이틀을 보내고 출근하니 대기실에 가방이 꾸려져 있었다. 아무도 요나에게 말을 걸지 않았다. 상관없었다. 어차피 한 번도 동료라고 생각해본 적이 없었으니까. 요나가 속상한 것은 요나가 그만두기 전에는 케이가 출근하지 않겠다고 엄포를 놓았다는 거였다. 사장을 만나고 싶었지만 전화 연결이 되지 않았다. 가면과 무대 의상을 두고 나오는데 눈물이 왈칵 쏟아졌다. 집에서 쉬는 동안 인근 클럽 몇 군데에 전화를 걸었지만 모두 소문을 들었는지 요나 말을 끝까지 듣지도 않고 끊어버렸다. 아무도 요나와 말을 하지 않으려 했다. 요나에게 말을 건네는 사람은 카드 대금을 독촉하는 카드사 직원뿐이었다.

요나는 마지막으로 한 번 더 사장에게 부탁해보기로 했다. 최대한 단정하게 옷을 입고 연하게 화장을 하고 클럽에 갔다. 이른 시간이라 입구를 지키는 웨이터가 없었다. 사장실 문 앞에 무릎을 꿇고 앉아 시키는 대로 다 하겠다고 한 번만 봐달라고 사정했다. 안에서는 아무 대답이 없었다. 요나는 문을 두드리며 울먹였다. 한 번만요, 제발 한 번만요. 그러나 끝내 문은 열리지 않았다. 대신 덩치 큰 어깨 둘이 다가와 요나를 끌어냈다.

"사장님. 전 춤추는 것밖에 몰라요. 아시잖아요, 사장님. 제발요."

어깨 중 하나가 요나를 번쩍 들어 클럽 문 바깥으로 던졌다. 어찌나 세게 던졌는지 메고 있던 가방이 벗겨지고 안에 있는 물건들이 와르르 쏟아졌다.

"한 번만 더 찾아오면 그땐 멀쩡히 못 나갈 줄 알아!"

어깨가 이를 꽉 물고 씹듯이 뱉는 말은 괜한 소리가 아니었다. 요나는 몸을 돌렸다. 더러운 길바닥에서 나뒹구는 물건들이 눈에 들어왔다. 새로 산 지 얼마 되지 않아 특별한 날에만 바르던 립스틱은 뚜껑이 깨져 흙투성이가 됐고, 큰맘 먹고 구입한 수입 파우더는 산산조각이 나 도로에 살비듬 같은 가루를 흩뿌렸다. 요나는 허리를 구부려 길에 떨어진 물건을 주웠다. 바로 눈앞에 있는 물건을 집는데 자꾸 헛손질이 반복되고 시야가 캄캄했다.

"이게 누구야? 도는 년 아냐?"

가까운 곳에서 익숙한 음성이 들렸다. 고개 들어보니 뽕짝이 불쾌한 얼굴로 내려다보고 있었다. 뽕짝은 뭔가 재미있는 것을 발견한 아이처럼 눈을 빛내며 바닥에서 뭔가 주워 들었다. 곽 여사가 준 명함이었다. 뽕짝은 눈을 크게 뜨고 크게 웃음을 터뜨렸다.

"푸핫, 너하고 딱 어울리는 곳이네."

요나는 뽕짝을 노려보았다. 뽕짝의 볼록 나온 배 위에 뻘건 김칫국물이 점점 찍혀 있었다. 또 짬뽕 국물에 낮술을 걸친 모양이었다. 직업의식이라곤 눈곱만큼도 없는 양아치 새끼. 요나는 저리 꺼지라고 쏘아붙이고 싶었지만 상대하기 싫어 고갤 돌리고 물건 줍는 일에 집중했다.

"축하해. 이제 진짜로 빨고 돌리겠어!"

뽕짝은 쉽게 사라질 생각이 없는 것 같았다. 그가 명함을 요나 얼굴에 바짝 갖다 대고 이리저리 흔들었다. 요나는 줍는 걸 멈추고 명함을 뺏으려 손을 뻗었다. 뽕짝이 재빨리 뒤로 물러서 피하다 광고지를 놓쳤다. 뽕짝의 손을 벗어난 명함이 허공에서 팔랑거리다 요나의 발 앞에 떨어졌다. 그 모습을 본 뽕짝이 박수 치며 웃었다.

"이것 봐라. 제 주인을 알아보네. 돌리고, 돌리고, 돌리고."

뽕짝이 요나의 얼굴 앞에서 허리를 돌렸다. 요나는 자리에서 벌떡 일어났다. 구두를 벗어 들고 뽕짝을 향해 휘둘렀다. 뽕짝은 미처 방어할 새 없이 콧등과 이마를 찍혔다. 피가 주르륵 흘러내렸다.

"이 쌍년이!"

뽕짝이 눈을 부릅뜨고 주먹을 내밀었다. 요나는 둔한 주먹을 피하고 뽕짝의 눈에 구두 굽을 박아 넣었다. 뽕짝이 비명을 지르며 주저앉았다. 요나는 잽싸게 가방을 주워 들고 맨발로 달리기 시작했다. 뒤에서 쫓는 기척이 들리지 않아도 무릎이 풀려 앞으로 고꾸라질 때까지 쉬지 않고 달렸다.

"거기는 왜 가시우?"

늙수그레한 택시 기사가 백미러로 요나를 쳐다봤다. 요나는 못 들은 척 시선을 창밖으로 돌렸다.

"놀러 온 건 아닌 것 같은데…."

택시 기사가 은근슬쩍 말을 놓았다. 요나는 창문을 내렸다. 바람 끝에 갯내가 실려 왔다. 곽 여사가 말한 것보다 훨씬 작은 섬이었다. KTX를 여섯 시간 타고 내린 역에서 버스로 한 시간 반을 달려 항구에 도착하고 거기서 또 배를 한 시간 타야 했다. 아침 일찍 출발했는데, 벌써 오후가 저물고 있었다. 종일 멀미하느라 제대로 먹지 못한 속이 아프다 못해 쓰렸다. 요나는 역류해 올라오는 신물을 꾹 참고 삼켰다.

택시에서 내려 한밤중처럼 어두운 복도를 지나 문을 열었다. "안녕하세요. 춤추는 요나예요." 방 가운데 놓인 테이블에서 술을 마시던 남자가 힐끗 보더니 엉덩이를 뭉그적대며 자리를 만들었다. 요나는 자리에 앉지 않고 반주기 앞으로 나갔다. 그리고 익숙한 동작으로 번호를 눌렀다. 시작 버튼을 누르자 귀에 익은 음악이 들려왔다.

여기 붙어라 모두 모여라
WE GON' PARTY LIKE 리리리라라라
맘을 열어라 머릴 비워라
불을 지펴라 리리리라라라
판타스틱 베이비*

남자가 풀린 눈으로 요나를 바라봤다. 요나는 등 뒤에 감췄던 가면을 꺼내 썼다. 거추장스런 치마는 아예 벗어 던지고 테이블을 구석으로 밀었다. 테이블 위에 있던 술병이 요란한 소릴 내며 쓰러졌지만 신경 쓰지 않았다. 노래가 절정에 이르자 요나는 바닥을 굴렀다. 한 번 두 번. 요나가 구르자 술에 취한 남자가 양팔을 벌리며 다가왔다. 찢어져라 벌린 남자 입에서 침이 흘러내렸다.

남자 팔을 뿌리치고 세 번째 바퀴를 도는 요나의 얼굴에서 가면이 흘러내렸다. '그분이 올 때까지 기다리고 있어. 다시 시작할 수 있어.' 곽 여사의 음성이 바로 옆에서 속삭이듯 들렸다. 요나는 바닥에 떨어진 가면을 주워 끈을 조였다. 새 실리콘 가면이 얼굴에

찰싹 달라붙었다. 표정이 일그러질 때마다 가면이 대신 웃었다. 늘
처음처럼 환하게.

* 작품에 사용된 가사는 빅뱅의 노래에서 가져왔습니다.

물 집

물집

남자는 남쪽을 향해 걸었다. 짭조름한 갯내가 바람에 실려 왔다. 남자는 바지 뒤춤을 더듬었다. 볼록한 이물감이 느껴졌다. 허연 십자금이 그어진 전단지 속 그림이 머릿속에 그려졌다.

해상호텔 '블루아종'. 남자가 지금 가려는 곳이다. 여자가 원하는 집이었다는 게 정확한 표현일 것이다. 여객선 엔진 기름 냄새로 토기를 느끼며 허청이던 남자의 눈에 전단지가 처음 떠었을 때, 남자는 그것을 운명이라 생각했다.

"역시 끝난 게 아니었어."

남자의 입에서 혼잣말이 흘러나왔다. 남자는 누가 들었을까 주변을 둘러보았다. 황사 바람이 일차선 도로를 달리는 자동차 사이를 무심히 지났다. 시간이 느리게 흘러가고 있었다. 늘 허덕이던 그곳의 시간과는 달랐다.

눈앞에 '배래리 45km'라 적힌 이정표가 나타났다. 블루아종이 있는 곳이었다. 얼마나 걸어야 하는 것인지 숫자를 보고도 감이 오지 않았다. 아마 이제까지 온 것보다는 가까울 것이다.

남자는 도로 연석에 앉았다. 돌개바람이 먼지를 일으키며 다가

왔다. 눈물이 핑 돌았다. 목구멍이 매운 것을 삼킬 때처럼 아렸다.

"사막처럼 건조한 날씨야."

남자는 다시 혼잣말을 중얼거렸다. 사실 남자가 걷는 지역은 비가 많이 내리기로 유명한 섬이었다. 일주일에 삼 일은 비가 온다고 했다. 그런데, 이곳에 온 열흘 동안 남자는 한 번도 비를 만나지 못했다.

괜히 좋지 않은 생각이 떠오르려는 것을 참고 몸을 일으켰다. 아악, 남자의 입에서 비명이 튀어나왔다. 오른쪽 발바닥에서 불에 덴 듯한 통증이 느껴졌다.

남자는 몸을 구부리고 운동화를 벗었다. 더러운 양말에 누런 진물과 핏물이 말라붙어 있었다. 조심히 양말을 벗겼다. 어제 반창고를 붙인 자리 옆으로 새 물집이 잡혀 있다. 그곳에서 진물 섞인 피가 흘러내리고 있었다.

아홉 번째 물집이었다. 관광 가이드를 삼 년이나 한 탓에 걷는 일엔 이골 난 줄 알았는데, 이곳에 온 지 열흘도 되지 않아 벌써 아홉 번째 물집이 생겨 남자를 괴롭혔다. 남자의 오른쪽 발바닥은 크고 작은 물집과 반창고를 떼었다 붙인 자국으로 엉망진창이었다.

남자는 통증을 참기 위해 눈을 감았다. 눈꼬리 옆으로 눈물이 맺혔다. 그 끝에 희미한 꽃 냄새가 실려 왔다. 아, 그녀, 미오가 생각났다.

'참 못생긴 발이야.'

미오는 밤마다 남자의 발에 오일을 발라 마사지를 했다. 미오는 돈을 벌어오느라 애쓰는 남자의 발을 정말 사랑한다고 했다. 대야에 발을 담그고, 이를 드러낸 미오의 얼굴을 보면 쌓인 피로가 단숨에 사라졌다.

미오의 대야는 우주처럼 넓고 거대했다. 그곳에 떨어뜨린 아로마 향을 맡으면 전혀 낯선 시공으로 온몸이 녹아 들어갔다. 그 위를 말랑한 미오의 손가락이 매만질 때쯤이면 진공의 블랙홀을 떠다니듯 몽롱해졌다.

남자는 다시 눈을 떴다. 미오는 없다. 남자의 눈앞에 반창고와 피가 말라붙은 발바닥이 보일 뿐이다. 미오와 헤어진 지 한 달이 채 되지 않는데, 그의 발은 미오의 손길을 완전히 지워버렸다.

오늘이 며칠이지? 남자는 속으로 날짜를 가늠하다 이내 그만뒀다. 기다리는 이가 없는 시간이란 그에게 아무 의미가 없었다. 애먼 시선으로 주변을 둘러보았다. 양말을 다시 신었다. 멈출 순 없었다. 남자는 걸어야만 했다. 아직 이정표에 적힌 '45km'가 조금도 가까워지지 않은 채 바람에 덜렁거렸다. 걸을 때마다 새로 생긴 물집에서 통증이 올라왔다. 남자는 심하게 절뚝거리며 남쪽을 향해 걷기 시작했다.

'블루아종'이라고 적힌 입간판을 만났을 때, 노을이 떨어지고 있었다. 그런데 어찌된 영문인지 마을은 허허벌판이었다. 굴착기가 파다 만 흙구덩이가 보이고, 자갈이 흙먼지를 뒤집어쓴 채 아무렇게나 굴러다녔다. 비어 있는 것으로 보이는 폐가 벽에는 온통 붉은 가위표가 그려져 있었다.

남자는 바지 뒤춤을 더듬어 광고 전단지를 꺼냈다. 네 귀퉁이를 맞추어 접은 전단지를 펼치자 푸른 바닷물 위에 장엄하게 서 있는 건물이 나타났다. 삼십 평대의 넓은 실내와 바다 위에 떠 있는 풍광이 그림처럼 아름다웠다. 남자는 마을을 다시 한번 찬찬히 둘러보았다. 마을 아래쪽에 은빛으로 반짝거리는 뭔가가 눈에 띄었다. 노을의 붉은빛을 받아 눈이 부실 정도로 반짝거렸다. 남자는 그곳이 블루아종이라고 확신했다. 남자는 아픈 발을 질질 끌어 그곳으로 향했다.

남자의 예상은 이번에도 틀렸다. 분명 남자가 향한 배래리 포구 앞에 블루아종이 있긴 했다. 하지만, 남자가 상상한 해상호텔이 아니라 포구 맞은편 여 위에 철근 뼈대가 육식 공룡의 화석처럼 쌓여 있을 뿐이었다.

골조가 세워진 여까지 아치형 다리가 덩그러니 놓여 있었다. 차 두 대가 다닐 정도의 다리를 건너기 전, 남자는 다리 입구에 세워진 조감도를 보았다. 에메랄드빛을 연상하는 통유리 건물 바닥 아래 물고기와 해초들이 어우러진 해저가 펼쳐져 있었다.

조감도 아래에는 블루아종을 중심으로 휴양 단지가 조성된다는 설명이 덧붙여 있었다. 배래리 마을 전체가 새롭게 꾸며지는 것이었다. 남자는 완공일을 살폈다. 2017년 12월. 지금으로부터 십 개월 전이었다. 하지만, 완공은커녕 건물 골조도 다 올리지 못한 것 같았다. 조감도에는 공사 지연에 대한 어떤 설명도 없었다.

남자는 난감했다. 목적지까지 애써 왔는데, 아무것도 없으니 허탈할 수밖에 없었다. 남자는 뒤를 돌아보았다. 블루아종을 마주 보는 배래리 마을엔 더 이상 사람이 살지 않는 것 같았다. 건물마다 붉은 페인트로 철거 표시가 섬뜩하게 그어져 있었고, 아무렇게나 파헤쳐진 구멍들이 여기저기 있었다. 그리고 무엇보다 마을 한가운데에 우뚝 솟은 타워크레인과 그 옆을 버티고 서 있는 포클레인들이 정렬된 모습이 마치 로봇 전투 사단 같았다.

남자가 망설이는 사이, 주변이 어둑해졌다. 블루아종이 있든 없든 간에 남자는 밤을 보낼 곳을 찾아야 했다. 얼핏 봐도 잠을 잘 만한 곳을 찾기 쉽지 않을 것 같았다. 대부분의 가옥이 공룡이 짓밟거나 뜯어버린 것처럼 망가져 있었다.

갑자기 콧등에 찬 물방울이 떨어졌다. 하늘을 올려다보았다. 여러 개의 물방울이 한꺼번에 이마로 떨어졌다. 비가 쏟아지려고 했다. 남자의 마음이 다급해졌다. 먼 데서 몰려오는 두꺼운 구름층이 보였다. 금방 지나갈 비가 아닌 것 같았다. 큰비로 번지는 것은 아니겠지. 남자는 걱정이 되었다. 여태 내리지 않던 비가 갑자기 내리다니. 게다가 남자는 이미 비라면 지긋지긋했다.

원래 비가 많은 나라이긴 했지만, 유난히 긴 우기가 이어졌다. 쉬지 않고 내리는 비로 짜오프라야강에서 푸른빛이 완전히 사라졌다. 강어귀에서부터 재래식 화장실 바닥을 연상케 하는 냄새가 올라왔다. 피부에는 좁쌀만 한 뾰루지까지 생겼다.

"여기 물은 나하고 맞지 않아."

얼굴에 돋은 뾰루지를 손톱으로 뜯으며 무심히 던진 말을 들은 미오가 슬픈 표정을 지었다.

하지만, 미오의 소원은 '물집'에서 내려오는 거였다. 더러운 짜오프라야강 위의 집에서 나고 자란 미오로서는 당연한 꿈일지 몰랐다. 야자나무를 통째로 베어다 물속에 박고 그 위에 나무판자를 대어 만든 집을 오르내릴 때마다 미오는 입술을 깨물었다. 미오의 증조부가 만든 집에서 미오의 아버지와 동생 그리고 미오가 살았다. 물이 흔들릴 때마다 함께 진동하는 낡은 침대 매트리스 위에서 미오는 평생 불면에 시달렸다.

어쩌면 미오가 싫어한 것은 요란하게 삐걱대는 낡은 마루 판자와 시도 때도 없이 올라오는 물비린내, 밤마다 내려가서 봐야 하는 용변이 아니라 그 집에서 맥없이 살다 간 엄마였는지 모른다. 미오는 매일 이끼가 덕지덕지 붙어 있는 나무 기둥을 타고 내려가 물을 길어와 밥하고 씻고 그러다 결국 그 물에 몸을 던져 넣은 엄마처럼 되고 싶지 않다고 말했다.

남자와 만나는 동안 미오가 바라는 것은 하나였다. 땅 위에 집을 갖는 것. 땅 위에 있는 집에서 잠을 자고 깨끗한 물로 씻고 싶다는 게 미오의 하나뿐인 소원이었다. 남자는 별거 아니라고 했다. 까짓것, 일 년 안에 집을 사주마고 큰소리쳤다. 남자 역시 여행사 사장인 선배 집에 얹혀사는 처지였지만, 어렵지 않은 일이었다. 한국에서 몰려오는 관광객들 때문에 정신없이 바빴다. 조금만 부지런 떨면 금방 태국에서 미오와 살 집 한 채는 마련하고도 남을 것 같았다.

남자는 미오에게 당장 마사지 숍을 그만두라고 했다. 다른 남자의 벗은 몸을 만지며 웃음을 흘리는 미오의 모습을 상상하기가 싫었다. 미오의 말랑거리는 손은 오로지 남자를 위해서만 존재해야 했다. 미오의 손길 아래서 헤벌쭉거리는 다른 남자의 얼굴을 상상하는 것만으로도 오금이 저렸다.

남자는 미오의 집으로 들어갔다. 가정부까지 딸려 있는 선배 집이 불편한 것은 아니었지만, 생활비를 대주는 미오에게 그 정도는 요구해도 될 것 같았다. 미오가 차려주는 아침을 먹고 출근하고, 저녁이면 미오의 개인 마사지를 받는 게 일상이 되었다. 합판으로 막아놓은 두 칸짜리 판잣집에서 예비 장인과 처남을 사이에 두고 미오를 안는 일이 수월치는 않았지만, 미오가 뭐라 언질을 줬는지 모두 남자를 가장으로 떠받들었다. 어쩌면 수상가옥에서 벗어나 땅 위에 번듯한 집으로 이사를 가는 게 미오만의 소원은 아닌 모양이었다.

선배의 여행사는 금세 자리를 잡는 듯했다. 수완이 좋은 선배는 관광객을 잘 끌어모았다. 선배가 많은 이익을 취하는 것은 관광객들이 내는 관광비보다 그들이 쇼핑한 물품에서 받는 커미션이었다. 선배는 관광객들이 좋아할 만한 건강식품, 고무 제품, 동물 가죽을 저렴하게 구입해서 비싼 가격에 팔아넘겼다. 원가의 열 배 이상을 부풀린 가격이었다.

사기꾼이라고 흉을 보면서도 남자는 선배의 장사 수완이 부러웠다. 가끔 불안했지만, 남자는 선배가 돈을 많이 벌수록 남자에게 떨어지는 몫 또한 늘어났기에 묵묵히 선배가 하라는 대로 따랐다. 아마 그렇게 일 년 더 지속됐다면 미오가 원하던 대로 땅 위에 집을 구입할 수 있었을 것이다.

그런데, 갑자기 태국에 쿠데타가 일어났다. 여행객 출입이 전면 통제되었다. 쿠데타가 일어나기 두어 달 전부터 술렁대는 소문 때문에 여행객들이 줄더니 쿠데타 이후로는 전화 한 통 오지 않았다. 여행객이 오지 않는 여행사는 그야말로 장례식장 분위기였다. 선배는 울리지 않는 전화기를 노려보았고, 남자는 그 옆에서 선배의 눈치를 살피기 바빴다.

"금세 안정될 거야."

술을 마실 때마다 선배는 그렇게 말했다. 하지만 연일 보도되는 정세는 그리 낙관적이지 않았다. 미오에게 생활비를 갖다주지 못하는 일이 생겼다. 미오가 조금이라도 얼굴을 찡그리는 기색이 비치면 벌써부터 남자를 무시하고 있는 것이 아닌지 의심이 들었다. 집에 들어가고 싶지 않았다. 저녁마다 미오 아버지의 가래 끓는 소리가 심해졌다. 차라리 사무실에서 자는 게 편했다.

일이 떨어진 사무실은 도박장으로 변했다. 집으로 들어가지 않는 것은 선배도 마찬가지였다. 선배는 어디서 만났는지 처음 보는 사람들을 끌고 들어와서 포커 판을 벌였다. 남자는 그들 옆에서 커피 심부름을 하고, 담배와 간식을 사다 주고, 청소를 해주며 용돈을 받았다.

비는 한 달이 넘도록 그치지 않았다. 낮에만 잠시 치던 판이 밤새 이어졌고 판돈도 올라갔다. 보는 게 무료해진 남자는 선배가 준 사백 달러를 가지고 포커 판에 끼었다. 운이 좋았다. 한 시간 만에 이만 달러로 불었다. 뒷날엔 오만 달러로 껑충 뛰었다. 남자는 자신에게 도박의 재질이 있다는 걸 그날 처음 알았다.

오랜만에 미오에게 들러 만 달러를 주었다. 돈을 받은 미오의 얼굴이 갓 피어난 치자꽃처럼 환해졌다. 역시 돈이었다. 남자는 본격적으로 포커 판에 끼어들었다.

그러나 미오를 만나고 온 다음 날부터 운이 바뀌었다. 결국 선배에게 빌린 돈을 갚기 위해 차를 팔았다. 일 년밖에 타지 않은 자동차를 헐값에 넘기고 돈을 갚고 나니 사만 달러가 남았다. 더 이상 잃으면 안 됐다. 남자는 잠자는 것을 포기했다.

쿠데타로 인한 치안은 더욱 나빠져 언제 여행사가 문을 열 수 있을지조차 알 수 없었다. 포커 판에 매달릴 수밖에 없었다. 이상하게 운이 붙지 않았다. 잃는 날이 늘어갔다. 어쩌다 따는 날도 있었지만, 돈이 항상 부족했다.

자동차 판 돈을 다 날리고 돈이 될 만한 물건을 죄다 전당포에 맡기고도 남자의 운은 돌아오지 않았다. 남자는 운이 돌아올 때까지 시간이 필요했다. 미오에게 빈손으로 돌아갈 수는 없었다.

선배에게 사채업자를 소개받았다. 곧 회복할 수 있을 거였다. 그러나 그 '곧'이 쉽게 오지 않았다. 어느새 빌린 돈보다 이자가 많아졌다. 미오에게서 전화가 걸려와 사채업자가 찾아왔었다고 했다. 남자는 울먹이는 미오에게 금방 해결할 거라고 소리를 버럭 질렀다. 지난번에 미오를 만나지 않았으면 운이 나가지 않았을 거다. 남자는 포커 판이 돌아가는 한, 운은 반드시 돌아온다는 선배의 말을 굳게 믿었다.

마을에서 벽체가 온전히 남아 있는 집은 한 채뿐이었다. 동네에서 가장 안쪽으로 들어간 곳에 있는, 낡은 슬레이트 건물이었다. 남자는 집으로 들어가기 전 대문을 두드렸다. 아무 기척이 없었다.

어망과 그물이 널려 있는 마당을 지나자 무릎 높이의 마루가 보였다. 마루에 오르자 삐걱대는 소리가 요란하게 울렸다. 사람이 떠난 지 오래된 것 같았다. 방 안으로 들어가자 곰팡내와 쥐 오줌내가 풍겼다. 죽어서 바싹 말라 뒤집힌 바퀴벌레도 보였다. 비어 있는 동안 벌레들의 서식처가 된 모양이었다.

방은 서고로 쓰던 곳이었는지 특별한 가재도구 없이 오래된 책과 빈 종이 상자들이 먼지를 뒤집어쓴 채 아무렇게나 쌓여 있었다. 남자는 종이 상자 하나를 찢어 대충 먼지를 쓸어 모으고, 나머지 상자들을 바닥에 일렬로 깔았다. 제법 누울 만한 자리가 마련되었다.

가방을 머리맡에 놓고 신발을 벗었다. 양말에 핏자국이 보였다. 누런 진물과 핏물이 밴 양말에서 고약한 냄새가 올라왔다. 양말을 벗자 살갗을 뜯어내는 듯한 통증이 몰려왔다. 소독약을 상처 부위에 부었다. 물집 사이로 붉은 피거품이 부글거리며 올라왔다. 이를 악물고 참았다. 자리에 눕자 기절하듯 잠 속으로 빠져들었다.

아침이 되자 발바닥의 상태가 더 나빠졌다. 물집 터진 자리가 그예 곪았는지 발 전체가 빨갛게 부어올랐다. 공기가 가득 채워진 타이어처럼 손가락으로 눌러도 꿈쩍하지 않았다. 걷는다는 건 불가능할 것 같았다. 남자는 가방을 뒤적였다. 빵 봉지 하나가 딸려 나왔다. 남자는 마른 빵을 물도 없이 우걱우걱 씹어 삼켰다. 마른 침과 섞어 억지로 넘기는데, 빵 조각이 목울대를 건드렸다.

그렇게 점심인지 아침인지 모를 끼니를 해결하는데, 어디선가 파도 소리가 들려왔다. 어제는 미처 듣지 못했던 소리였다. 가만히 귀 기울이니 등 뒤쪽인 듯했다. 무릎으로 기어 창가로 갔다. 창틀을 잡고 등을 곧추세우니 유리창 너머 바깥 풍광이 비쳤다. 낮은 울담 너머 파란 수평선이 넘실거렸다.

창틀에 낡은 낚시 바늘이 꽂혀 있었다. 거기서 갯내가 풍겼다. 이 집 주인도 어부였을까? 미오의 아비는 어부였다. 짜오프라야강에서 나고 자란 그는 강에서 벗어나 본 적이 없었다. 하지만 짜오프라야강으로 관광객이 몰려오면서 그는 더 이상 강에서 낚시질을 할 수 없게 되었다. 관광이 방콕의 주 수입원이 되면서 짜오프라야강의 물고기들은 관광객이 던져주는 식빵을 먹고 사는 거대양식어 무리로 길러지게 된 것이다.

아비가 낚싯대를 버리면서 집은 미오가 관광객들에게 파는 과일과 주전부리에 의존하게 되었다. 미오는 아비가 타던 나무배에 일 달러짜리 과일 봉지를 주렁주렁 매달고 강물 위를 떠다녔다. 미오는 그렇게 하루 종일 햇빛에 그을려 시꺼메진 얼굴로 목소리가 나오지 않을 때까지 외쳤다.

"언니, 한 개에 천 원! 싸요!"

창밖 갯바위에 부딪치는 파도 소리가 한 개에 천 원, 한 개에 천 원 하고 외치는 미오의 목소리로 들려왔다.

"이보오."

거친 손길이 남자의 어깨를 잡아끌었다. 남자는 잠결에 팔꿈치를 들어 얼굴부터 막았다. 하지만 더 이상 거친 행동이 없자 고개를 천천히 들었다. 처음 보는 사내였다. 남자가 이 마을에 온 이후 처음으로 만난 사람이었다.

"김칠복 씨 아들이오?"

남자를 내려다보는 사내의 눈빛이 곱지 않았다. 남자는 고개를
저었다.

"그럼, 무슨 사이요? 아, 그건 됐고, 김칠복 씨한테 전하쇼. 자꾸
숨어서 민원만 넣는다고 철거 안 되는 거 아니라고."

초면인데도 불구하고 사내는 대놓고 신경질을 부렸다. 서류철
을 남자 앞에 던졌다.

"합의하고 보상금 받았으면 조용히 이전해야지. 이제 와서 딴죽
걸면 어쩌겠다는 거요. 당신네 때문에 손해가 얼마인지 아쇼? 어
차피 철거될 거 가지고서는⋯."

바닥에 떨어진 종이 위에 '공사가처분신청서'란 글자가 적혀 있
었다. 불을 뿜듯 토해내는 사내의 말을 종합해보니 남자가 누운 집
주인이 블루아종을 상대로 민원을 넣은 모양이었다. 여러 달 동안
백 번도 넘게 민원을 넣더니 갑자기 사라져 사내가 경찰서까지 불
려 갔다고 했다.

사내는 내게 집주인과 무슨 관계냐고 물었다. 김칠복이 사라진
후 수십 번 들렀지만, 사람이 있는 것은 처음 봤다는 것이었다. 그
냥 지나가다 들렀다는 말에 사내는 실망한 기색을 숨기지 않았다.

"혹시 여기 있는 동안, 그 사람 나타나거든 말해주쇼. 내 사례는
꼭 하리다. 위에서 하도 난리라서⋯."

사내는 남자의 발을 훔쳐보며, 억지웃음을 지어보였다. 내쫓지 않고 정보원으로 쓰겠다는 심사가 훤히 들여다보였다. 남자는 휴대폰이 없다는 말을 하지 않고, 그냥 고개를 끄덕였다. 그렇게라도 잠시 쉬고 싶었다. 더 이상 갈 곳이 없었다. 사내는 전염병 환자에게 건네듯 손가락을 세워 명함을 건네고 사라졌다.

픽 끝이 남자의 얼굴에 생채기를 냈다. 날카롭게 찍힌 상처 위로 핏물이 뱄다. 연이어 떨어지는 픽을 피해 남자가 고개를 저었다. 남자가 고개를 저을 때마다 핏물 섞인 빗방울이 사방으로 튀었다. 놈의 웃음이 커졌다 사라졌다. 남자는 더 세게 고개를 흔들었다. 그만, 제발 그만. 점점 빨라지던 남자의 고개가 갑자기 줄 끊긴 인형처럼 멈췄다. 놈의 기척이 멀어졌다. 어디선가 익숙한 향이 났다. 눅진하면서 달달한 슈가 향, 미오.

'미오, 미오는 어디 있지?'

미오가 생각났다. 남자는 따뜻한 대야 안에서 그의 발가락을 희롱하던 미오의 작고 가는 손가락을 기억했다. 피부가 약한 남자의 발에 자주 잡히던 물집을 터뜨려 소독하고, 그녀의 손은 그의 발가락 마디를 문질렀다. 아로마 오일을 바른 피부 위를 흐느적거리며 찬찬히 매만지던 미오의 손가락. 그럴 때의 시간은 오래 쌓였던 각질처럼 수면 위로 느리게 떠올랐다.

미오. 그녀의 모습이 보이지 않는다. 놈의 목소리가 더 이상 들리지 않는데도 남자는 불안하다. 미오의 얼굴을 보고 야릇한 눈빛을 발하던 놈의 모습이 떠오른다. 재래시장에서 장을 보고, 집으로 가려고 했을 때였다. 미오의 팔짱을 끼고 시장 입구를 돌아서는데, 놈의 넓은 가슴팍이 앞을 가로막았다. 남자는 얼른 사과를 건넸지만, 놈의 눈은 남자가 아닌 미오를 향하고 있었다.

텅, 텅, 텅. 유리창이 소리를 냈다. 유리창이 부서질 것처럼 흔들거렸다. 남자는 여전히 타오르는 듯 뜨거운 발을 내려다봤다. 이미 남자의 다리는 그의 것이 아닌 양 벌겋게 달아올라 있다. 미오와 함께 갔던 동물원에서 본 코끼리 다리와 닮아 있다. 발끝에 힘을 줘보지만 움직일 수 없다. 남자는 소리 나는 곳을 향해 눈을 흡떴다.

사내였다. 사내는 하루에 두 번씩 찾아왔다.

"칠복이는?"

이젠 아예 아랫사람 취급이었다. 남자는 고개를 저었다. 사내의 눈초리가 날카롭게 찢어졌다.

"언제 뜰 거야?"

사내의 힐난에 남자는 애꿎은 발바닥을 들었다. 여전히 고름이 잡히고 벌겋게 부어오른 발바닥을 보고도 사내의 표정은 바뀌지 않았다.

"사흘 뒤부터 벽 깔 거야. 진작 했어야 했는데 개나 소나 민원 넣고 데모하는 통에 원. 형씨도 빨리 떠. 나나 되니까 신고하지 않는 줄 알고!"

물집

사내는 침을 뱉고 사라졌다. 마지막 말은 협박에 가까웠다. 사내의 말이 아니어도 떠날 때가 됐다는 것을 느끼고 있었다.

남자는 발바닥을 들여다보았다. 터진 자리가 아물어가는 곳도 있었지만, 벌겋게 부어오르고 고름 잡힌 부분이 더 많았다. 남자는 주변을 둘러보았다. 몸을 지탱할 무언가를 찾았다. 구석에 있는 낡은 각목 하나를 집어 어깨에 끼우고 집 안을 돌아보기로 했다. 그래도 사람이 살던 흔적이 있는 곳이라면 뭔가 남아 있지 않을까 싶어서였다.

발에 눌릴 때마다 낡은 마루는 요란스레 삐걱댔다. 남자가 머무르는 서가와 별다를 바 없는 크기의 방이 하나 더 맞은편에 있고, 마루 끝에 작은 주방이 있었다. 주방으로 들어갔다. 오래된 나무 찬장이 걸려 있었다. 찬장을 열었다. 쌀 봉지와 먹다 남긴 멸치가 있었다.

집 안에 냉장고가 보이지 않았다. 냉장고가 있을 만한 자리에 커다란 아이스박스가 하나 있었다. 아이스박스 뚜껑을 열자 생선 비린내가 훅, 올라왔다. 집주인이 어부였던 게 분명했다. 아이스박스 안은 텅 비어 있었다. 배에서 사용했던 모양이다.

문제는 물이었다. 밥을 하려 싱크대 수도꼭지를 돌려봐도 물이 나오지 않았다. 전기에 이어 물도 나오지 않는 상태였다. 부엌 찬장과 선반을 다 뒤져봐도 물은 나오지 않았다. 남자는 생쌀을 양손으로 비벼 먼지를 털었다. 그러곤 입에 넣어 씹었다. 딱딱했던 쌀

알이 침과 섞이면서 단물이 배어나오기 시작했다. 목이 메었다. 남자는 절뚝거리며 마루로 나가 빗물을 받아 마셨다. 비린내가 심하게 났지만 상관없었다.

비가 계속 내리는데도 사내는 공사를 강행했다. 작업을 시작하기 전, 찾아왔던 사내는 여전히 김칠복을 보지 못했다는 말을 듣고 혼자 실실 웃었다. 이른 아침부터 밤까지 지축을 흔드는 중장비의 기계음이 들려왔다. 각목에 의지하고 마루로 나갔다. 빗속에서도 공사가 강행되었다. 우비를 입고 안전모를 쓴 철거원들이 포클레인을 몰고 골목 입구의 집을 허무는 모습이 보였다. 콘크리트 벽체가 힘없이 뜯겨지고 철근이 맥없이 휘어졌다. 벽이 뜯길 때마다 거대한 먼지층이 저항하다 내리는 빗줄기에 풀썩 가라앉았다.

남자는 다시 바닥에 누워 잠을 잤다. 이곳에서 남자가 할 수 있는 건 자는 거밖에 없었다. 잠을 자는 동안 내내 남자는 미오의 발 마사지를 받았다. 화끈거리는 발바닥을 미오의 작고 부드러운 손길이 끊임없이 감싸 쥐었다. 따뜻한 물수건으로 정성껏 남자의 발바닥을 닦고 소독하고 어루만지는 손끝이 마치 고양이 혀끝처럼 부드러웠다. 가닐거려 눈을 뜰 수 없었다. 미오의 장난이 맞아. 내가 깊이 잠이 든 것 같으면 그녀는 늘 그런 식으로 혀끝을 세워 남자의 몸 구석구석을 훑곤 했다.

남자가 간지럼을 더 이상 참지 못해 벌떡 일어나 미오를 넘어뜨려 기어이 옷 속으로 손을 집어넣게 만들었다. 작은 몸 안에 어떻게 그렇게 옹골차고도 깊은 샘이 존재할 수 있는 것일까. 미오의 속으로 들어갈 적마다 남자는 숨이 가빠졌다. 깊은 물속으로 잠수해 나올 수 없는 숨 가쁨이 남자의 숨골을 조였다.

가닐거리는 감촉이 계속 이어졌다. 남자는 그 순간이 계속 이어지길 바랐다. 촉촉한 기운이 느껴졌다. 오랜만에 느끼는 물기였다. 남자는 눈을 뜨고 싶었지만, 굳게 감긴 눈꺼풀을 드는 일이 웬일인지 힘겨웠다. 남자의 발 가에서 쉬지 않고 발바닥을 어루만지고 마사지해주는 손길을 확인하고 귓전에서 울리는 빗소리를 확인하고 싶은 마음에도 불구하고 남자는 눈을 뜨지 못했다.

잠이란 잘수록 느는 것일까. 남자가 이 빈집에 들어와서 한 것이라곤 잠을 잔 것밖에는 없는 것 같은데, 이렇게 눈을 뜨는 일이 버겁다니. 남자는 이해할 수가 없었다. 남자의 머릿속으로 빗줄기가 지나갔다. 말랑거리는 미오의 손가락이 피아노 줄 같은 빗줄기를 튕기고, 남자의 발가락 마디마디를 자분자분 어루만졌다.

비가 열흘이 넘도록 이어졌다. 처음 며칠 공사를 강행하던 사내도 계속 내리는 비를 어쩔 수 없는지 포클레인을 멈추고 인부들을 철수시켰다. 하늘에서 구멍이라도 났나, 남자는 주린 배를 움켜쥐고 하늘을 올려다봤다. 비가 그쳐야 떠날 텐데. 남자는 마치 비 때문에 가지 못하는 것처럼 변명하는 자신이 스스로도 우스웠다. 남자가 이곳에서 하는 거라곤 그저 잠을 자거나 방을 서성이는 것밖에 없었다.

그런데, 오늘은 날씨가 좀 요상했다. 여느 날과 달리 빗줄기가 거세고 산짐승 울음 같은 바람까지 불었다. 한낮인데도 저녁처럼 주변이 어두웠다. 남자는 괜히 불안했다.

창 너머 바다를 보았다. 역시 심상치 않았다. 수평선 위가 온통 먹빛이었다. 흰 물결을 인 파도가 집을 삼킬 듯 높이 일렁이며 무서운 속도로 포구 앞까지 쳐들어왔다. 방바닥에 물기가 얼룩처럼 번져왔다. 남자는 혹시나 싶어 천장을 보았다. 다행히 빗물이 새는 곳은 없었다.

하지만 젖은 바닥에 그대로 누울 수는 없었다. 남자는 절룩거리며 마루 주위를 돌아 가재도구를 챙겼다. 남자의 발길질에 낡은 문짝이 맥없이 떨어져나갔다. 마루와 방을 연결하던 문짝들을 방 한가운데에 모아 쌓았다. 문짝 위에 올릴 수 있는 모든 도구들을 올려놓았다. 최대한 높이, 높이. 비가 그칠 동안 버티려면 이 방법밖에 없을 것 같았다. 문짝 위에 남은 종이 상자들을 모두 쌓았다. 제법 높게 올라갔다. 오늘밤은 앉아서 새울 수밖에 없을 것 같았다.

남자는 괜히 쓴웃음이 나왔다. 불안하고 초조한데 자는 거밖에 할 수 없는 자신이 너무 한심하게 여겨졌다. 비가 더 내리면 어떡하지? 바깥에서 부는 바람이 남자의 불안을 부추기듯 유리창을 깨부술 기세로 두들겼다. 태풍이라도 오는 건가? 남자는 고개를 흔들었다. 난데없이 그런 불운이 찾아오지는 않을 거였다. 태풍이라니, 수재라니 하는 것들은 정말 운이 없는 그런 인생하고 엮이는 거였다. 남자는 적어도 그 정도는 아니라고 자신했다.

남자가 눈을 떴을 때, 바닥에 물이 고여 있었다. 언제 들어찼는지, 이렇게 되도록 잠에서 깨지 못한 자신을 개탄하기도 전에 남자는 벌떡 일어날 수밖에 없었다. 남자의 등판은 이미 흥건히 젖어 있었다. 꿈결에 미오의 몸속이라 느꼈던 촉촉함의 정체가 물이었음을 알고 나자 남자는 맥이 풀어졌다. 그리고 더 놀라운 것은 방안에 남자 혼자 있는 게 아니었다. 남자 옆에 처음 보는 노인이 누워 있었다.

남자는 잠을 자고 있는 노인의 얼굴을 들여다보았다. 노인은 마치 자궁 속 태아처럼 웅크린 채 깊은 잠에 빠져 있었다. 노인은 추운지 몸을 떨었다. 자세히 보니 노인의 옷이 모두 젖어 있었다. 남자는 옆에서 자고 있는 노인을 깨웠다.

이봐요. 이봐요. 노인이 눈을 떠 남자를 바라보았다. 양쪽 눈이 모두 빨갰다. 노인은 잠시 남자를 바라보다 몸을 웅크리고 다시 잠에 빠졌다. 남자는 마루로 나갔다. 서늘한 냉기가 느껴졌다. 여전히 내리는 비 때문만은 아니었다. 밤사이 집이 한쪽으로 기운 느낌이 들었다. 주위를 살펴보았다. 어둠을 허옇게 가르는 빗살 아래서 넘실대는 흙탕물이 보였다. 덜 깬 눈을 비볐다. 다시 앞을 바라보왔다. 마당이 없어졌다. 그 사이에 빗물이 마당을 점령하고 마루 난간까지 올라왔다. 흙이 쓸려 배수구가 막혔는지 마당에 차오른 빗물이 마루 끝에서 참방댔다.

고개를 내밀어 주변을 내다보았다. 허물어지고 깨진 가옥들 사이로 넘실대는 황톳물이 보였다. 대체 무슨 일인지 알 수 없었다. 원래 침수 피해가 잦은 지역이었는지, 공사를 하면서 배수로를 잘못 건드린 건지. 다만 비는 여전히 그칠 기미가 없었고, 더 이상 머물면 위험할 것 같다는 생각이 들었다.

어서 빨리 이곳을 벗어나야 했다. 남자는 얼른 방으로 들어가 노인을 깨웠다.

"이봐요, 물이 차올라요. 나가야 해요!"

남자는 노인의 어깨를 흔들었다. 남자의 손에 잡힌 노인의 어깨가 나무젓가락처럼 가늘었다. 노인이 눈을 떴다. 노인은 남자의 눈을 가만히 바라보았다.

"어서요! 위험하다고요."

남자는 배낭을 챙기며, 노인을 재촉했다. 그러나 노인은 가만히 남자를 쳐다볼 뿐 움직이지 않았다. 더 이상은 어쩔 수 없다고 남자는 생각했다. 절룩거리는 처지에 노인을 업고 나갈 수는 없었다. 며칠 뒤 비가 멈추고, 구조대원이 오면 노인은 무사할 것이다. 행여 잘못된다고 해도 남자의 잘못은 아니었다. 배낭을 다 꾸리자 남자는 마지막으로 노인에게 물었다.

물집

"저, 진짜 이제 나가요. 저도 발이 아파서 어쩔 수 없다고요."

남자는 노인에게 발바닥을 들어 보였다. 새로 생긴 물집 주변이 빨갛게 부어 있었다. 노인은 아무 말이 없었다. 남자는 다소 의기양양한 표정으로 배낭을 챙기고 나섰다.

문턱을 막 넘어설 때, 갑자기 노인의 앙상한 손이 남자의 어깨를 움켜잡았다.

"이 노인네가 정말."

깜짝 놀란 남자가 소리를 버럭 질렀다. 노인은 고함에도 아랑곳않고 붙든 손을 놓지 않았다. 비쩍 마른 노인의 몸 어디에서 그런 힘이 나오는지 도무지 벗어날 수 없었다. 할 수 없이 노인이 내미는 봉투를 받았다. 누런 표지에 먹색 무궁화가 그려져 있었다. 남자가 봉투를 배낭에 집어넣는 걸 보고서야 노인은 손을 놓았다. 남자는 서둘러 봉투를 주머니에 넣고 마루로 나갔다.

그 사이 마당을 넘은 황톳물이 마루 난간에 올라서 방문턱에서 찰방거렸다. 쓰레기봉투며 나뭇조각들이 흙탕물 위를 떠다녔다. 남자는 주방에 있던 아이스박스를 가져왔다. 좀 작은 듯했지만, 아이스박스 안에 몸을 최대한 구겨 넣었다. 왼팔로 배낭을 끌어안고 오른팔로 각목을 잡았다. 각목을 저어 방향을 조절했다. 흙탕물이 파도처럼 쉼 없이 부딪쳐왔다.

엉덩이 아래에서 부딪치는 물소리를 들으니 미오의 집이 생각났다. 그녀의 집을 나오던 날도 비가 내리고 있었다. 하지만 우산을 챙겨 나올 겨를도 없었다. 잡아 죽이겠다는 사채업자의 전화를 받고 집에 들어가 여권만 챙겨 들고 부랴부랴 나왔을 때, 굵은 장대비가 쏟아지고 있었다. 그전 재래시장에서 마주쳤을 때 이미 남자는 어느 정도 마음의 준비를 하고 있었다. 흠씬 젖은 계단을 미끄러지며 내려와 골목 어귀에 숨어 미오가 퇴근하기를 기다렸다.

얼마나 있었을까. 미오가 양어깨를 늘어뜨리고 천천히 걸어오는 모습이 보였다. 어떻게 설명해야 미오가 덜 놀랄까 망설이는 사이, 미오가 집 계단을 올라갔고 뒤이어 그녀의 뒤를 따라 올라가는 남자들의 모습이 보였다. 번개가 번쩍일 때마다 남자들의 손에서 날카로운 빛이 번뜩였다.

골목을 몰래 빠져나와 택시를 타고 공항으로 향하는 내내 짜오프라야강 전체에 울리던 미오의 비명이 머릿속에서 끊임없이 울렸다. 번쩍이는 섬광 아래 모든 물건이 부서지고 던져지는 모습이 느린 영화필름처럼 반복되었다.

빗속에서도 한국으로 향하는 비행기는 연착되지 않고 제시간에 출발했다. 암흑에 잠긴 상공을 바라보며 남자는 미오의 집을 떠올렸다. 미오는 평생 짜오프라야강에서 못 내려올지 모르겠다는 생각이 들었다. 그건 그녀의 배 속에 떠 있는 남자의 아기도 마찬가지일 것이었다.

그 전날, 그녀의 배 속에 아기집이 생겼다는 말을 듣지 않았다면 어떻게든 그곳에서 버텼을까? 남자는 잠시 고민했지만, 이내 고개를 저었다. 남자는 처음부터 알고 있었다. 자신은 집과 어울리지 않는다는 걸. 어느 구멍에서 나왔는지 모르는 자신이 뿌리를 내릴 곳이란 애초부터 없었다. 집이란 구멍을 잘 메운 자들이 사는 곳이었다. 자신은 그저, 아무 데서 잠시 머물다 물처럼 증발하면 됐다.

빗줄기는 더욱 거세질 뿐 도무지 멈출 기미가 보이지 않았다. 남자는 노 젓는 것을 포기하고 아이스박스 안에 고인 빗물을 퍼내기 시작했다. 남자는 엉덩이 아래로 양손을 넣어 부지런히 퍼냈지만 별 소용이 없었다. 이대로라면 아이스박스도 안전하지 못했다.

남자는 주변을 살폈다. 굵은 빗줄기 때문에 잘 보이지 않았다. 어디까지 온 건지 가늠할 수가 없었다. 남자의 옆을 흐르는 물살이 급해지고 험악해졌다. 싯누런 황톳물이 맹수의 포효를 뱉었다. 나무들이 뿌리째 뽑혀 떠내려왔다. 남자의 아이스박스는 방향을 잃고 뱅글뱅글 원을 돌았다.

이제 조금 뒤엔 어둠이 찾아올 것이었다. 남자는 여전히 멈추지 않는 비를 올려다보고는 가만히 눈을 감았다. 그러곤 아이스박스의 뚜껑을 덮었다. 각목을 끼운 뚜껑 틈으로 지나온 마을이 보였다. 노인의 집 지붕의 반이 떨어져 나가 있었다. 그 나머지 반이 물에 잠기는 건 시간문제였다.

아이스박스가 더 빨리 돌기 시작했다. 눈을 감아도 온 세상이 빙글빙글 돌았다. 뭔가 둔탁한 것에 부딪쳤다. 턱, 하고 튕겼다 다시 부딪쳤다. 남자가 눈을 떠 바라봤다. 인부들이 두고 간 포클레인 버킷이었다. 놀랍게도 버킷은 비어 있지 않았다. 그 안에 기왓장이 들어가 있었다. 어디서 떨어진 조각인지 알 것 같았다. 남자는 뚜껑을 열고 팔을 뻗어 포클레인 버킷 안으로 아이스박스를 끌어올리려 했다.

쿵, 척추가 흔들릴 정도로 강한 충격을 일으키며 아이스박스가 버킷 모서리에 걸렸다. 남자는 이마에 흐르는 땀을 훔치고 앞을 바라보았다. 지붕이 사라진 노인의 집이 보였다. 노인의 집은 제대로 저항도 못 한 채 물속에 잠겼다. 그 기세에 소용돌이가 더 크고 깊어졌다. 버킷 안에 제대로 들어가지 못한 아이스박스가 심하게 흔들리며 노인의 집이 있던 쪽으로 향했다. 남자는 서둘러 등에서 배낭을 벗었다. 배낭 속에 있는 노인의 봉투가 떠올랐지만 망설이지 않고 배낭을 힘껏 던졌다. 남자의 모든 것이 담긴 배낭이 잠시 물 위에서 맴돌다 이내 사라졌다. 남자는 조금 가벼워진 아이스박스 밖으로 팔을 내밀어 물살을 헤쳤다. 흙탕물이 얼굴을 덮쳤다. 버킷 안으로 들어가기 위해 남자는 온몸을 흔들며 앞으로 향했다. 발바닥에 새로 생긴 물집이 터져 피가 흐르는 게 느껴졌다. 열 번째 물집이었다.

아웃 오브 아프리카

아웃 오브 아프리카

아침이 왔는가?

발가벗은 맨살 위에 맺혔던 이슬이 마르면서 피부의 잔털들이 신선한 바람을 느낀다. 먼 산에서 눈을 뜬 사자의 길고 우렁찬 울음이 들린다. 쩨쩨거리며 머리 위를 지나는 새들이 이른 비행을 서두른다. 그 기세에 대지가 흔들린다. 지금이 마지막 아침이 될지도 모른다는 생각을 하면서도 승냥이 떼가 득실거리는 밤을 무사히 넘긴 것이 다행이다 여겨진다. 두꺼운 안대에 가려져 아무것도 보이는 게 없음에도 불구하고, 어둠이란 무서운 존재였다. 어둠 속에서 듣고 느끼는 세상이란 왜 그리 시끄러운 난장인지. 밤새 한잠을 이루지 못한 건 나무 둥지에 묶여 있기 때문만은 아니었다.

아이들이 졸음이 덜 깬 걸음으로 주척주척 발을 끌며 지나간다. 아침을 준비하기 위해 물을 길러 가는 것이다. 제 몸만 한 물통 가득 물을 길어 머리에 이면 돌아오는 내내 허리를 펴지 못할 정도로 힘에 부치지만, 물이 떨어지면 다시 또 그 길을 다녀와야 하기에 양손으로 물동이를 꽉 쥔 채 이를 꽉 깨물며 견뎌야 한다.

아이들의 발걸음이 갑자기 멈춘다. 땀 냄새가 바람에 실려 온다.

카악, 축축한 이물감이 다리 부근에서 느껴진다. 풀 냄새가 피어오른다. 뒤이어 얼굴 위로, 가슴팍으로 축축한 풀 냄새들이 날아온다. 그들과 둘러앉아 시장기를 감추려 씹어대던 풀뿌리의 독한 냄새가 몸을 물들인다. 혀를 퍼렇게 물들이던 풀 즙이 지금 내 몸을 짙푸르게 덮는다. 이상하다. 냄새만으로도 색이 느껴진다.

아이들이 사라지고, 화로 연기를 타고 흘러나오는 음식 냄새가 원을 그리며 주변을 맴돈다. 텅 빈 위장이 뒤틀린다. 눈을 가리면 시간이란 더없이 더디게 흘러가는가 보다.

구수한 음식 냄새를 비집고 어디선가 역한 냄새가 흘러나온다. 뭔가가 땅을 질질 끌며 다가온다. 걸쭉한 액체가 발등을 덮는다. 코를 틀어쥐는 것은 물론 온몸의 구멍이란 구멍을 죄다 막아버리고 싶을 정도로 역하지만, 익숙한 그 냄새는 잠시 그렇게 내 발등을 덮고 있다 사라진다.

머리 위를 내리쬐는 햇볕이 살을 익힐 정도로 뜨거워진다. 이마에서 땀방울이 흘러내린다. 짠 소금기가 채 아물지 않은 상처 위를 지나면서 통증을 일으킨다. 붓고 찢어진 부위들이 저마다 새로운 통증을 호소한다. 하지만 아직 통증을 느낄 수 있다는 건 살아 있다는 증거일 것이다.

내게 주어진 시간이 얼마 남지 않았다. 촌장은 분명 오늘 정오에 판결을 내리겠다고 했다. 아직까지 어른들의 왕래가 없다는 건, 결정이 되지 않았다는 것을 의미한다. 결정이 늦어진다는 건, 결국 좋지 않은 쪽으로 의견이 모아지고 있다는 것일까? 안대로 가려진 시야가 더없이 갑갑해온다. 예부터 눈을 가려버리면 사악한 기운을 막을 수 있어 생포한 적장의 눈을 제거하거나 독초를 뿌려 실명시켰다. 상대의 눈을 갖는 일이 곧 영혼을 제압하는 일이라는 것이다. 어쩌면 나도 이제 영영 다시는 세상을 바라볼 수 없게 되는지 모른다. 이렇게 킁킁거리며 냄새로 주변을 파악하고, 마치 코요테처럼 뾰족하게 귀 끝을 세워 세상을 더듬어가며 죽을 때까지 버텨야 하는 것은 아닐까? 그것도 아니면 아예 오늘 이 시간이 내 마지막 시간이 되는 것은 아닐까? 쉼 없이 이어지는 생각이 온몸을 헤집은 상처의 통증을 배가시킨다.

아아. 차라리, 돌아오지 말았어야 했다.

짤랑짤랑, 귀에 익은 쇠방울 소리가 점점 크게 울린다. 촌장의 지팡이 머리에 달린 여러 개의 쇠방울이 서로 부딪쳐 시끄러운 소리를 낸다. 걸어오는 발걸음이 여럿인 걸로 보아 마을 대표들이 함께 오는 모양이다. 입안에 침이 바짝 마른다. 머잖아 안대가 벗겨질 거란 기대감보다 촌장의 얼굴을 마주해야 할 일이 두렵다. 좀체 웃지도 울지도 않는 그의 얇고 기다란 입술이 어떤 말들을 쏟아낼지 두려워 온몸의 신경이 곤추선다.

중구난방으로 움직이던 발자국들이 내 앞에 이르러 일제히 멈춘다. 촌장의 지팡이가 쩔렁, 크게 한 번 울리더니 누군가 내 눈에서 안대를 벗겨낸다. 관자놀이를 조일 정도로 꽉 매어 있던 안대가 풀리고 새하얀 빛이 한꺼번에 쏟아져 들어온다. 두 눈을 힘주어 꼭 감는다. 억센 팔이 나를 묶었던 밧줄을 풀고, 강제로 무릎을 꿇어 앉힌다.

"너는 우리 마을을 더럽혔다. 피로써 씻어내야 함이 옳을 것이다. 그러나…."

촌장은 감정이 격해오는지 잠시 말을 멈춘다.

"네 아비를 봐서 너에게 마지막 기회를 주겠다. 루이보스 계곡으로 들어가라. 그곳에서 붉은머리를 잡아 와라. 그게 네가 살 길이다."

그 말을 끝으로 촌장은 다시 지팡이를 짤랑거리며 돌아간다. 촌장과 함께 왔던 일행들도 모두 몸을 돌린다.

"한칼에 없애도 시원치 않을 놈을… 본래 여기 놈도 아닌 놈을 왜 감싸야 하는지, 원…."

누군가 불만에 찬 목소리를 내뱉는다. 모두의 발자국이 완전히 사라지고 나서도 나는 감은 눈을 뜨지 않는다. '붉은머리'라니. 어제 밤새 혹 녀석이 마을에 들어와 묶여 있는 나를 어쩌지 않을까 싶어 내내 가슴을 졸였지 않은가.

붉은머리는 한 달에도 열 차례 이상 마을로 들어와 염소와 닭들을 살육하고는 유유히 사라지는 녀석이다. 흰 바탕에 흑색 또는 갈색의 반점이 뿌려져 있는 리카온 녀석들은 강한 턱과 날카로운 이빨로 살아 있는 사냥감의 살점을 뭉뚝뭉뚝 뜯어내고 아랫배를 찢어 죽였다. 그들은 무서운 포식자다. 무리 싸움이 벌어지면 쉽게 물러나지 않았으며 하이에나들도 쫓아냈고 궁지에 몰리면 사자와도 싸웠다. 붉은머리는 그런 리카온 무리 중에서도 가장 용맹스럽고 공격적인 녀석이었다.

붉은머리의 날카로운 이빨과 피에 흠뻑 젖은 새빨간 혓바닥이 떠올라 나는 자리에서 일어나지 못한다. 게다가 아직도 내 주변에 고여 있는 악취가 차마 눈을 뜰 수 없게 한다. 강렬한 한낮의 태양에도 살균이 되지 않는 냄새는 공기와 한데 섞여 내 비강을 침범하고 내 혈관을 타 내려가 심장에까지 이른다. 살을 태우는 정오의 햇살이 제발 악취의 원인을 제거하기를 원하며 살포시 눈을 뜬다. 저만치 앞에 아버지가 있다. 평소처럼 홉뜬 눈으로 나를 뚫어져라 바라본다. 멀쩡할 때도 웃는 일이 없는 아버지는, 이렇게 목숨이 경각에 달린 아들을 앞에 두고도 평소와 같은 표정을 지우지 않는다.

마주친 아버지의 눈자위가 붉은빛을 띠고 있다. 예전에도 아버지의 눈은 늘 충혈로 붉게 물들어 있었다. 인근 백여 개의 마을을 통틀어 의사라곤 아버지가 유일했다. 촌장의 네 번째부터 일곱 번째에 이르는 자식을 받아낸 이도 아버지고, 가장 원로인 소몰이 영감의 허벅다리뼈에서 호리병만 한 종기를 제거한 이도 아버지였다. 내가 기억하기론 새벽부터 자정까지 아무 때고 밀어닥치는 환자들로 아버지는 제대로 쉬어본 적이 없었다.

아버지의 눈이 슬그머니 아래로 향하더니 내게서 등을 돌린다. 바다를 유영하듯 성한 한 팔로 몸을 돌리고 거북이처럼 느리게 땅 위를 헤엄쳐 나간다. 아프리카에 와서 수영을 배웠다는 아버지는 이제 평생을 지렇게 수영하며 살아가야 할지 모른다. 파도 대신 자갈을 헤치며 온통 몸에 흙칠 범벅을 하며 살아가야 한다. 땅바닥을 헤엄치며 살아가야 하는 무중구*라. 생각만으로도 얼마나 큰 조롱의 대상이 될지 뻔하다. 그런 이유 때문에 아버지를 저런 상태로 살려준 것인지도 모른다.

잠시, 아버지가 수영을 멈춘다. 뭔가가 걸리적거리는지 고무 받침 아래로 손을 넣어 한참을 뒤적거리다 고무 받침 아래에서 뭔가를 끄집어낸다. 아이 주먹만 한 돌멩이다. 통증이 느껴지는지 아버지는 배 부분에 손을 갖다 댄다. 그러나 이내 다시 몸을 돌려 수영을 이어간다. 이전보다 더욱 힘차게 움직인다. 다분히 뒤에서 바라보고 있는 내 시선을 의식한 모습이다. 마치 이런 나 덕분에 네가 목숨을 부지한 것이라고 강하게 질타를 하는 것 같다. 멀쩡한 아들

---

* 우간다 사람이 '하얀 사람'을 이르는 말. 자신들보다 '우월한 사람'이란 뜻이라고 하는데, 거기에 한국 사람도 포함된다는 설도 있다. 역으로 우간다 사람에 대한 우월의식 때문에 생긴 해석일 가능성이 크다.

을 내버려두고 일부러 온전치 않은 몸으로 기어 집으로 들어가며, 아버지는 난 아직 죽지 않았다는 말이라도 하고 싶은 것일까?

"일몰까지는 출발해야 한다."

아버지는 등을 돌린 채 같은 말을 몇 번이나 되풀이한다. 누워 있던 나는 몸을 벌떡 일으켜 일부러 들으라는 듯 바람 소리를 내며 행장을 꾸리기 시작한다. 낡은 야전가방을 꺼내 바닥에 내던지고는 여전히 벽을 향해 돌아누워 움찔하지 않는 아버지의 등을 노려본다. 어쩌면 마지막이 될지도 모를 길로 자식을 내몰면서 저리 태연할 수 있을까?

"계곡에서 돌아오면 떠나겠어요!"

잔뜩 독기 서린 목소리로 아버지에게 말한다. 아버지는 여전히 아무 말이 없다. 어쩌면 아버지는 모든 것을 이미 예상하고 있는지도 모른다. 긍정도 부정도 하지 않는 아버지를 못 본 체하고, 나는 천장에서 사냥용 칼과 화살, 그리고 개구리 통을 꺼낸다. 통 안에 있는 독화살개구리들이 인기척을 느끼고는 꿀럭꿀럭 주둥이를 있는 대로 벌려 독기 서린 울음을 뱉는다. 개구리 등이 바짝 오른 독 탓에 금세 새빨갛게 부풀어 오른다. 사냥감을 쓰러뜨릴 정도로 강한 독을 얻기 위해서는 개구리를 삼일 정도 굶겨서 독이 오르게 해야 한다. 턱까지 찢어진 입가에 허연 거품을 부글부글 물고 제풀에 경련을 일으킬 때까지 기다려야지 강한 독을 얻을 수 있다. 지금 이 녀석들은 잔뜩 독을 품고 있다. 내 입속에도 허연 침이 차오른다.

하지만, 이런 독화살 따위로 붉은머리를 이길 수 있을까? 리카 온의 용맹함과 잔인함에 관해서는 어릴 적부터 귀에 인이 박이도 록 들어왔다. 인간에게 길들지 못하는 종족이자 야생이 아니면 살 지 못하는 그들의 거친 일상은 인간으로선 상상하기 힘들 정도다. 몸집이 훨씬 큰 사자나 하이에나 같은 맹수들도 함부로 덤비지 못 하는 그들의 전투력은 이미 널리 알려져 있다. 그리고 그중에서도 붉은머리는 단연 으뜸이다.

새로 들여온 염소 무리의 냄새를 맡고 습격해온 리카온 무리가 촌장이 쏘아대는 산탄총 소리를 듣고 사방으로 흩어져 달아날 때 에도, 혼자 어슬렁거리며 어둠에 웅크리고 있다가 촌장의 허벅지 를 향해 달려들었던 붉은머리다. 총신의 개머리판으로 녀석의 머 리를 후려치고 겨우 풀려난 촌장이 마을로 도망 왔을 때에도 피를 흘리면서 유유히 촌장의 뒷모습을 바라보던 녀석. 촌장은 녀석의 머리에서 흘러내린 피가 머리털을 적셔 붉은빛으로 빛났다고 했 지만, 숨어서 그 광경을 지켜본 사람은 개머리판에 맞고도 녀석은 끄떡없었다며 달빛에 비친 녀석의 머리털이 원래 피처럼 붉은빛 을 띠었다고 했다.

어느 말이 맞는지는 모른다. 다만 붉은머리와 촌장의 악연은 길 게 이어져 아프리카 전역을 떠돌며 사는 리카온 무리들이 다른 곳 으로 이동했음에도 붉은머리만은 여전히 남아 마을을 약탈하고 있다. 일주일을 넘기지 않고 마을의 공동 목장을 습격해 소와 닭을 잡아 갔다. 녀석은 울타리가 낮으면 뛰어넘어 들어오고, 높은 울타리를 세우면 등으로 밀어 부셔서라도 들어왔다. 나무 울타리가 부서진 곳에 남겨놓은 붉은 털오라기가 녀석이 다녀간 증거였다.

해가 땅에 깔리기 시작할 무렵, 비비적거리고 있던 몸을 일으킨다. 오른쪽 어깨에 활을 두르고, 왼쪽 어깨엔 말린 우갈리를 담은 야전가방을 멘다. 불안정하게 흔들리는 호흡으로 보아 아버지는 잠이 들지 않았음이 분명한데도 여전히 등을 돌린 채 돌아보지 않는다. 낡은 활과 서른 개가 채 되지 않는 화살과 마른 음식을 든 전사라…. 코웃음이 나올 지경이지만 내색하지 않는다. 마을에서 신성시하는 루이보스 계곡에 들어갈 때엔 자신을 방어할 수 있을 정도의 무기밖에 들지 못하는 게 마을의 오랜 불문율이었기 때문이다.

하지만 총도 나오고 미사일도 나오는 이 마당에 활이라니. 아예 나보고 그곳에 가서 죽으라는 것이다. 자신의 손에 직접 피를 묻히지 않음으로 내 영혼의 저주를 받지 않겠다는 촌장의 의도가 얄궂다. 집 바깥으로 나서자 어둠 속에 웅크리고 있던 그림자가 몸을 일으킨다. 아무런 소리를 내지 않지만, 내가 떠나는지를 확인하는 촌장의 무리라는 걸 쉽게 짐작할 수 있다. 무리는 내 뒤를 마치 그림자처럼 따라붙는다.

마을 입구에서 나는 입안의 침을 모은다. 퉷퉷퉷! 침을 습관적으로 세 번에 나눠 뱉다 문득 '이렇게 침을 세 번에 나눠 뱉으며 속으로 상고마의 이름을 부르면 절대 길을 잃지 않고 돌아올 수 있대'라고 하던 누나의 말이 떠올라 억지로 침을 한 번 더 모아 소리나게 뱉는다. 그때는 겨우 다섯 살이었고, 이 마을을 벗어나면 갈곳이 없다고 생각할 때였다.

아버지는 천 리 너머의 마을에서도 찾아와 굽실거리는 위대한 의사임에 분명했지만, 나는 아니었다. 마을 사람들처럼 새까맣지 않고 덜 익힌 듯 검붉은 피부색에 유난히 폭이 좁은 쌍꺼풀 탓에 눈이 날카로워 보이는 나는 눈동자가 금방이라도 튀어나올 듯 커다랗고 피부가 새까만 그들과 너무도 다르게 생겼다. 어머니의 피를 많이 물려받은 누나와도 다르게 생긴 나는 그들 틈에 서면 유난히 하얗고 작았다. 아버지와 함께 사는 이 마을을 벗어나면 나는 또래 아이들의 조롱과 돌팔매질의 대상이었다. 그래서 나는 어린 시절부터 아버지가 이곳을 정리하고, 다시 한국이라는 아버지의 나라로 돌아가길 간절히 바랐다. 아버지를 닮았으니, 한국이란 곳에 가면 한국인으로 살 수 있을 거라 생각했다.

계곡 입구에 닿자 뒤를 따르는 발걸음이 멎는다. 촌장이 나를 나지막이 부른다. 그러곤 반길이 넘는 벌채 칼을 내민다. "네게 행운이 있기를⋯." 말끝이 채 떨어지기도 전에 그들은 어둠 속으로 사라진다. 마지막 배려인 걸까? 잘 벼려진 칼날에서 서늘한 기운이 흐른다. 허공에 휘휘, 칼을 휘둘러본다. 공기를 가르는 칼날의 움직임이 둔하게 느껴진다. 이것으로 붉은머리를 물리칠 수 있을까? 아니, 루이보스 계곡을 지나갈 수나 있을까? 그네들의 마지막 배려까지 우습다. 총이 그립다. 정부군에게 잡힐 때 빼앗긴 내 총들이 있다면 이런 두려움 따위는 우스울 터였다.

학교를 습격한 혁명연합군은 아이들을 죄다 묶어 포장도 치지 않은 트럭에 실었다. 고개를 다리 사이에 박은 채 끌려간 그곳에서 우리는 채찍으로 온몸을 두들겨 맞았고, 이튿날부터 총검술을 배웠다. 어른 포로를 죽인 소년병에게만 식량이 배급되었다. 함께 잡혀 온 선생님들과 마을 어른들은 우리가 정신없이 휘두르는 칼과 총을 눈물 맺힌 눈으로 노려보다 맥없이 쓰러졌다. 총 앞에서는 모두가 슬슬 고개를 숙였다. 그곳에선 날 덜 익은 감자라고 놀리는 사람이 없었다. 오히려 총부리처럼 매서운 눈매를 가진 나를 동경하는 동무들까지 생겨났다. 남들보다 눈에 띄어서 득이 될 수 있다는 걸 처음으로 알게 되었다. 하지만 그 때문에 정부군에게 포위되었을 때, 쉽게 잡혔다. 그들보다 얼굴이 하얗기 때문에 나는 쉽게 기억되었고, 쉽게 잊히지 않았다.

전투 중에 생포되어 포로수용소에 잡혀 있을 때, 월드비전에서 한국 사람들이 찾아왔다. 그들은 소젖처럼 새하얗고 말갈기처럼 곧은 머리칼을 갖고 있었다. 그들과 대면하니 내가 아버지 피를 물려받아 한국인에 가깝다는 것은 헛된 생각이었음을 깨달았다. 그들 사이에 놓이니 나는 영락없는 아프리카 깜둥이였다.

한국인들은 두 다리를 잘린 아버지를 보자 얼굴이 벌게지도록 눈물을 쏟았다. 한국에 돌아가면 아버지와 내가 한국에 들어갈 수 있도록 탄원을 넣겠다고 했다. 한국에 들어갈 수 있다는 생각에 들뜬 나와 달리 아버지는 고개를 저었다. 아버지와 그들이 한국말로 대화를 나눠 무슨 말이 오가는지 알 수는 없었지만, 연신 고개를 젓는 아버지를 보며 그가 한국행을 거절하고 있다는 것을 눈치챌 수 있었다. 그들은 울면서 돌아갔고, 편지를 쓰겠다는 약속을 했다.

나는 편지를 기다렸지만, 아버지는 그들이 아닌 엄마와 누나의 소식을 간절히 기다렸다. 이미 반란군에 잡혀가 소식이 끊긴 지 수년이 지난 엄마와 누나의 생사가 갑자기 들려올 리 없건만, 아버지는 포기하지 않고 여기저기 수소문을 해보는 눈치였다. 나도 물론 엄마와 누나의 안부가 궁금하기는 했다. 하지만, 한국에 가서 자리를 잡은 뒤에 찾아도 늦지 않을 것이었다. 이렇게 희망이 없는 땅에서 무작정 기다린다고 해서 될 일이 아니었다.

나는 한국에서 편지가 오기를 애타게 기다렸다. 기다림에 신물이 난 내가 물어보면, 아버지는 "한국과 이곳은 편지가 두 번 오가면 1년이 지난다"고 담담히 대답했다. 한국에서 편지를 쓰면 삼 개월이 지나야 받아 볼 수 있다는 아버지의 말이 처음엔 실감이 나지 않았지만, 하루가 지나고 또 지날수록 삼 개월이란 공백이 얼마나 긴 시간인지를 깨닫게 되었다.

일주일 전, 아버지의 침상 아래에서 한국어로 된 편지를 발견하지 못했다면 영영 나는 기다리기만 했을지 모른다. 한국에서 편지가 왔다는 건, 우리가 돌아갈 수 있다는 것이다. 그게 아니라면 아버지는 당장 내게 이야기해 포기시켰을 것이다. 아버지가 편지를 숨기지 않고 바로 알려줘 떠났더라면 지금 이렇게 계곡 앞에 와 있는 일은 없었을 텐데….

아버지가 편지를 숨기는 사이, 자리에 누워 있던 촌장이 기력을 회복해 일어났다. 그동안 조용했던 마을 회의가 열리고 나에 대한 재판이 시작되었다. 마을을 습격해 멀쩡한 남자들의 목을 베고 팔다리를 자른 게 나는 아니지만, 그곳에 있었다는 이유로 나는 죄인이 되었다. 만약 납치된 촌장의 아들도 나와 같은 소년병이 되었을지 모른다는 그래서 나처럼 돌아올지 모른다는 희망이 없었다면 촌장은 아마 날 살려두지 않았을 것이다. 촌장은 마을 사람들의 목숨을 여러 번 구해준 아버지를 봐서라며 내 목숨을 구제해주었다.

붉은머리가 루이보스 계곡에 살고 있다는 것을 가장 먼저 발견한 이도 촌장이었다. 산 채로 물어뜯긴 새끼 염소 머리가 루이보스 계곡 앞에 뼈만 허옇게 남아 있었고, 그 입구에 붉은 털로 덮인 오줌 자국을 발견했다. 루이보스 계곡이란 말이 나오자 마을 사람들의 얼굴이 모두 돌덩이처럼 단단히 굳었다. 루이보스 관목 숲으로 시작해 거대한 바오밥나무들이 하늘을 막아버리는 암흑의 계곡은 상고마가 제를 지낼 때 외에는 함부로 들어가지 못하는 곳이었다.

상고마도 끝까지 가본 적이 없어 계곡이 어디까지 이어져 있는 지는 아무도 알지 못했다. 바오밥나무 숲이 끊기는 계곡의 중간에 거대한 강이 흐르고, 그 강을 건너면 다른 촌락이 군락지어 평화롭게 지낸다는 떠돌이의 말이 있긴 했지만, 그것을 확인한 사람은 아무도 없었다.

다만 가끔씩 그곳에서 성질 사나운 짐승들이 서로 싸우는 소리가 귀를 찢고, 가끔은 총탄 터지는 소리가 천둥처럼 들려 어쩌면 시프터 병사들이 그곳에 주둔하고 있을지 모른다는 추측을 했다. 사자와 리카온, 시프터 모두 우리에게는 목숨을 위협하는 괴수일 뿐이다. 그러기에 누구도 계곡 안에 들어가려 하지 않는 게 당연한 것이었다. 그런데, 그곳으로 가라는 것이다. 그것은 눈에 보이지 않는 곳으로 가 죽어버리라는 것이나 진배없다. 내가 운이 좋아 강을 건너고, 또 떠돌이의 말대로 강 너머에 상냥한 원주민이 있다면 그곳에서 새로운 희망을 꿈꿀 수 있을지 모르지만서도. 독이 바짝 오른 개구리 열댓 마리와 화살을 든 내가 과연 루이보스 계곡을 무사히 통과할 수 있을까!

막 떠오른 태양의 붉은 기운을 받은 루이보스 덤불이 활활 타오르기라도 하는 것처럼 붉게 이글거린다. 루이보스 덤불이 끝나는 곳에 멈춰 서서 벌써 몇 시간째 계곡 안으로 들어서지 못하고 돌처럼 앉아 있다. 먼 곳에서 습격을 당한 가젤의 울음소리가 들린다. 사냥이 시작된 모양이다. 짐승의 발작 같은 비명을 듣자 가슴이 벌렁 뛰어 더 이상 앉아 있을 수가 없다. 뭐에 홀린 듯 벌떡 일어나 어두운 계곡 안으로 발을 내딛는다.

숲으로 들어서니 검은 안개에 싸인 듯 시야가 어두워진다. 물기가 흥건한 습지의 냄새가 코를 자극한다. 시간이 멈춰버린 것 같다. 짐승 우는 소리가 따라온다. 뭔지 정체를 파악할 수 없는 물체가 등 뒤를 노리고 있는 것 같다. 그러나 돌아보면 빽빽이 늘어선 관목만이 시야에 들어올 뿐이다. 멀리서 포효하는 듯한, 혹은 가까운 곳에서 으르렁거리는 짐승의 울음소리와 정글의 숨소리가 들린다. 지난한 잠에 빠져 있던 정글이 일어서려 하고 있다.

하늘까지 치렁치렁 뻗어 있는 나무 사이를 예리한 벌채 칼로 베어낸다. 실낱같은 햇살의 한 끝이 비춘다. 겨우 숨통이 트인다. 공기를 들이마시며 잠시 눈을 감는다. 어디로 가야 하는 걸까. 나에게는 지도도 나침반도 없다. 오로지 본능에만 의지해야 한다.

눈을 감고 신경을 귀로 집중시키자 어디선가 아기 고양이 숨소리처럼 가냘픈 물소리가 들린다. 누군가의 말대로 강이 있는 것일까? 하기는 물길이 없다면 이 숲이 이리 울창할 수는 없을 것이다. 나는 희미하게 들리는 물의 호흡을 따라 전진하기로 결정한다. 무조건 앞으로만 나가자. 강이 있다면 그 말을 전해준 누군가의 말대로 다른 마을로 들어갈 수 있을지도 모른다. 다른 마을이 있다면 나는 위험천만한 사냥은 하지 않아도 된다. 모든 과거를 잊고 그곳에서 새로운 출발을 할 수 있을 것이다. 발소리와 숨소리를 최대한 죽이고 움직인다. 지금 내게 필요한 건, 이 계곡을 빠져나가는 일이다. 그러기 위해선 녀석이나 다른 맹수들과 마주치면 안 된다. 갑자기 어디선가 나뭇가지 부러지는 소리가 들린다. 재빨리 너른 바위 뒤에 몸을 납작하게 엎드린다. 나뭇잎이 버석거리는 소리가 더욱 커진다. 두런두런 말소리가 바람을 타고 들려온다. 몸을 최대한 낮추고 내다보니 남루한 군복 차림의 병사 두 명이 지나가는 모습이 보인다. 내 또래 정도 됐을까. 하지만 어리다고 해서 저들을 쉽게 봐서는 안 된다. 국경을 맴돌며 악명을 떨치는 시프터일지 모르기 때문이다. 총을 가진 그들은 무법자나 다름없다. 여기저기 국경을 마구 헤집고 다니면서 목숨과 금품을 갈취해 연명해가는 저들은 마주치는 사람을 절대 살려두지 않는다고 했다.

다행히 그들은 너른 바위 뒤에 몸을 잔뜩 웅크리고 있는 날 보지 못하고 지나간다. 그들의 뒤태에서 피비린내가 진동한다. 그들의 손 아래 축 늘어진 원숭이 꼬리가 보인다. 사냥이라도 한 것일까? 지독한 피비린내에 구토가 올라올 것 같아 입을 틀어막는다.

그들이 지나간 것을 확인하고 몸을 돌리는데, 바람이 불어오는 방향에서 리카온의 사향 냄새가 풍긴다. 고개를 갸웃거릴 정도로 희미하던 냄새가 점점 확실하게 진해진다. 죽은 원숭이에게서 흘러나오는 피 냄새를 맡은 모양이다. 나는 소리가 새어 나오지 않도록 주의하면서 조심스레 반대편으로 기어 움직인다.

얼마 되지 않아 으르렁거리는 리카온의 경고가 들린다. 땅을 박차 뛰어오르는 소리가 이어지더니 타당, 계곡 전체를 뒤흔드는 총소리가 들린다. 털썩, 뭔가 육중한 것이 땅바닥으로 곤두박질친다. 싸움이 더욱 격렬해진다. 리카온의 날카로운 울부짖음과 사람의 비명 소리가 한데 뒤섞인다. 총이 마구 난사되면서 주변의 나뭇가지들이 우두둑 부러지고, 흥분한 리카온이 숲 전체를 찢어버릴 듯 울부짖는다. 나는 리카온을 흥분시킨 바보 같은 병사들을 저주하며 소리가 들리지 않는 방향으로 무작정 뛴다. 이 상황에서 빨리 벗어나야만 한다.

얼마나 뛰었을까? 숨이 이미 거칠어질 대로 거칠어져 심장이 아예 바깥으로 튀어나와 버린 듯 가슴팍이 아파온다. 터질 듯 두들겨대는 가슴을 억누르며 귀를 세워 더 이상의 총성과 울부짖음이 들리지 않는 것을 확인하고는 잠시 바닥에 주저앉아 숨을 고른다. 아, 과연 무사히 이 계곡을 빠져나갈 수 있을까? 전기 충격처럼 아릿한 긴장감이 온몸을 죄어온다.

가지고 온 음식이 바닥이 났다. 세 번의 밤을 뜬눈으로 새웠더니 입안이 바짝 말랐다. 물이라도 마실 수 있다면. 고목 틈에 고인 물만으로는 완전히 해갈하기 힘들다. 입을 최대한 벌려 공기를 들이마신다. 눅눅한 습지의 냄새가 입안 가득 고인다.

사위가 고요하다. 가슴을 옥죄는 적막이 불안을 가중시켜 나는 한 아름이 넘는 나무 밑동 옆에 쪼그리고 앉는다. 장갑을 끼고 조심스레 통에서 붉은 독화살개구리를 꺼낸다. 그리고 화살촉을 개구리의 등에 벅벅 문지른다. 개구리의 허연 독 거품이 촉 끝을 검게 물들인다. 화살 서른 개에 꼼꼼히 독을 발라 언제라도 쏠 수 있는 준비를 갖춘다. 어두운 수풀 사이로 몸을 숨기며 이동한다. 한참을 걸어가니 아주 약하지만 물 흐르는 소리가 앞쪽에서 들려온다. 나는 천천히 주위를 살피며 소리가 나는 곳을 향해 움직인다. 물소리가 점점 가까워진다. 아아, 이제야 제대로 길을 찾았나보다.

안도감에 긴장이 조금 풀리자 발바닥에서부터 통증이 밀려온다. 며칠 전 다친 발이 퉁퉁 부어 지독하게 아프다. 한번 느끼기 시작하자 통증은 걷지 못할 정도로 전신을 엄습해온다. 그래도 걸어보려 발을 내밀다 마른 나무 가시에 발바닥을 찔린다. 살을 뚫는 통증이 뇌까지 단박에 치오른다. 더 이상 걷는 것은 무리다.

나는 위험해 보이지 않는 나무를 골라 위로 올라간다. 안전한 가지를 골라 걸터앉는다. 발을 들어보니 먼저 난 상처에 고름이 맺혀 있다. 이를 꽉 깨물고 고름을 짜낸다. 셔츠 한 자락을 뜯어 발을 꽁꽁 싸맨다. 지독한 배고픔으로 조여오는 위장 안으로 피고름 냄새가 흘러 들어가니 정신이 혼미해질 정도다. 다행히 내가 앉은 나뭇가지에 열매들이 주렁주렁 달려 있다. 짙은 보라색 과일을 하나 따서 먹어본다. 덜 익었는지 혀끝이 깔끄럽긴 하지만 달큰한 향이 먹을 만하다. 어느 정도 배고픔이 해소될 때까지 먹고 다시 이동하려 몸을 곧추세운다.

그때, 공기 속에서 진한 사향 냄새가 갑작스레 흘러나온다. 관목 너머에서 부스럭거리는 발자국 소리가 들려온다. 그리 둔하지도 경박하지도 않은, 절도 있으면서 재빠른 발소리. 점점 지독한 사향 냄새가 몽글몽글 피어오른다. 나는 한눈에 붉은머리임을 알아본다. 녀석의 입에는 축 늘어진 원숭이가 대롱대롱 매달려 있다. 달빛에 비친 녀석의 눈동자가 푸르게 빛난다. 녀석의 덩치는 예상보다 훨씬 크다. 갈가리 늑대만큼 커다란 몸집이 숨이 막힐 정도로 위압적이다.

나는 조심스레 나뭇잎이 우거진 쪽으로 몸을 숨기고 숨소리를 죽인다. 녀석의 뛰어난 후각이 사람 냄새를 언제 맡을지 모를 일이기 때문이다. 하지만 제 코앞에 있는 원숭이에게서 흐르는 피 때문인지 녀석은 내가 있는 것을 의식하지 못한 것 같다. 나는 언제라도 녀석을 향해 쏠 수 있도록 활에 화살을 먹인다. 독화살개구리의 독은 코끼리도 쓰러뜨린다. 녀석이 먹이를 먹느라 방심할 때 쏘면, 녀석은 꼼짝없이 당할 것이다. 나는 녀석에게 활을 겨냥하고 속으로 주문을 왼다.

'어서 물어. 기다리지 말고 단숨에 확 물라고.'

한참을 킁킁대던 녀석이 원숭이를 내려놓고 주위를 둘러본다. 누구를 찾기라도 하는 것일까? 날카롭게 세워진 녀석의 귀가 앞뒤로 움직인다. 그렇게 한참 주위를 살피던 녀석이 몸을 돌려 수풀 사이로 휭 들어간다. 먹이를 두고 어디로 가는 걸까? 먹이를 두고 간 녀석이 언제 돌아올지 모를 일이기에 나는 더 안전한 가지로 몸을 옮기고 녀석이 사라진 방향을 뚫어져라 주시한다.

바닥에 놓인 원숭이는 아직 숨이 완전히 끊어지지 않았는지 간간히 경련을 일으킨다. 어디로 간 것일까? 녀석이 다시 오면 내 존재를 눈치채지 못하도록 재빨리 처리해야 한다. 우우. 어디선가 짐승의 울음이 들린다. 나는 긴장을 늦추지 않고 울음이 들리는 방향을 주시한다. 활을 쥐고 있는 손등에 땀이 맺힌다.

검은 수풀을 헤치고 녀석이 나타난다. 돌아온 녀석은 더 이상 혼자가 아니다. 녀석의 뒤에는 녀석과 닮은, 그러나 숨을 심하게 헐떡이고 오른쪽 다리를 절룩이는 리카온이 따라온다. 녀석은 절뚝이는 리카온을 원숭이 앞으로 데려간다. 리카온의 거친 숨소리가 내가 웅크리고 있는 나무 위까지 들린다.

다친 리카온은 턱에 이상이 있는지 벌린 입 사이로 침을 질질 흘릴 뿐, 원숭이를 베어 물지 못한다. 다친 리카온이 붉은머리를 슬픈 눈으로 바라보며 고양이 울음 같은 소리를 낸다. 붉은머리가 커다랗게 입을 벌려 원숭이를 베어 문다. 원숭이의 살점과 뼈가 통째로 씹히는 소리가 들린다. 붉은머리는 그렇게 한참을 씹어 삼키더니 이내 척추를 활처럼 휘어 토해낸다. 다친 리카온이 침과 위액으로 범벅이 된 살코기를 혀로 핥아먹는다.

다친 리카온의 정수리는 희미하지만 붉은색을 띠고 있다. 녀석처럼 선명하지 않고 듬성듬성 빠져 있지만 분명 붉은색이었을 게 분명한 머리털을 보자 녀석이 이곳에 머무는 이유가 무엇이었는지 알 것 같다. 왜 무리와 함께 떠나지 못했는지도….

바보 같은 놈.

나는 활을 들어 녀석을 향해 겨눈다. 화살촉이 장갑 위를 스쳐 싸늘한 기운이 손가락 끝에 퍼진다. 활줄을 어깨까지 잡아당기자 팽팽히 늘어난 활시위를 감싸며 찬 공기가 지난다. 이제 팽팽히 늘어난 시위를 놓기만 하면 독이 발린 화살촉이 녀석의 몸에 박혀 녀석의 신경을 꽁꽁 마비시킬 것이다. 녀석의 사지는 지금 집에 홀로 누워 있을 내 아버지의 그것처럼 쓸모없어질 것이다. 이대로 활을 쏘아 녀석을 없애버리면 나는 자유로워진다. 나는 천천히 활을 잡고 있는 손에 힘을 가한다.

하지만, 이상하게 시위를 당기고 있는 오른손이 부들부들 흔들린다. 이상한 긴장감이 온몸을 감싼다. 잠시 손을 내려 숨을 고른다. 그래, 서두를 것 없다. 시간은 내가 쥐고 있다. 저 녀석을 끌고 검은 숲을 나가 마을에 도착하면 나는 당당하게 떠날 수 있을 것이다. 더 이상 어두운 계곡을 헤매며 다니지 않아도 되는 것이다.

자, 천천히. 실수 없이 녀석의 숨통을 한 번에 끊어야 한다. 다시

시위를 잡아당긴다. 하나 둘 셋에 놓자고 잔뜩 경직되어 있는 어깨에 주문을 외워본다. 하나, 둘, 셋. 꿈결처럼 숫자 세는 소리가 멀리서 들려온다. 몸을 흔들며 원숭이 살을 토해내는 녀석의 머리 위로 흐르는 구름이 만월을 가려 시야가 부옇게 흐려진다.

잔혹한 세계와 환대의 불가능성

이정현(문학평론가)

"희망은 세상 어디에나 있지.
하지만 그 많은 희망들은 우리를 위한 것이 아니라네."
—프란츠 카프카

1. 포충낭과 배틀 로열의 세계

양혜영의 소설에 그려진 세계는 참담하다. 인물들의 관계는 쉽
게 파국에 이르고 약자들은 착취의 구조 안에 방치된다. 세계가 잔
혹할수록 '가족'은 유일한 안식처로 인식되는 것이 일반적이지만
양혜영의 소설에서는 가족조차 혈연으로 직조된 '덫'과 흡사하게
묘사된다. 첫 소설인 「오버 더 레인보우」에 묘사된 식충식물 '네
펜테스'의 모습은 양혜영이 인식하는 세계를 압축적으로 보여준
다. 네펜테스는 날파리를 비롯한 벌레들을 자신의 포충낭 속으로
유인한 다음 익사시키고 그것을 소화하여 자양분을 얻는 식물이
다. 네펜테스의 포충낭에 빠진 벌레들은 필사적으로 허우적거리

며 벗어나고자 하지만 일단 포충낭 안에 들어서면 거기에서 벗어
날 출구는 없다. 「오버 더 레인보우」의 '리'는 미아가 된 아이를 데
려와 보살피지만 그것은 타인을 환대하는 행위가 아니라 저항할
힘이 미약한 아이를 성적으로 착취하기 위해서다. 아이를 성적으
로 학대하는 '리'를 제지하는 '나'의 행위도 학대를 막기 위한 것이
아니라 아이가 온 이후로 자신을 안지 않는 '리'를 향한 분노와 질
투에서 비롯된 것이다.

네펜테스의 이파리 끝이 노랗게 변했다. 대궁 안을 들여다보니 물
기가 없이 메말라 있다. 네펜테스는 물이 없으면 살 수가 없다. 나는
분무기를 찾아 물을 채운다. 아직도 리의 방에선 아무 기척이 없다.
오늘 새벽에도 아이가 잠을 설치는지 칭얼거렸다. 거실에서 자고 있
던 나는 그 소리에 여러 번 깼다. 아이는 무슨 일인지 밤중에 갑자기
깨어나 울었다. 새벽까지 이어지는 아이의 긴 울음과 아이를 어르는
리의 낮은 음성은 적요한 어둠을 찢고 공포로 다가왔다.(20)

'나'는 '리'에게 성적인 학대를 받는 아이를 구하지만, 문제는 그
다음이다. 아이의 손을 잡고 집을 나오지만 아이를 보낼 곳이 없
다. "아이를 처음 봤던 쇼핑센터는 불과 네 블록 너머"에 있지만 아
이를 실종 이전의 삶으로 돌려보낼 수 없다. 출구 없는 세계에 간
힌 인물들은 양혜영의 소설에서 지속적으로 등장한다. 그들은 어

김없이 포충낭에 빠진 벌레를 닮았다.

　오늘 출전한 여덟 팀 중 이긴 네 팀만이 내일 배틀에 참가하고, 도
전 팀을 계속 이겨야 일주일 뒤 결승에 오를 수 있어. 우승자는 랩의
제왕 자릴 거머쥐게 되지. 랩의 제왕만이 방송에 출연하게 된다고 했
어. 방송에 나간다니 얼마나 멋진 일이야. 방송은 우리에게 꿈이고 희
망이지. 방송에 한번 나가 이빨 털어주면 몇 달 아니 몇 년은 편히 먹
고 살 수가 있어. 우리 같은 무명도 방송에 얼굴 비치면 하루아침에
세상이 달라지지.(41)

　「랩의 제왕」의 힙스터들은 '쿨'(cool)한 포즈로 자신이 속한 세계
를 부정한다. 그들은 무대에 올라 서로를 조롱하고 비하하는 랩으
로 승부를 겨룬다. 거듭 승리해서 우승을 차지하면 방송에 출연할
수 있다는 희망이 그들의 승부욕을 돋운다. 어쩌다 승리한다면 '대
박' 나는 것이고, 실패한다 해도 그건 개인의 부족함 때문이다. 거
침없는 가사를 쏟아내는 그들을 향해 관객들은 열광한다. 가사의
내용이 거칠고 자극적일수록 환호는 커진다. 외모 비하, 패드립(가
족 비하), 콤플렉스, 마약, 심지어 근친상간까지 까발리는 그들의 언
어는 치열하지만 공허하다. 관중들은 언어와 음악의 콜로세움에
오른 검투사들의 개별적인 사연에는 관심이 없다. 오직 승패 여부
와 찰나의 쾌락에 몰두할 뿐이다. 무대 위에서의 쿨한 모습과는 달

리 힙스터들은 상대의 언어에 살의를 느끼고 폭력을 행사하지만 '쇼배틀'은 계속된다.

소설에 묘사된 힙스터들의 무대는 너무나 기시감이 짙다. 이런 식이다. 엄청난 경쟁률을 자랑하는 오디션 프로그램은 경쟁 서사와 우승자에게 집중되는 스포트라이트를 정당화시킨다. 탈락자들조차 긍정적으로 패배를 수긍하고 자신의 부족함을 탓한다. 이런 세계에 적응하는 방식은 간단하다. 세계와 근본적으로 닮아가다가 쉽게 대체되는 것이다. 긍정적 사고가 넘치는 세계일수록 역설적으로 혐오와 차별이 넘쳐 난다. 긍정적 사고가 지닌 전투성은 실패한 이들, 저항하는 이들을 희화화한다. 오디션 프로그램과 흡사한 형태는 이 세계에서 다양하게 나타난다. 극단적인 빈익빈 부익부 현상에도 허영심과 사치를 자극하는 상품 세계의 화려한 유혹은 멈추지 않는다. 지독한 환경 파괴에도 불구하고 공장은 계속 작동되고, 누군가가 착취를 당한 대가로 생산된 제품들은 태연하게 판매된다. 이 악순환을 멈추는 것은 이 세계의 시스템을 근본적으로 바꿔야 하는 엄청난 문제다. 그러므로 가해자들의 죄책감은 쉽게 희석된다. 양혜영은 가해자들로 가득한 세계에서 피해받는 자들을 지속적으로 응시한다. 그들은 임신에 실패하고 시댁과 남편에게 죄인 취급을 받는 여성(「틈」), 섬으로 팔려가는 퇴물 댄서(「요나」), 허위경력을 작성했다는 약점을 잡은 학원 원장에게 성적 착취 대상이 된 혼혈 여성인 학원 강사(「구두」) 등 주로 아이나 여성,

혹은 빈자(貧者)들이다.

2. 폭력과 차별의 풍경

「구두」의 주인공 '나'는 혼혈 여성이다. 아버지는 그가 어렸을 때 호주로 간 뒤로 연락이 끊겼다. '나'는 제대로 교육을 받지 못하고 필리핀인과 인도인이 대부분인 공장에서 일을 하게 된다. 그곳에서는 일상적으로 성폭력이 자행된다. 공장장은 틈만 나면 다가와서 '나'의 둔부와 가슴에 손을 대고 끌어안는다. '나'는 생계가 걸린 탓에 공장장의 폭력에 저항하지 못한다. 다른 노동자들도 침묵으로 일관할 뿐이다. 유일하게 자신을 도와준 필리핀 노동자 '미구엘'과 '나'는 공장을 나와서 동거를 시작한다. 미구엘은 게이들이 모이는 바에 취업하여 여장 가수 N으로 새로운 삶을 시작한다. '나'는 외국인을 닮은 외모를 활용해서 영어학원의 강사로 취직한다. 금발로 염색하자 '나'의 모습은 금방 외국인과 흡사해진다. 그러나 이력서에 허위 경력을 적은 사실을 원장에게 들킨 이후로 '나'는 학원 원장의 성적 노리개로 전락하게 된다. 약점을 잡은 원장은 시시때때로 '나'를 불러내어 성적인 욕구를 해소하고 학대한다.

　　"넌 A일까? B일까?"

무슨 말인지 알아듣지 못하는 날 바라보는 원장의 입술 양끝이 비틀어진다. 그 모습을 보면서 나는 알파벳 A와 B 사이를 연관 지으려 애쓴다. "네 짝퉁 급수 말이야!" 한심하다는 듯 비아냥거리는 원장의 대답이 이어지고 나서야 내 혈통에 대한 이야기라는 걸 깨닫는다. 얼굴이 타버릴 것처럼 달아오른다.

무슨 좋지 않은 일이라도 있던 건지, 두 시간이 넘도록 벌거벗은 내 몸을 뒤집었다 세웠다 눕히기를 반복하더니 결국 가쁜 숨을 몰아쉬며 침대에서 내려가서는 한다는 소리가 그거다. 거친 원장의 동작 때문에 쓰라린 음부의 상처나 이빨 자국으로 피멍이 맺힌 유두의 통증보다 내 존재 자체를 모욕당하는 것 같아 가슴이 아프다.(127~128)

단지 성적인 학대만 받는 것이 아니다. '나'가 직면한 차별은 다층적이다. '나'는 어린 나이의 여성이며, 혼혈아고, 경제적 약자다. 게다가 게이인 이성 친구와 동거 중이기도 하다. 원장은 이런 약점을 집요하게 물고 늘어진다. 여장 가수 N으로 살아가는 미구엘도 온갖 차별을 겪는다. 미구엘은 굽이 높은 구두 '킬힐'에 집착한다. 그러나 요란한 화장을 하고 킬힐을 신은 채 바에서 노래를 부르면서 자신을 차별하는 세상으로부터 거리를 두려는 N의 바람은 쉽게 무너진다. 가면 같은 화장과 높은 굽의 구두로 치장해도 미구엘과 '나'가 받는 '짝퉁' 취급은 달라지지 않는다. 차별은 그들의 방어기제보다 더욱 견고하고 집요하다. 결국 '나'는 킬힐의 날카로운 굽으로 원장의 이마를 가격하고 만다. 이런 파국의 서사는 낯설지 않다. 두드러진 폭력 사태가 아니면 신문의 사회면에도 실리지 않는, 낡은 이야기일 뿐이다. '낡았다'는 것은 양가적인 의미를 지닌다. 흔한 소재이므로 새로울 것이 없다고 치부할 수 있으리라. 동시에 흔하다는 것은 이미 그런 차별과 혐오가 수정하기 곤란할 정도로 우리의 일상에 내재된 것이라는 사실을 상기시킨다. 어떤 풍경이 진부하게 다가올 때 우리가 고민해야 하는 것은 진부한 풍경의 이면에 존재하는 견고한 질서다. 작가는 클리셰(cliché)를 기꺼이 감수하면서 흔한 차별의 풍경들을 지속적으로 응시한다. 「구두」의 가해자—'공장장(工場長)', '원장(院長)'—는 가부장(家父長)으로 명칭만 변주된다.

「틈」에서는 홀로 새끼를 키우는 "젖이 빨갛게 부어오른 고양이"(63)의 이미지가 시종일관 작품을 지배한다. 바닷가에 자리한 가난한 집안에서 홀어머니와 살아가던 '나'는 서울의 부유한 집으로 시집을 간다. 그러나 첫아이의 사산과 두 번째 아이의 유산 이후에 시댁에서는 '나'를 냉대한다. 퇴원하는 날 '나'는 어머니의 손에 이끌려 고향으로 내려오고, 뒤늦게 찾아온 남편은 이혼 서류를 내민다. 이혼을 만류하는 어머니는 당장 서울의 시댁으로 가서 함께 빌자고 종용한다. '나'는 어머니의 강요에 저항하지 못한다. 오랜 세월 동안 가부장적인 질서에 순응해온 어머니는 남편과 시댁보다 더 완강하다. '나'는 어머니를 설득하는 대신 어린 시절부터

자신을 짝사랑했던 고향 친구 규태를 찾아가는 길을 택한다. '나'
는 스스로 옷을 벗고 규태와 동침한다.

> 나는 고양이처럼 강해지고 싶다. 옷을 벗기려 내미는 그의 손을 뿌
> 리치고 내 손으로 옷을 벗는다. 규태와 같은 모습이 되어 그의 무릎에
> 앉는다. 숨소리가 거칠어지면서 그는 고양이 소리를 낸다. 규태의 등
> 이 휘어지면서 규태와 나의 울음소리는 더욱 높아진다. 숨을 몰아쉬
> 는 내 눈앞에 고양이가 나타난다. 돌 틈에서 머리만 내밀어 나타난 고
> 양이의 눈이 빛난다. 나는 손을 내민다. 고양이의 팔을 잡고 싶다. 하
> 지만, 고양이가 들어가 있는 틈은 내 손이 닿기에는 멀다.(81)

남편에게 버림받고 다른 남자를 찾아 스스로 옷을 벗는 '나'의
선택으로 귀결되는 이 소설 역시 어딘가 익숙하다. 그러나 소설의
초반에 제시된 "젖이 빨갛게 부어오른 고양이"의 이미지는 이 선
택의 의미를 다르게 예측하도록 이끈다. '나'의 선택은 규태와의
또 다른 결혼 생활을 지향한 것이 아니다. '나'와 규태의 동침은 여
성적 사랑, 즉 일정한 자유를 반납한 여성이 남성에게 인정과 휴식
을 제공하고, 우월한 지위를 지닌 남성이 자신에게 복속된 여성에
게 관용과 보호를 제공하는 부르주아적 핵가족의 질서를 따르는
행위와는 조금 다르다. 만약 그 질서를 따르는 것이었다면 홀로 새
끼를 키우는 고양이의 모습이 반복적으로 제시되지 않았을 것이

다. '나'의 선택은 부르주아적 핵가족의 질서에 다시 귀속되는 것이 아닌 자립의 의지로 읽힌다. 출산과 육아를 책임지면서 안락하고 견고한 가족 풍경의 일부로 남기를 거부한 '나'를 기다릴 더 가혹한 현실을 상상하기는 어렵지 않다. 그렇지만, 도대체 얼마나 많은 치욕이 가족을 위해 감수되어야 하는가.「틈」은 이 소설집에서 여성의 에로스가 가부장적 가족의 형성과 지속에 귀속되지 않는 유일한 텍스트이기도 하다. 섹스를 하는 와중에 '나'는 규태가 아닌 자신의 뇌리에 각인된 고양이의 잔상을 향해 말을 건넨다. '나'의 페르소나일 고양이의 환영은 이렇게 답한다. "네 힘으로 와." 이후 '나'의 삶은 가부장적 질서로 구축된 세계의 어느 틈에서부터 다시 시작될 것이다.

작가는 자립하지 못한 여성이 일방적으로 남성에게 의탁한 삶이 얼마나 기이하게 뒤틀리는가에 대한 고찰을 「고요한 이웃」에 적나라하게 묘사한 바 있다. 「고요한 이웃」과 현실 서사인 「틈」은 일종의 짝패처럼 읽힌다. 「고요한 이웃」의 '고니'는 남편을 두려워하면서도 전원의 대저택에서 하염없이 남편을 기다린다. '고니'의 남편은 오직 신선한 고기만 선호하고, 저택의 텔레비전은 스포츠 채널만 수신된다. 그리고 고립된 전원주택과 신원을 알 수 없는 여자의 방문, 옆집 여자가 온 후로 집 안에 풍기는 시취(尸臭). 이 소설은 전형적인 고딕소설의 문법을 취한다. 폭우가 쏟아지던 날 고니를 찾아온 옆집 여자는 피를 흘리고 있다. 그녀가 왜 피를 흘리는지, 고니를 왜 찾아왔는가는 드러나지 않는다. 다만 옆집 여자가 다녀간 이후로 저택에는 고기 썩는 냄새가 진동할 뿐이다.

남편의 구두가 보였다. 그가 돌아왔다. 고니는 터져 나오려는 비명을 애써 삼키고 남편의 구두코를 만졌다. 마른 흙이 손에 묻어 나왔다. 며칠 째 내리는 비에 젖은 흔적이 조금도 없었다. 언제 어떻게 들어왔는지 몰라도 지금 집 안 어딘가에 있는 게 분명했다. 여태 조용한 걸 보면 아직 시체를 보지는 못했을 것이었다. 남편은 시체를 보고도 가만있을 사람이 아니었다. 사소한 일에도 쉽게 흥분해 고함지르고 골프채를 휘두르는 사람이니 미친 불처럼 날뛸 게 분명했다. 남편이 시체를 보기 전에 얼른 몸을 피해야 한다. 당장 멀리 달아나야 한다. 고니는 절대 안방 침대 위에 누워 있는 시체처럼 되고 싶지 않았다.(162~163)

고립된 저택에서 조우한 두 여성은 처음 만났지만 서로에게 많은 것을 묻지 않는다. 우리는 옆집 여자가 고니의 '도플갱어(doppel-gänger)라는 사실을 쉽게 예측할 수 있다. 예전부터 집 안에 있었던 남편이 집 안의 시체를 발견하지 못했다는 설정은 옆집 여자가 누웠던 침대에 놓인 시체가 바로 남편이라는 사실을 암시한다. 여기서 두 가지 상상이 가능하다. 소설의 서사는 남편을 살해한 고니의 불안이 빚은 환영, 아니면 남편의 죽음을 원하는 고니의 상상이라는 것. 둘 중 무엇이 맞는가는 중요하지 않을 터이다. 소설에 직접 등장하지 않는 남편은 고나나 옆집 여자에게 직접적인 위해를 가하진 않는다. 집 안의 묘사에서 남편은 철저하게 물질적인 세계에 몰입하고 폭력적인 인물로 암시될 뿐이다. 여기서 독자는 자연스럽게 여성의 삶을 소외시키는 가부장의 그림자를 감지하게 된다. 여성의 삶을 소외시키고 불안을 히스테리로 낙인찍는 남성 중심의 세계는 여자만 등장하는 이 소설에서 오히려 강렬하게 부각된다.

3. 이국적인 배경과 국경 없는 착취의 구조

소설집에 배치된 몇 편의 텍스트들은 이국적인 배경을 지녔다. 먼저 「물집」의 배경은 동남아의 태국이다. 주인공 남자는 선배가 운영하는 여행사에서 근무한다. 사내에게는 애인인 태국 여자 '미오'가 있다. 수상가옥에 거주하는 미오의 유일한 꿈은 "땅 위에 번듯한 집을" 갖는 것(197)이다. 사내는 미오에게 일 년 안에 집을 사주겠다고 큰소리를 친다. 또한 사내는 미오에게 여행객들의 발을 주무르는 마사지 일을 그만두라고 종용한다. "미오의 손길 아래서 헤벌쭉거리는 다른 남자의 얼굴을 상상하는 것"(197)만으로도 사내는 오금이 저린다. 땅 위에 집 한 채를 마련하고 자신만을 위해 봉사하는 여성과 결혼하려는 사내는 가부장 사회의 전형적인 인

물이다. 태국에 거주하지만 사내는 한국의 숱한 남자들처럼 자신
의 경제적인 능력을 바탕으로 안정된 가족을 이루고 여성에게 가
사노동과 육아를 떠맡기려는 '평범한' 꿈을 가졌다. 그러나 태국에
서 쿠데타가 발생하자 여행객의 수가 급감하고 사내는 위기에 내
몰린다. 급기야 도박판에 휘말린 사내는 가진 돈을 모두 잃고 만
다. 사내가 경제적 능력을 상실하자 미오의 태도는 돌변한다. 사내
는 다급한 마음에 미오의 수상가옥을 찾지만 집은 이미 빈 상태다.
며칠을 기다린 끝에 기다리던 미오가 나타나지만 그녀의 뒤에는
사채업자로 보이는 남자들이 흉기를 들고 따라온다. 이 장면을 본
사내는 곧장 뒤돌아서 공항으로 향한다.

빗속에서도 한국으로 향하는 비행기는 연착되지 않고 제시간에 출
발했다.

(…)

그 전날, 그녀의 배 속에 아기집이 생겼다는 말을 듣지 않았다면
어떻게든 그곳에서 버텼을까? 남자는 잠시 고민했지만, 이내 고개를
저었다. 남자는 처음부터 알고 있었다. 자신은 집과 어울리지 않는다
는 걸. 어느 구멍에서 나왔는지 모르는 자신이 뿌리를 내릴 곳이란 애
초부터 없었다. 집이란 구멍을 잘 메운 자들이 사는 곳이었다. 자신은
그저, 아무 데서 잠시 머물다 물처럼 증발하면 됐다.(213~214)

생명에 위협을 느끼자 경제적 능력을 바탕으로 안정된 가정을 꾸리려던 사내의 가부장적인 허세는 사라지고, 오직 자신의 안위만을 걱정하는 이기적인 민낯이 드러난다. 「물집」의 사내는 출산에 실패하자 아내를 버리는 남자(「틈」)나 약자를 착취하는 남자(「구두」)의 다른 모습이다. 다만 경제적 능력의 정도만이 다를 뿐이다. 여성을 보호할 수 있는 경제적인 능력을 상실한 자의 폭력과 무책임은 더욱 두드러진다.

한편 「아웃 오브 아프리카」는 내전에 휩싸인 아프리카의 오지 마을을 배경으로 한 짤막한 우화다. 마을에는 '붉은머리'로 통칭되는 사나운 리카온(아프리카 들개) 한 마리가 자주 출몰한다. 붉은머리는 마을의 공동 목장을 습격해 소와 닭을 잡아가면서 촌장과 마을 사람들의 생명을 위협한다. 맹수만 마을을 위협하는 것이 아니다. 내전의 와중에 혁명연합군과 정부군이 번갈아 마을을 점거하고 사람들을 잡아간다. '나'의 엄마와 누나도 반란군에 끌려가 생사가 끊긴 지 오래다. 의사이자 한국인인 아버지는 인근 백여 개 마을의 유일한 의사다. 반란군이 떠난 후 '나'는 홀로 살아남았다는 이유로 촌장으로부터 붉은머리를 사냥하라는 명령을 받는다. 혼혈아인 '나'는 한국인에 비하면 지나치게 가무잡잡하고, 아프리카인들과 견주면 지나치게 하얀 얼굴을 지녔기에 쉽게 기억되었다. 반란군에게 두 다리를 잘린 아버지는 현지를 찾아온 한국인 봉사자들을 만나지만 한국으로 돌아가길 거부한다. '나'는 그런 아버지를 이해하지 못한 채로 '나'는 활을 들고 루이보스 계곡으로 들어가 붉은머리를 추격한다. 마침내 발견한 붉은머리는 사람들에게 공포를 확산시키던 맹수가 아니라 낙오된 동료를 먹여 살리기 위해 애쓰는 가련한 한 마리의 짐승에 불과하다. 붉은머리는 죽어가는 동료를 살리고자 다른 지역으로 떠나는 리카온 무리로부터 낙오하여 계곡에 잔류한 것이다.

다친 리카온은 턱에 이상이 있는지 벌린 입 사이로 침을 질질 흘릴 뿐, 원숭이를 베어 물지 못한다. 다친 리카온이 붉은머리를 슬픈 눈으로 바라보며 고양이 울음 같은 소리를 낸다. 붉은머리가 커다랗게 입을 벌려 원숭이를 베어 문다. 원숭이의 살점과 뼈가 통째로 씹히는 소리가 들린다. 붉은머리는 그렇게 한참을 씹어 삼키더니 이내 척추를 활처럼 휘어 토해낸다. 다친 리카온이 침과 위액으로 범벅이 된 살코기를 혀로 핥아먹는다.(238~239)

'나'는 원숭이의 살을 토해내는 붉은머리의 정수리를 향해 활을 겨눈다. 이 짧은 우화가 전달하려는 메시지는 모호하다. 개연성이 결여된 서사와 불필요한 설정 탓일 것이다. 그러나 다른 소설들과 겹쳐지면서 이 우화의 전언은 뚜렷해진다. 이 우화의 결말에 묘사된 장면은 '인간들의 풍경'과 확연하게 대비되기 때문이다. 약자를 착취하고, 여성에게 출산과 노동을 강요하는 이 소설집의 남성

인물들과는 달리 맹수인 리카온은 약자를 살리기 위해 스스로 낙오를 택한다. 그러나 필사적으로 동료를 살리려는 붉은머리를 향해 '나'는 끝내 활시위를 당긴다. 태국 여성에게 경제적 능력을 으스대다가 위기에 몰리자 버리는 사내, 여성에게 출산과 육아, 가사노동을 떠맡기고 어떤 죄책감도 느끼지 않는 사내들과 맹수의 이타적인 모습을 대비시키면서 작가는 약육강식과 가부장적 질서로 점철된 현실을 다시금 환기시킨다. 또한 이국적인 배경을 설정한 것은 화폐에 국경이 없듯이 착취에도 경계가 존재하지 않음을 드러내기 위한 포석으로 읽힌다.

4. 희망 없는 자들이 부르는 결락의 노래

이렇듯 양혜영의 소설은 아이와 어른, 남녀, 빈부, 혈통과 인종에 이르기까지 다양한 차별과 착취의 풍경으로 가득하다. 「올드 하바나」는 이 소설집에서 유일하게 인물 사이에서 착취의 풍경이 드러나지 않는 소설이다. '나'는 친구 '정식'과 함께 카페를 운영하고 있다. 카페의 운영이 정상적으로 돌아가던 시기에 정식은 사라진다. '나'는 사라진 친구 정식을 찾고자 애쓰지만 정식의 행방을 알 수 있는 단서는 미미하다. 입버릇처럼 '캘리포니아'에 가고 싶다고 말한 것이 유일한 단서다.

"캘리포니아엔 겨울이 없대. 그래서 늘 신나고 즐거운 일들뿐이래.
나는 꼭 가고 말 거야, 저 높은 캘리포니아로."

캘리포니아가 정식의 말대로 높은 곳에 위치해 있는지 어떤지는
모르겠지만, 그때와 마찬가지로 가진 거라곤 보증금을 저당 잡힌 카
페밖에 없는 정식이 갑자기 사라져버린 지금, 정말로 그가 캘리포니
아로 가버린 것은 아닌가 하는 생각이 들곤 한다.(93)

정식이 사라진 후 '나'는 카페 '올드 하바나'를 단장하고 홀로
서기 위해서 부단히 노력하지만 A급 호스트였던 정식의 공백은
쉽게 채워지지 않는다. 그러던 중 한 여자가 카페에 흘러든다. 인
도 여자처럼 이마에 빈디를 찍은 그녀는 손님들에게 타로 점을 봐
주고 카페의 내실에서 기거한다. 여자의 정체는 모호하다. 그녀는
'나'를 유혹하지도 않고 추파를 던지는 남자 손님들에게도 반응하
지 않는다. 어느 날 정식으로부터 캘리포니아에 있다는 메일이 날
아온다. 여자는 '나'에게 타로 좀을 봐준 후 정식의 주소가 적힌 장
부의 한쪽 면을 찢어서 '하바나'에 새로운 시간이 시작된다는 말을
남기고 떠난다. 「올드 하바나」는 이 소설집에서 가장 예외적인 작
품이다. 극적인 사건과 갈등이 없고 인물들의 행동과 언어에서도
개연성 따위는 찾아볼 수 없다. 이 소설은 정식이 떠난 '캘리포니
아'라는 지명과 그곳을 이상향으로 노래한 그룹 '마마스 앤 파파

스'(The Mamas & the Papas)의 노래 'California Dreamin'의 가사를 토대로 적은 엽서처럼 읽힌다. 카페 '올드 하바나'의 풍경과 그곳에 오가는 사람들은 그 엽서에 박힌 삽화와도 같다. 노래 가사는 그대로 소설의 모티프가 된다. "이렇게 추운 겨울날에 나뭇잎은 모두 다 시들고 하늘도 잿빛으로 흐린데 한참이나 거리를 걸었지(All the leaves are brown And the sky is grey I've been for a walk on a winter's day)"라는 노래의 도입부와 "캘리포니아를 그리네 이렇게 추운 날에(California dreamin' On such a winter's day)"라는 노래의 결구가 그러하다. 한 노래에 바치는 오마주적인 소품이지만 「올드 하바나」의 쓸쓸한 풍경은 이 소설집에 그려진 인물들의 지치고 고통스러운 삶을 다시 떠오르게 한다. 그리고 그 인물들이 어느 카페에 모여 앉아 다른 삶의 가능성을 포기하지 않고 카페에 울리는 음악을 나직하게 흥얼거리는 것을 상상하게 된다. 사막 같은 삶에서 캘리포니아를 꿈꾸는 지친 사람들을.

지금-여기의 문학 텍스트들은 대개 어두운 세계를 응시한다. 텍스트의 암울함은 독자들에게 전이(轉移)된다. 그래서 누군가는 암울한 현실을 다룬 암울한 텍스트들을 의식적으로 거부하기도 한다. 그런 사람들에게는 암담한 현실을 반복 응시하는 글을 쓰는 작가들이 불가해한 존재일지도 모른다. 양혜영의 소설에서 소외받고 가난한 자들은 끊임없이 폭력과 모멸을 감당한다. 희망이라는 출구는 굳게 닫혀 있다. 그러나 큐브 같은 세계에서도 그들은 삶을 저주하거나 자해하지 않는다. 요컨대 그들은 죽지 않는다. 현실도 그와 비슷하다. 소설 속에 묘사된 폭력적인 풍경들은 결코 낯설지 않다. 현실은 아마도 소설보다 더한 지옥일지도 모른다. 그럼에도 우리는 살아가고, 희망을 포기하지 않는다. 어쩌면 현실 안에 희망이 없는 것이 아니라 오히려 무수하고 곳곳에 편재히는지 모른다. 하지만 그 희망들은 우리들 자신과는 아무런 상관이 없는 희망들이다. 여기서 텍스트의 전이가 지닌 의미가 드러난다. 우리는 소설을 읽으면서 문득 대다수의 사람들이 자신과 상관이 없는 희망을 붙잡고 살아가는 현실을 인식하게 된다. 희망이 부재하는 세계에 던져진 인물들의 고통을 보면서 역설적으로 희망을 다시 생각하게 되는 것이다. 양혜영의 소설에 그려진 희망 없는, 혹은 희망에 지친 자들의 결락(缺落)은 긍정을 강요하는 세계의 민낯을 직시하게 만든다. 그들이 머무는 황폐한 세계는 바로 지금-여기이며 그들이 앓는 결락감은 그들만의 것이 아니다. 이런 고통의 교집합성은, 희망 역시 타인과의 교집합 안에서 생성된다는 사실을 일깨워 준다. 닫힌 세계에 던져진 타인의 고통과 불행한 삶을 응시하는 이유는 여기에 있다.

작가의
말

———

그것만은 갖고 싶지 않았다.

마니또(비밀 친구) 선물을 교환하는 날, 비슷한 또래 아이들이 좋아
하는 인형들 틈에 생뚱맞게 서 있는 그것을 처음 보았다. 황금색 머리
칼을 잘록한 허리께까지 늘어뜨린 미녀 옆에서 빨간 두건을 쓴 뚱한 얼
굴의 그것은 기괴하고 어색하기 짝이 없었다. 게다가 펑퍼짐한 허리에
둘러맨 앞치마라니. 주변의 예쁜 인형들과 전혀 어울리지 않는 그 모습
을 보며 나는 속으로 빌었다. 제발, 내 선물이 그것만은 아니기를.

선물 교환이 끝나고 울 것 같은 표정으로 집에 돌아왔다. 방구석에
처박아두고 쳐다보지도 않았다. 여러 날이 지나 인형에 쌓인 먼지를 닦
기 위해 집어 들었을 때, 나는 깜짝 놀랐다. 인형의 길쭉한 몸통 안에는
똑같이 생긴 작은 인형이, 그 작은 인형 안에는 더 작은 인형이 들어 있
었다.

그리고 가장 작은 인형 안에 곱게 접힌 쪽지가 있었다. "내 소중한 비밀 친구에게"로 시작하는 쪽지를 몇 번이나 읽었다. 그때 나는 친구들과 떨어져 혼자 새 학교로 진학하는 바람에 힘든 시간을 보내고 있었다. 함께 먹을 친구가 없어 도시락을 그대로 들고 오거나, 종일 말 한마디 못 하고 책상에 엎드려 있다 돌아오는 날이 대부분이었다. 그런 나를 '소중한 비밀 친구'라고 부르는 친구의 쪽지는 당시 내가 만난 유일한 빛이었다.

인형의 이름이 '마트료시카'라는 것을 얼마 뒤에 알았다. 러시아에서는 행운을 주는 인형이라고 했다. 그래서인지 인형을 받은 뒤 좋은 일이 연이어 생겼고 평생 친하게 지낼 친구도 만났다. 나는 오랫동안 어깨를 짓누르고 있던 외롭고 힘들다는 생각에서 벗어나 뭐든지 할 수 있다는 자신감을 갖게 되었다.

어떤 소설을 쓰고 싶냐는 질문을 받을 때마다 나는 '마트료시카'와의 첫 만남을 떠올린다. 내가 쓰는 소설은 오색찬란한 드레스를 걸치고 화려하게 치장한 예쁜 인형이 아니다. 지극히 평범해 눈에 잘 띄지 않는 작은 인형이 겹겹이 들어 있는 '마트료시카'에 가깝다. 그 사람들은 조금도 요란하지 않다. 너무 작은 그들의 목소리는 몸을 굽히고 귀를 바짝 대야만 들을 수 있다. 힘센 사람들은 어디서든 할 말 다 하고 하지 않은 일을 부풀려 표현하기도 하지만 내 소설에 나오는 사람들은 겪은 일마저 말 못 하고 소리 내 울지도 못한다. 그럼에도 그 사람들은 자신보다 작은 사람을 품으려 애쓴다. 온몸으로 사람이 사람을 품고 안는 세상. 나는 그것이 '소설'이고, 우리가 나누는 '사랑'이라 생각한다.

오래 품어온 그들을 이제 세상 밖으로 내보내려 한다. 헤어지는 순간부터 그리울 거라 이별이 서운하지만, 더 넓은 세상으로 나가 지금보다 큰 목소리로 살아갈 수 있기를 소망한다.

작품집을 내기까지 고마운 분들이 많다. 무엇을 해도 지지와 응원을 아끼지 않는 가족과 률에게 감사한다. 소설가의 길을 열어주신 이명인 선생님과 출판되기까지 많은 도움을 주신 김수열 선생님과 현택훈 시인, 부끄럽지 않은 작가로 살아갈 힘을 주는 조미경 소설가와 양동림 시인께 감사하단 말을 전한다. 덕분에 캄캄하고 힘든 터널의 시간을 무사히 건너올 수 있었다. 짧은 만남이 더없이 아쉬운, 베릿내의 정군철 선생님께 특별히 감사드린다. 여기 수록된 단편 「물집」은 선생님의 시집에서 많은 영감을 얻었다.

부족한 글들을 멋있게 묶어 세상 밖으로 꺼내주신 도서출판 삶창의 편집부 여러분께도 감사의 인사를 드린다. 처음이라 서툴고 헤매는 나를 이끄느라 고생 많으셨다. 고맙다는 말과 더불어 첫 책을 함께 만들어 영광이었다는 말을 건넨다.

마지막으로, 소설을 쓰는 데 가장 큰 힘이 되어주는 나의 소중한 비밀 친구와 이 책을 선택해 읽어주신 독자들께 감사의 말을 전한다. 부디 좋은 선물이 되었기를 진심으로 바란다.

2018년 11월, 양혜영